走进北戴河新区

潮水在倾情咏唱

秦皇岛市文学艺术界联合会
秦皇岛北戴河新区党群工作部

编著

燕山大学出版社
·秦皇岛·

图书在版编目（CIP）数据

潮水在倾情咏唱：走进北戴河新区 / 秦皇岛市文学艺术界联合会，秦皇岛北戴河新区党群工作部编著. —秦皇岛：燕山大学出版社，2022.5

ISBN 978-7-5761-0248-2

Ⅰ．①潮… Ⅱ．①秦… ②秦… Ⅲ．①散文集－中国－当代 Ⅳ．①I267

中国版本图书馆 CIP 数据核字（2022）第 037146 号

潮水在倾情咏唱
——走进北戴河新区

秦皇岛市文学艺术界联合会
秦皇岛北戴河新区党群工作部　编著

出 版 人：陈　玉

责任编辑：孙志强　　　　　　　　　　策划编辑：孙志强

责任印制：吴　波　　　　　　　　　　装帧设计：刘　丹

出版发行：燕山大学出版社 YANSHAN UNIVERSITY PRESS

地　　址：河北省秦皇岛市河北大街西段438号

邮政编码：066004　　　　　　　　　　电　　话：0335-8387555

印　　刷：秦皇岛市华天印刷有限责任公司　经　　销：全国新华书店

尺　　寸：155mm×230mm　16开　　　印　　张：21.5

版　　次：2022年5月第1版　　　　　　印　　次：2022年5月第1次印刷

书　　号：ISBN 978-7-5761-0248-2　　　字　　数：308千字

定　　价：45.00元

序

　　渤海之襟，碣石为屏，河北沿海地区发展新名片——秦皇岛北戴河新区，一座绿色之城、健康之城、现代之城正在快速崛起。

　　2011年1月，河北省人民政府批准成立秦皇岛北戴河新区，面积425.8平方千米，海岸线长82千米，占秦皇岛市总海岸线长度的51%。

　　2013年，经河北省人民政府批准，在北戴河新区设立秦皇岛高新技术产业开发区，重点发展以"医、药、养、健、游"为核心的生命健康产业，以及电子信息、装备制造、海洋生物科技、文创科研等产业。

　　2016年9月，经国务院同意，国家发改委等13个部委联合批准设立北戴河生命健康产业创新示范区。自此，北戴河新区正式开启高点起跳、高端发展的创业征程。

　　五年来，北戴河新区全面贯彻习近平总书记的重要指示精神，认真落实中央决策部署和省、市工作要求，持续发挥自身生态禀赋和生命健康产业优势，扎实推进北戴河生命健康产业创新示范区建设，打造河北沿海经济新增长极，争当建设一流国际旅游城市排头兵，努力建设生态优、业态强、形态美的大美新区。

　　五年固本培元，生态优势更加凸显。北戴河新区始终坚持把"生态+岸线"这一最宝贵资源作为立区之本，年空气质量优良天数达267天，每立方厘米空气中负氧离子多达6000余个，被誉为"天然氧吧"。主要入海河流达到规定类别，森林湿地达22万亩，城区绿地率达42.7%，"天蓝、水青、地绿"的生态文明体系加快构建起来。

五年筑基垒台，基础配套不断完善。"四纵十横"的交通路网越织越密，立体环绕的"快旅慢游、便捷新区"交通体系日益完善，中心区大框架全面拉开，创业基地、游客服务中心等一批高端服务设施对外开放，幸福公园、东沙河公园、带状公园建成使用，新区快速发展的基础更加坚实。

五年厚积薄发，旅游品牌快速打响。2019年北戴河新区接待游客超过千万人次，人均旅游消费水平位居全市前列。以万豪、菲奢尔为代表的滨海高端酒店群初具雏形，渔岛、沙雕等老景区提档升级，阿那亚、渔田小镇等旅游综合体加快崛起。"陆上邮轮"式旅游模式领跑全国，帆船航海温泉体育旅游体验线路获评国家级旅游线路，新区荣获第二批河北省全域旅游示范区和国家首批健康旅游示范基地，旅游魅力、影响力大幅提升。

五年是一个发展的周期。2021年9月，秦皇岛市文联创研基地落户北戴河新区。

市文联在创研基地授牌仪式结束后，组织作家在北戴河新区开展采风活动，一同感受新区之美，一同领略发展魅力，一同分享收获喜悦。

——"医、药、养、健、游"五位一体的高端健康产业集群正在这里加速构建。围绕肿瘤医学、生殖医学、老年医学三大领域，重点发展基因检测、远程医疗、个体化治疗等健康服务新业态；建设生物医药孵化器，提供新药高效研发、报批、生产全过程服务体系；依托北戴河闲置休疗设施，创新健康养老新模式，大力发展高端养生养老休疗产业；围绕健康管理，发展高端健康检测评估、干细胞抗衰老、中医保健等产业；举办国内外医疗健康领域高端峰会、高端论坛和专业会展，促进医疗、保健、养老与旅游深度融合。

——"阳光、海水、沙滩、气候、森林、湖泊、沙山、温泉、鸟类、田园"十大旅游资源在这里汇聚。82千米海岸线蜿蜒其间，沙软潮平、滩缓水清；22万亩连绵葱郁的林带依岸线而生，被誉为"渤海岸边的绿色明珠"；12条入海河流贯穿全境，形成了良好的水生态系统；我国北方沿海最大的潟湖——七里海，湖面开阔，水质清澈，堪称世界奇迹；绵延20千米、高达42米的天然沙坨，形成国内独有、世界罕见的海洋大漠风光，被《中国国家地理》杂志评选为"中国最美八大海岸之一"。

——"旅游+"催生高端旅游新产品、新服务、新模式、新业态。在渔岛温泉度假村，穿梭在郁郁葱葱的热带雨林之中，泡着温泉看大海；在蔚蓝海岸，漫步"猫空"书店、观海栈道，体验场景思维为人们重新定义的度假旅居新生活；到阿那亚，打卡孤独图书馆、海上礼堂，在诗歌朗诵会、音乐会、读书会中，体验诗歌里"从明天起"的梦想；在沙雕海洋乐园，沙雕观赏区、生态海滩、30多项水上项目和10多个特色体验项目，让游客目不暇接、流连忘返。

从《观沧海》到《浪淘沙·北戴河》，多少英雄伟人在这片海岸抒发豪情壮志，人杰地灵的一方热土开创了中国近现代旅游之先河，秦皇文化、碣石文化、滦河文化、海洋文化在这里交相辉映，共同筑就了这座创新之城的发展根基。一整天的采风活动，行程紧凑，内容丰富，大家收获满满却仍觉得意犹未尽。阿那亚、蔚蓝海岸、孤独图书馆、生命健康城……宛若珍珠，闪耀出引人入胜的光彩，激发了作家们强烈的创作热情。他们文思活跃，文采飞扬，创作了一篇篇带有个人温度的佳作，从不同层面来展现新区带给他们的视觉冲击、生命体验和人文思考。

"让文学艺术邂逅北戴河新区"是我们编撰本书的初心，希望这本融合思想和情感的主题阐释之书，能为人们打开认识北戴河新区的一扇新的大门，从而让更多的人走进这片山海，感受自然之美，感受历史之美，感受人文之美。

2021年11月

散文

诗歌

纪实

散文

北方有片海

李　霁

一

这片海，于我而言，太熟悉了。

第一次去是1989年的夏天，海滩荒芜冷落成一片野地，很少有人知道它叫"团林"。之后，旅人的脚印踏着翻飞的浪花，才有了北方最美的"黄金海岸"。2016年秋，在高旷沉静的况味中，一座世界眼光、国际标准、中国特色、高点定位的健康之城，循着时代的浪潮把历史和未来连接起来，从此这片山海又被赋予了新的名字和内涵——北戴河国家生命健康产业创新示范区。在不到五年的时间内，北戴河新区发展速度、效率令人惊叹，生动地印证了一座新城的无限潜力和蓬勃活力。

我家在戴河之北，离新区谈不上近，但也不能算远，总之，休假时新区常常成为我首选的休憩地。其实，这样的出行与其说是一种选择，我更认为是默许的缘分。因为这里就是一个小小的宇宙啊。一湾阔无际涯的蓝海，几片树木葱茏的槐林，无数怀抱秘密的沙丘，日日夜夜，静静地延展着情感和空间的无限。很多次，我像是被召唤，或者说是历尽沧桑的它一直在那儿等待着我来拜访，来相认，来亲近。

我来，它和时光同在。又是蜂鸟吸吮的清晨，又是野花蔓生的白昼，我心里只吟诵着一首诗："从明天起，关心粮食和蔬菜。我有一所房子，面朝大海，春暖花开。"在剥蚀油彩的木船边凝神，或者在淡褪光泽的贝壳前驻足，又是流云低垂的午后，又是霞光漫卷的近晚，我心里只吟诵着一首诗："从明天起，关心粮食和蔬菜。我有一所房子，面朝大海，春暖花开。"总觉得我和大海之间有着特别的往事，它一面堆涌潮波，轻轻拍打着宿命的轮回，一面收拢天象，渐渐笼罩上神秘的纱雾。

确实，自从那个夏天我无意中走进了北戴河新区，就再没长久地离开过它。穿过恣意丰茂的草丛，星星的黄花在膝下动荡，应和着裤脚的扫拂。迎着潮润的风息，正见一海的轻涛。浪波在光线交织里起伏，潮余中藏匿着不可言说的欢愉，更有被回浪遗失上岸的海砂，反衬着星的光辉。有时，我谛听着海的欢唱，仰卧着看天空的飞鸟；有时，我沐浴着光的柔情，反扑着沙地的温软。我水性好，这盛夏的海水便成了我耳鬓厮磨的爱侣，海藻在水面上漂浮，鱼群在手臂间摩挲，沙鸥在浪花里追逐，我轻盈地舒展着身姿，翠鱼般向上流静远处滑去。

除去海的深处我力不能及，除去翡翠岛身后的潟湖只能登上沙丘张望，这里的每一朵浪花我都亲吻过，每一株植物我都探访过，每一个沙窝我都途经过，就连那座探身入海的栈桥差不多每一处都有我留恋的印戳。这片海，成了我触手可拥的知己，所以，无论什么季节，什么时间，什么天气，我都想着来这里，去呆想，去默坐，去寻梦，去涤净耳边的嘈杂，去理清思绪的纷纭，去关照内心的渴望，去解构情感的皈依，去等待满地亮起银霜般的月光。

那片黄金中有如许的孤独

众多的夜晚

那月亮不是先人亚当

望见的月亮

在漫长的岁月里

守夜的人们已用古老的悲哀

将她填满。看她，她是你的明镜

（博尔赫斯 《月亮》）

想起上次相聚还是早春，陪伴我的是岸边块块消融的冰雪。这次邂逅却已是深秋了，和一群作家朋友来到北戴河新区。站在岸边眺望远处，前方是白浪飞溅的海面，时而潮起，时而回落。再远处是大大小小梦幻般的船只，还有高低不一的桅杆。海风有些强劲，带着潮湿的鲜味，麻木的心灵瞬间被激活，但很快又陷入了海一样的沉寂。在失神时，有片刻，似乎听见了时间嘀嗒嘀嗒逝去的声响，转过身，我看见草尖上滚落了一个人的泪水……

离开海岸边，我向城市走去。

二

秋天里的北戴河新区，像是一首苍劲的诗，尽染深沉、雄健和刚劲的底色。迎着萧瑟的海风，忽然想到了清代诗人黄仲则《将之京师杂别》中的一句"为嫌诗少幽燕气，故作冰天跃马行"，觉得理解又加深了一层。

生发出这些感受时，我正站在一个名为阿那亚的地方。

经常有外地的文友问我："秦皇岛有趣的地方很多，你能推荐最值得去的一个地方吗？"往往，我脱口而出的是："阿那亚！"

阿那亚（Aranya），来自梵语阿兰若，原意为"人间寂静处，找回本我的地方"。我想，在阿那亚找回的"本我"，必定与天上的星辰、空中的云朵有关，与水流的缓急、花草的消长有关，它带着梦幻的画笔，在心灵深处任意勾描、涂绘、浸染。于是，我站在浓烈的颜色里，想着，人生原本可以更美的。

在阿那亚，美，于人，是不必刻意寻找的呈现；于物，是今生注定赶赴的邀约。譬如晨光中的阿那亚礼堂，迎着你惊奇的注视，化身一位修行的少女，在播洒的圣洁中颔首祈祷；譬如坡地的青草，蔓过UCCA沙

005

丘美术馆的顶层，惊扰了藏在沙地里恋爱的瓢虫；譬如落日的余晖，胶印在孤独图书馆的每一个棱面，反映绝世的辉芒；譬如暮色中的GrayBox艺术中心，近似墨泼的祭坛，去窥看落满黑暗的灵魂。这些震撼人心的精神空间渗透出强烈的仪式感，最是说不清道不明的，它既让人内心深省，又获得精神慰藉，成为阿那亚独特而富有魅感的存在。

无处不在的文艺感，如同遍布阿那亚的毛细血管，盘根错节地连接在一起。毫无疑问，这些毛细血管里每时每刻流淌的艺术血液，滋养了这块曾经的荒滩沙地，孕育出愈发丰盛多元的特质，一旦触碰，内心充盈的人文情愫就像海藻一样滋生疯长。于是，展览、演出、装置、活动不间断地轮番上演，断裂、碰撞、洞穿、冲击反复地任意发生。但阿那亚的风流还远不止于此。戏剧中心、声声音乐艺术馆、海边音乐厅等艺术空间，为我们带来深邃的审美，是精神的慰藉，却也浓厚了慰藉。单向空间书店、万花筒画廊、拙朴工舍、华夏院线影院等精神领地，为我们带来隐秘的浸濡，是品质的呈现，却也忽略了呈现。海边市集、生活元素超市、honest壹心家生活美学馆、Whiteout买手店、XuanPrive酒吧等时尚聚集，为我们带来超凡的体验，是生活的日常，却也超越了日常，某种意义上，在烟火微澜的岁月中，成就了一次次深具情怀的精神返乡之旅。

参观UCCA沙丘美术馆时，天空飘起了雨，落在脸上，冷冰冰的，像极了腕上的粒粒水晶。美术馆展出的是美国当代艺术家丹尼尔·阿尔沙姆（Daniel Arsham）的群雕作品《时间之沙》：这是一场隐于沙丘之下的速朽，是一场被时间风化的瑕疵。在随意散落的人像里，在躯体坦露的侵蚀里，在海水渐蓝的沙砾里，剥离与复原、破损与结晶、错置与重组上演着持续对抗。这捧沙是青铜，是石膏，是火山灰，是结晶体，是古罗马的神话，是米开朗琪罗之手，是艺术家在角落里笑而不语。

走出美术馆，恰巧有一束光从积云的缝隙中投射下来，顷刻间温暖了我凉透的心。站在街心开阔处，任归鸟飞到视野之外。美极了！这秋日的光线点缀着片片簇簇的红叶，便有了生动的层次感，仿佛是一块色彩斑斓的调色板。把目光向远方递送过去，透过繁花的缤纷与蓊郁的绿色，天边是澄净的蔚蓝，尖尖的白顶是阿那亚礼堂。听，晚来的风，送来铜铃和缓的铮音，为原本空敞的心注入一种清丽的底色，带着几分畅然和醉意，在心灵深处发酵成诗。"赞"！这天光海色的交响；"赞"！这瑰丽人生的咏叹——

　　海是永恒的向往
　　来阿那亚
　　把理想中的生活
　　变成一个个美好的日常

三

与阿那亚毗邻的另一个人文社区名为蔚蓝海岸。心，依然向往，依然激动，依然吟唱。

假如用季节来形容蔚蓝海岸：在作家的眼中，这里的春天是一页欢快的序章，夏天是一部热恋的小说，秋天是一篇浪漫的散文，冬天是一句温醇的诗行；在乐师的眼中，这里的春天是苏醒的大提琴，夏天是尖叫的圆号，秋天是私语的小提琴，冬天是悠扬的长笛；在旅人的眼中，这里的春天是一径开满木槿花的小路，夏天是一朵耀眼而倾心的浪波，秋天是一片燃烧生命的枫林，冬天是一声飘浮上空的哨音。我呢？因为这蔚蓝海岸，常感恩于它的垂青，我打开记忆的窗户，天空之境的神驰、且听风吟的妙趣、星空树屋的遐想、北北咖啡的香馥就伴着阳光深情款款地走了进来。

真的，要是有光照不到的地方，别以为是我冷落了它，我从未背叛过这里的一粒沙、一棵草、一朵花、一片云，再炫美的舞台，也替代不了洒满月光的街道。即使我沉默不语，在海边慢慢地走着，也是此刻的思绪更适合用来回味和典藏。因为在这里，任何一片摄映在眼眸中的风景，都有意义，都是你在牵挂时，最甘甜的回忆。喜欢不必说，烦恼不用想，惦念不曾忘。当一盏盏灯点亮夜的清寂，蔚蓝海岸的魅力一如珊瑚浮出海底，显露出不同寻常的璀璨。它的灵性就藏在一间一间独具特色的书店里。我敢说，凭栏望海，倚窗听涛，静心读书，是全世界最惬意的事。

先随我走进"猫空"吧。"猫空"的全名是"猫的天空之城概念书店"，名字的来历很有趣。男主人和女主人非常喜欢宫崎骏的《天空之城》，电影讲述了关于梦想与飞翔的故事，他们希望这家店也可以承载大家的梦想，给人以温暖。而猫，并不是一开始有猫，而是源于女主人姓毛，与猫谐音。开书店一直是女主人的梦想，于是男主人就将这一间小小的书店，作为礼物赠送给女主人，并以她的名字命名。2009年7月4日，在苏州平江路的联萼坊，"猫空"第一家门店开张了，一切温暖与美好，由此开启。

书店有很多，但文艺到骨子里，精致到每个细节的只有"猫空"。"猫空"有很多，但面朝大海、独立岸边的只有蔚蓝海岸这一座。"蔚蓝海岸猫空"的特色在于有着层级丰富的功能体验，它并不只是一家书店，它是咖啡馆、邮局、文创产品杂货铺的集合，但这样概括依然不够准确，它是一种时尚的混搭，是一种倡导的生活方式，更是一个赋予你娴雅时光的艺术空间。

每个人的心中都有座"天空之城"，有些人只能在每次抬头仰望苍穹时看见厚厚的云层投映出它的影子，更多的人已经不记得自己上一次抬头看天是在什么时节。"猫的天空之城"却是少有的第三种情况，得以具象化的梦想。这，便是"猫的天空之城"创立的初衷。

手绘明信片是"猫空"的一大特色，"在猫空寄一张明信片"，也成为越来越多的人在旅途中必做的事情之一。而最令人心心牵念的，自然是"猫空"的"寄给未来"。也许你还不知道，"寄给未来"其实是源自一段神奇的经历。男主人和女主人热爱旅行，每一次旅行，他们都会寄明信片回家。那一次，他们去尼泊尔。回到苏州后，大概过了一个月也没有收到。经常寄明信片的人都知道，丢片是不可避免的，他们也就没把这件事放在心上。又过了两个月后，那张明信片突然出现在了信箱里，更意外的是上面还多了一段英文，大意是"我在尼泊尔的某个地方捡到了你的明信片，我不知道你是谁，但我知道它是寄到中国去的，我现在把这张明信片重新塞回邮筒里，希望你能顺利收到"。女主人拿着这张失而复得的明信片，反复念叨着"太神奇了，太不可思议了"。就这样，明信片经过了另一段风尘仆仆的旅行，甚至还有陌生人参与其中，他们在明信片上许下的愿望也已经实现了。而这就像时间穿越了一样神奇，就像在和过去的自己对话一样惊喜。

假若你是一位"猫空"的常客，一定早已注意到了，这么多年我常常在二楼中间临窗的位置上坐着。有时候我愉悦而轻松，手指飞快地翻阅着一本厚重的书册；有时候我落寞而苦闷，嘴里默念着一首忧郁的诗；有时候我疲倦而失神，戴着耳机把身体塞进结实的软椅里；更多时候我带着笔和本子，旁若无人地写作。奇怪的是，我在这里写下的文字里，从来没有出现过"猫空"，我不写，只是单纯地担心我的语言会辜负了彼此的默契和信任。

如果这个世上真有天堂，那它就该是图书馆的样子。有一次，我独自坐在"猫空"落地窗前看书，当夕阳西下直至天色完全暗下来的时候，我突然觉得和它的缘分正应了纪伯伦说过的话：一个在黑暗中醒着，一个在光明中睡着。我们用时间和空间的错位，袒露着彼此的秘密，交换着彼此的忠诚。我知道，总会有一天，我也将放下笔，走出这间让心静下来的角落。我知道，总会有一天，在"猫空"旋转的木梯上，势必会走上来一位风雅清朗的少年，颔首向我微笑。

尽管，那不是我所期待的照面，特别是当泛黄的银杏叶枯蝶般铺满庭院的时候。

四

如果说"猫空"是一面精神的帆，张扬在人性的海上，那么"浪Bar"就是一只艺术的船，停靠在蔚蓝色的岸边。回望这座风帆造型的仿生白色建筑，便能循迹"浪bar"的艺术语言正领潮着世界审美。设计师BenJai巧妙采用扎哈建筑典型的线性元素，通过大量流畅的曲线、斜线来搭建和分割出建筑异形空间感，特别是双向大幅通透落地窗，赋予了"浪Bar"轻盈而舒展的姿态，悠然地讲述着帆船与风浪共生互融的关系。在建筑内部，设计师注重用空灵的色调表达海的情绪——将大海细碎的涟漪与波涛涌动拟化为灵动的点元素，空间布局则力求以击荡的曲线将大海的不可捉摸与万千风情，意化为一条维系柔性的飘带，一端在眼眸中律动，一端在浪漫中共情。

其实，每一栋建筑的诞生，都是设计师思想剧烈碰撞产下的"巨婴"，它安静时代表着一种情怀，它哭闹时代表着一种态度。"浪Bar"就是这样一个用钢筋水泥土木沙石去关照一个时代的印痕，它镌刻下过往所有的记忆，留住了风声、浪潮、飞鸟、流云和光影；它面对未来更多的想象，让那些从喧闹中赶来的旅人，独享一处沉思、漫想、自我疗愈的浮岛。它既是艺术的代表，也是艺术的本身，一切自然而然的声音和气息，一切丰盈美好的生命与灵魂，都将在整座空间里自由穿行、曼妙舞蹈。

近日，缪斯设计奖（MUSE Design Awards）公布了2021年第一季获奖名单，"浪Bar"，凭借其独特的建筑审美从全球50多个国家和地区的3942份参赛作品中脱颖而出，一举斩获含金量最高的铂金奖项，将东方温柔的海风吹遍世界建筑的面颊。

缪斯设计奖于2015年由国际奖项协会（IAA）创建。IAA的成立是基于一项使命——以荣誉促进和鼓励创造力。所以，缪斯设计奖不仅是一项国际竞赛，为那些用技艺改变了设计范式的建筑师而设立，也是一项全球发掘，为推出众多设计师独创性和颠覆性的作品而不遗余力。我想，"浪Bar"之所以成为缪斯设计奖的灵感建筑，关键原因在于其借由建筑表达的诗意和远方。"我可以为心灵设计一处空间吗？"这是设计师BenJai不断地对自己的发问，这也是蔚蓝海岸走进世界建筑舞台中央的初心。被誉为"现代建筑的最后大师"的贝聿铭曾说："最初是我们创造了建筑，到后来是建筑改造着我们。""浪Bar"就是停泊在海岸拥有无限力量和潜能的生命体，它释放着极致的建筑审美，诠释着我们和世界联系的"密码"，向人们发出深入世界未知的邀请——

时间的无限
空间的开阔
在建筑的穹隆上
回音成章

天空的序曲
大海的诗心
在沙地的足印里
吹尽成荒

五

"到了吧？"正沉浸在遐思中的我突然感觉车已经稳稳地停住了。

"到了，到生命科学园了。"陪同的工作人员说。

一下车，我就看到碧蓝的天空下，伫立着一片蓝色建筑，像是在漫山遍野的绿色之中镶嵌的几颗"蓝宝石"。这抹蓝，似海洋，似天空，蓝得让人怦然心动。

此时，端庄干练的秦皇岛普拉德拉医院副院长谢潇正在门前迎接着我们一行人的到来。

"古巴普拉德拉医疗中心是南美洲医疗水平最高的医疗中心之一。2011年，古巴分子免疫中心推出一种对肺癌具有治疗功能的疫苗。这种肺癌疫苗的治疗原理，就是患者通过注射疫苗，产生特定抗体，抗体引导免疫细胞消灭癌细胞。"谢潇开门见山地介绍说，"目前，普拉德拉医院治疗的200多名患者分别来自浙江、福建、广东、山东、河南、河北、辽宁、黑龙江、北京、上海、天津、重庆等省市。"

"转转吧，看看我们的基础设施和医疗条件。"谢潇满脸自信地说，"此前我们经过两年多考察，得知世界各国的肺癌患者很多远涉重洋去古巴普拉德拉医院，治疗，就准备引进这项世界前沿的肺癌治疗技术。2017年，当了解到北戴河生命健康产业创新示范区有很大力度的政策支持，为了把这项治疗技术尽快落地，立即决定和北戴河新区合作。我们来的时候医院主体建筑已经建设完成。在这个基础上，我们只需要进行少量投资，自行规划装修和设备安装，很快就达到了运营条件。"

说到北戴河新区的政策扶持，谢潇深有感触："在申请执业的过程中，新区给了快速审批支持。比如，我们在其他地方建一所医院，审批时间一般长达180天甚至是两年左右。新区非常快，就几个工作日。流程没有简化，只是加快了效率。执业许可证的审批也很快，在其他地方，准备工作做的时间是一样的，但审批的过程可能要半年，甚至要长达一两年。在这里，我们准备好了，可以把审批人员约来，现场核查。新区给了一个开天辟地的政策。"

"对这样一个有助于医疗服务模式创新的特殊政策区域，我们最看重的是这个特区最宝贵的政策资源，可以使用国外先进的生物医药、国外先进的药品和器械，包括国外医疗团队。"谢潇说，"未来，普拉德拉医院不只限于肺癌治疗，还将陆续引进其他领先的医疗技术，建设全癌种治疗中心。"

我沉浸在谢潇动情的讲述中，也在内心深处赞叹着普拉德拉医院的宏阔蓝图，可以确定，这片土地赋予了他们足够的信心与勇气。

路到尽头，潘纳茜医院进入了我的视线。

整洁舒朗的服务设施，优雅宁静的温馨氛围，在暖暖的灯光下，恰如一幅精美的水彩画，直接颠覆了心中传统医院的刻板印象。

"医院整体建设的一个重要理念，就是要为患者营造身心放松感，用先进的医疗技术保证诊疗质量。"潘纳茜医院总经理助理陆宇亭就像门前那棵扎根大地的榉树一样稳稳地站在展示墙前说。他30多岁，个头不算高，但气质儒雅，语气持重。

"让癌症可防是潘纳茜医院重要的诊疗目标之一。更重要的是，我们要在应用世界先进医疗技术救死扶伤的医疗实践中，将'医疗前置、预防为先'的理念推广到为大众做好健康服务的医疗实践中，防病于未然。"提到潘纳茜一贯追求的愿景，陆宇亭显得颇为自豪。

在诊室，我遇到一位61岁的患者张丽华，她正在进行治疗后的常规调理，张丽华说，自己曾是一位双腿膝关节积液肿胀、半月板损伤、走路都非常困难的风湿性关节炎患者，今年开始在潘纳茜医院接受免疫疗法治疗，治好了10年不愈的腿部顽疾。"以前一年四季穿保暖裤，今年夏天终于穿上裙子了。"从病痛中解脱出来的张丽华欣慰地说。统计显示，到目前为止，潘纳茜医院服务的全国各地医疗客户已近600人。

潘纳茜医疗起源于1825年德国的巴登魏莱尔，距今已有193年的历史。2000年年初，潘纳茜经过不断发展，与具备30年临床医疗经验的VILLA MEDICA合作，正式引入整体医学、干细胞医疗、免疫治疗，发展成为综合型医疗机构，成为集医疗、康养、休闲、旅游于一体的跨国集团。

"把德国的医疗标准和先进技术，包括德国、泰国在干细胞治疗方面的前沿技术引进到中国来，通过整合，在北戴河生命健康产业创新示范区，把我们的医疗理念和模式进行创新，做成一个创新的体系。"陆宇亭介绍说。

针对癌症防治，陆宇亭详细地解释着："潘纳茜医院通过全面医学检查和专家会诊，准确掌握客户的身体健康状况、癌症风险、免疫系统功能等，把客户的一些亚健康状况一一列出来，找到免疫系统薄弱的地方，然后运用潘纳茜已经掌握的精准免疫调理技术，对薄弱的免疫系统进行有效的功能重塑，调强自身的免疫监视功能，实现有效预防癌症发生和肿瘤复发与转移的目的。"

免疫系统整体状况清楚之后，潘纳茜医院还有另外一项创新技术，就是选择性调控和免疫重塑，"不管你的免疫系统被影响到什么程度，我们都可以通过已经掌握的先进免疫学技术，把病人的免疫重塑回来，让免疫功能动态维持在一个正常的、平衡的、可调节的健康状态。这样早期癌症是完全可以防住的。"陆宇亭坚定地说。

一直以来，传统的医疗方式是设法找到癌细胞，再把它杀死。现在，潘纳茜的方式是，与正常细胞比较，肿瘤的生长条件是独特而且可以找到的，控制它的生长条件，可有效阻止癌细胞发育和生长。

利用这些前置医疗理念和先进技术来服务患者的过程，也是潘纳茜诊疗中心通过前置医疗，向民众推广前置预防、一点点改变人们轻预防重治疗陈旧观念的过程。在医学专家指导下，将现代健康理念和生活方式、肿瘤防控新办法落实到人们健康防病的日常实践之中。

"现在，大多肿瘤治疗都是手术、化疗和放疗，然后回家观察，三个月后回医院复查。三个月对一个人的生命来说很短，但对于肿瘤复发和转移来说已足够长。潘纳茜医院肿瘤免疫专家的理念是，在肿瘤治疗后第一时间，施以定制化的精准免疫调理，维持强大的免疫监视力，在第一时间把残存的癌细胞消灭掉。到目前为止，我们应用此项技术进行的临床治疗已经有500个。"陆宇亭的一番话，像是开辟了一条路。"路"意味着什么？是生机，是希望，是生命健康产业的力量！

六

"大雨落幽燕，白浪滔天，秦皇岛外打鱼船。一片汪洋都不见，知向谁边？往事越千年，魏武挥鞭，东临碣石有遗篇。萧瑟秋风今又是，换了人间。"一路走来，美不胜收，诸多感受丰富无限，但好像都不如这一首词更能够概括。

站在会议中心的露台上，置身于这个天然的高端生态养生区，眺望着远方波澜壮阔的碧海金沙，我感受着不绝的生命的奔腾，更在感悟北戴河新区敢为人先的基因特质。作为勇担健康中国建设使命的前沿阵地，北戴河新区一系列创新发展的生动实践，像一面镜子，可以折射出生命健康产业这条道路的无限风光。

身未动，心已远。五年如白驹过隙、弹指挥间，五年能让这片土地生命绿意盎然、生机勃勃实属不易。一切，都是因为人！一群有思想、有能力、有魄力的人，他们是时代的歌者，他们的身上，透出一种真挚的情感和莫名的力量。

2021年10月8日，在北戴河新区哒哒岛好莱坞魔法城大剧场，备受瞩目的秦皇岛市第三届旅游产业发展大会开幕式盛大举行。"奋力掀起以生态建设、产业集聚和城市崛起为核心的'二次创业'热潮，全力推动国际一流康养旅游度假目的地建设再上新台阶，为推进秦皇岛一流国际旅游城市建设贡献更大力量"的铿锵话语，让人仿佛看到一条时光的隧道，曾经播撒下的梦想，经由建设者们脚踏实地、苦干实干，很多已经变为现实。在今天，我们更有充足的理由相信，生命健康那一颗种子所孕育出来的花朵，会绽放得更为灿烂。

此刻，云朵弥漫在落日余晖中，挽起一道七彩的霞光，为眼前郁郁葱葱的林海镀上了一层金色，和青瓦红顶的楼群相互映衬。风从海上吹来，身旁的榉树叶发出急促的窸窣之声，而空中的甘味，也一下子变得愈发浓郁了。坐上车，向送行的人挥手道别之时，突然无比留恋起这个地方来。它们在我的视野中越来越远，但在我心中却是那么辽阔而亲近。

我再次听到潮水在渤海湾纵情歌唱。

作者简介

李霁　秦皇岛市文学创作院院长，秦皇岛市作家协会主席，《海韵》杂志执行主编。河北省作家协会理事，河北省散文协会常务理事。国家二级作家。著有散文集《一个人的奔跑》。作品曾入选《全国知名作家走进秦皇岛》《名家笔下的峰峰》《散文百家》《当代人》《河北作家》等。

阿那亚海滩·

去看海

杨献平

　　窗外是夏初的北中国，零散的村庄和田地之外，更多的是杂乱的工地、废弃的工厂和塑料大棚，还有一些正在建设的楼房。这样的景象或者说状况，与想象中的没有任何区别。关于北中国或者说河北大部分地区，给我的感觉始终有些晦暗不清，这样的感觉和印象在我个人心里，持续数年不曾消退，至于为什么，我一直说不清。我只知道，辽阔的北方仍然有大岭起伏，大野星垂，山川翠绿，溪水河水肆意流淌。

　　我们奔向一片海。

　　动车上有卖盒饭的。45元一盒。我几次要买，母亲和小姨坚决制止，说："俺们不吃，不吃！"我知道她们怕花钱。她们都是20世纪50年代前后出生的人，都经历过大饥荒和大地震。对粮食格外珍惜，视钱财如命。这不能怪她们。只有真正受过难的人，才知道凡物总有穷尽之时，不可浪费；也懂得挣钱不易，都是从土里山上用汗水、鲜血、伤口换来的。我说没事儿。她们连忙说早上吃得多，现在还不饿。不要浪费那个钱。我苦笑。看看漂亮的乘务员，脸色羞惭。

　　到秦皇岛站，老战友来接。她和她爱人。车子奔驰，到了北戴河新区，母亲晕车吐了。她长期不坐车就会晕车，坐一段又没事儿了。战友一家请吃饭，一色的海鲜。母亲自小素食，小姨也是婚嫁后才开始吃肉。严格来说，我们三个，都没怎么吃过海鲜，平时吃肉，也都是牛羊鸡肉，对于那些张牙舞爪和体型特异的海里生物，总觉得生疏和难以亲近。对水，常在陆地的人也总是敬畏，以为无际大水之中，是神仙和龙族之地，凡人不可临近。还有那些虾蟹之类的，也都以为是民间故事中成精了的灵异之物。哪里敢张嘴吞到肚子里？

但还是要吃的。我吃了一些。小姨也是。母亲吃了素菜。战友把我们送到一家预定的酒店，这时，下起了大雨。登记，把母亲和小姨安顿好。因为酒店只能提供一间住处。我只好背着包出去找其他地方。尽管这样花销大些，但我觉得，多年在外，我已经习惯了独处，再有，我不希望和母亲小姨挤一间房，她们都上了年纪，苦了大半辈子。难得有这样的机会带她们出来玩玩，那就要让她们好好享受享受这出游的时光。

母亲和小姨姊妹俩关系一直很好。不管对母亲，还是小姨，她们之间的相互陪伴才是最好的晚年生活，我作为儿子和外甥，再贴心也不如她亲姊妹俩。尤其是在她们都步入老年之际！

人总是从新到旧，由少及老。一代代、一层层，看起来像是一种递进，其实是轮回和重叠。因为下雨，又不辨方向和地形，找了一家看起来整洁干净的酒店住下。夜雨阑珊，大海在四周发出沉闷的呼啸，伴着粗粝的雷声。平生第一次住在离海最近的地方，我竟然失眠了。我没有洗澡，也不想洗澡，就那么躺着。只觉得，整个人是漂浮的，既然如此，那就枕海听涛吧。

早起，去找母亲和小姨的路上，日光正亮，带着大海昨夜的气息，潮湿，咸腥，还有些奇异的难以名状的味道。路边的灌木、花草和树正在得意之时，尽管它们丝毫不张扬，但我也能感觉到它们那种内敛的傲娇气质。沿途很多酒店、饭店、度假村，密密麻麻，一所挨着一所，有的气派堂皇，有的低调内敛，各有特色。母亲和小姨这一生都是没有怎么出过门的，如今能够在我的陪伴下来海边看看，心情愉悦。想到母亲和小姨的笑脸，我脚步轻快起来。当然，我也痛惜早逝的父亲，倘若他还活着，我会陪他和母亲来。

子欲养而亲不待。这种痛苦，是终生无法了断的。一个人最大的亏负和歉疚莫过于对自己生身之人的忽略与无从报答。叫母亲和小姨下楼吃饭，她们问我在哪里住。我乐乐呵呵说在楼下。

她们住的地方有一个幽雅的小院落，楼层低，绿化又很好，特别是那棵巨大的树，庞大的枝叶蓬松散开，青绿又充满活力。皮色还青的果实密集而又不动声色。坐在下面，六月初的海边还有些凉意，令人感觉舒适。去饭堂的路上，看到了鲁院同学、作家薛喜君，甚是惊喜。喜君姐也很高兴和意外，快步走过来就是一个拥抱。我开始也想抱她，可母亲和小姨都是山里人，对这些似乎有忌讳。我只好迎合了一下。

喜君姐小说写得好，还非常勤奋。只是，这一次见她，发现她瘦得厉害。我惊异。喜君姐说她刚做了一个大手术。我"哦"了一声，继而询问和安慰。心里也想，其实，我们的肉身是丝毫经不起折腾的，它的脆弱性和变化的频率总是难以琢磨和预测。作为它的主人和主要使用者，唯有好好珍惜，以其规律为规律，或许才是人所能做的。喜君姐后面，站着一位精神矍铄的老太太，个子不高，白发也多，但看起来比我母亲和小姨要年轻一些。熟悉后，三个老人相互打问，才知道，喜君姐妈妈年纪最长。凑巧的是，我们一家三个和喜君姐一家在一个桌子上就餐，其间又认识了黑龙江诗人王长军和他爱人。长军虽然已经退休的年纪，但诗作一点都不老气，更没有腐朽与僵化的迹象。

这是一次散淡的聚会，尽管都是文人，但多数是陌生的。我觉得，文人的陌生比其他圈子人群之间的陌生更古怪，更有意味。好在，我们一家和喜君姐一家并长军一家，很快结成了一个松散的团队，出行一致，话语投机，端的不寂寞。特别是母亲和小姨，在异乡他地，陌生人群之间，遇到了可以一起说话的朋友，开心自不待言。我也觉得庆幸，有喜君姐一家和长军一家，这一次与母亲和小姨在海边，当是幸运的和快乐的。

去看海，一行人在沙滩上溜达，烈日烘烤紫霞，汗流浃背，远处的海鳞光闪闪，浩大一片。转回头望过去，林子外边有高大的楼房，再远，应该是山海关吧，那座边城，在明清之际的作用乃其拥有的传说和鲜血的烈度，都是可圈可点的。袁崇焕、吴三桂、努尔哈赤、皇太极等等，他们在这里所进行的战争，谋略和诡计，杀戮与攻伐，都在历史上留下了浓墨重彩的痕迹。但从这些人的命运上看，王朝的姓氏、族别等的改变，很多时候是非人力的，尽管人在其中扮演着主要角色。袁崇焕的冤情反映的是一个王朝在灭亡之际的全体愚蠢与"自作死"，吴三桂的"冲冠一怒"其实是对李自成这一草寇短暂获胜之后，利益分配不均不满的表现；而努尔哈赤，这一支同样剽悍并且具有全局意识与进取精神的游牧民族的获胜，进而成为东方大国的主宰者，也不是偶然事件。

到海边，很自然地想起，这北方的内陆海，事实上也联通着亚洲和世界。大水浩荡，接天连地。站在高处，母亲和小姨都觉得晕眩，连连赞叹说，这么多的水，从哪儿来的，又到哪儿去？人怎么敢在上面开船？要是起风了，船翻了可就了不得了！如此等等。我一边解释说，大海也像陆地一样，陆地上开车是靠技术的，开船也是这样。我给她们讲戚继光的故事。说当年的沿海地区，也是海盗和倭寇猖狂之地。是那个叫戚继光的人，训练了很多惯于打海战的部队，有效地打击了倭寇。

走在海边，我让母亲和小姨下水试试。小姨风湿病，不敢。母亲开始不敢，踏进海水之后，一眨眼，就走出了好远。我惊呼，也觉得，其实，母亲虽然是乡下妇女，大字不识一个，但她也有顽劣和勇敢的一面。我走过去，让喜君姐为我和母亲照了一张相片。喜君姐妈妈和长军夫妇也来了。几个人一起，站在接天连地的海水中合影。母亲很高兴，笑得假牙都一颤一颤的。

站在那里，我恭敬参拜。不是迷信什么，而是觉得，在古代中国，科技不发达，但人们的想象力是丰沛的。不像现在，最好的想象资源逐渐被打破，宇宙与自然的神秘感正在无情消失。也觉得，古代的人们也和我母亲和小姨一样，对大水和大海保持了一种天性般的敬意。在无边的汪洋之中，甚至上下，都有着无所不能的神灵。那些出海的渔人，以及在海上作战的勇士，内心里也都有着各种各样的专属于大海的神灵，并且深深相信，神灵就是庇护他们的，毫无私心，还具备了无所不能的超自然能力。

我站在水里，张目四望，到处是灰蓝色的海水，起伏的大水低处以包含暗力的平静将周遭的一切严密而又优雅地拥裹起来。不由想到了曹孟德,《观沧海》便是他诸多不朽之作之一。"东临碣石,以观沧海。水何澹澹,山岛竦峙。树木丛生,百草丰茂。秋风萧瑟,洪波涌起。日月之行,若出其中。星汉灿烂,若出其里。幸甚至哉,歌以咏志。"一个军事统帅、文宗和文章家、政治家倚山面海的一番吟诵,使得沧海具备了无限的光华与气质。曹孟德所在的那个秋天四海纷乱,九州战火,群雄逐鹿,整个大地人间,到处都是为战争付出代价的人骨和荒芜乡野。每一次的战争,都是政治家们集中精力的游戏,每一次战争,也都是平民为之殉葬的填埋运动。曹孟德这首诗,有天人合一的宇宙观,也有人神感应的意趣。而其观察与概括之精到与超绝,体现的是一代文宗与政治家的性情与襟怀。

当然也想到了那首著名的《浪淘沙·北戴河》:"大雨落幽燕,白浪滔天,秦皇岛外打鱼船。一片汪洋都不见,知向谁边?往事越千年,魏武挥鞭,东临碣石有遗篇。萧瑟秋风今又是,换了人间。"读着诗句,能感觉到胸怀四野,意气纵横,睥睨人间的气度。

人类的文明肯定是接续不断的,文化艺术也是如此。

站在浩茫大水一边,远处海天一色,横无际涯。临近的岛礁上,楼房林立。母亲看着那一片楼房说,人住在那里,不知道害怕?小姨也随声附和。我说,这没啥害怕的,那房子建造得都很牢固,内部装修也会让人住得舒适。母亲说,叫俺的话,可不敢住在那儿。看水,就会眼晕,黑夜肯定不敢睡觉。万一水涨上来了,就全部被淹了!我笑笑,也知道,母亲的这种说法,完全是想当然。我对她和小姨说,环境造就人、影响人和塑造人,住在海边和住在山里都是一样的道理,靠山吃山,靠海吃海,人有权利选择生存之地,而生存之地就有责任和义务让他们坚持活下去。

北戴河新区处处风景,我在黄金海岸停留了很长时间。阳光下的沙滩、海鲜饭馆、冲浪的人们,大抵是北方人休闲的最好方式。不用太远,就可以莅临海边,在汹涌汪洋之间进行身心陶冶与历练。当地作家让我们体验了一次快艇,这是我人生中的第一次。在碧蓝的海水中,一艘快船,在其上的姿势,好像是一尾急于飞翔的大鱼,身下的动荡与飞溅的浪花,让人想到人生某些激烈的遭遇。

坐在沙滩上，全身灼热，这种天地共同酿造的热度，是对生命的一种炙烤，也是对肉身的一种安抚。在这个尘世中，我们已经沾染了太多的污浊之气，如同中医所说的"邪气和湿气"，而在沙滩上躺一会儿，有一种祛毒的效果，再起身，只觉得浑身轻盈，仿佛脱胎换骨。可惜，我对海鲜之类的不感兴趣，一是不爱吃，总觉得那种腥味不舒服；二是不能吃，因为尿酸比较高，已经有几次痛风的体验了。由此，我特别羡慕生在海边的人，他们自小就适应了这样的生活，而且，一生与大海为邻，倾听涛声铺天盖地，眺望汪洋之深邃遥远，这种生活习性，自然会增强他们的灵性与勇气。有时候也羡慕属意海味的人，对于他们，鱼虾螃蟹各种贝类，都是美味，大快朵颐，就是享受。

回到住处，安顿母亲和小姨休息，我出酒店，沿着一条木板铺就的道路，往住处走。我住在顶层。洗澡，再洗衣服晾起来，已经是夜里10点多了。大海的涛声在远处轰然响起又悄然消失。偶尔的雷声和紧接着的骤雨让海边之夜充满了某种不确定的冒险意味。这是另一种不同的体验，也是值得铭记的。

这一次陪母亲和小姨来北戴河新区休假，本质上说，是我自己有了大把的时间，再加上某种关照，才得以成行。在这里，很多时候与长军、喜君、张玉等人聊文学，谈一些不着调的理论和观点，乃至对个人对当下文学的看法。最好的时光是坐在那棵巨大的树下度过的。一杯茶，一杯水，或者买一个大西瓜，大家分了吃。然后嘻嘻哈哈。

这样的时光，我是久违了的。照实说，2016年春天以来，我遭遇到了人生当中的两大困境，一个是转出现役。倒不是因为离开25年的部队而不甘不舍，而是觉得了一种人生无常的命运感，以及现实当中的某些荒谬性。第二个，便是无端的分离与冷酷。在很长时间内，我是全心全意并且确信这一生是从一而终的。而突然的崩断让我痛苦莫名，又无法疗救，更无处诉说，更遑论安慰与解脱。

下午饭后，沿着街道四处溜达。街道上都是海鲜的味道，活的、熟的、加工的，琳琅满目，充斥各个角落，刺激着每个人的味觉和视觉。我想买点，给弟弟的孩子们。母亲不让。后来我知道了，海鲜是可以快递的，现在的交通及运输，果然都方便了许多。我对她们说，很多人专门到海边来吃鲜味，你们应该多吃些。她们笑了。一行人走到海边，在恢宏落日之中，大海汹涌，苍茫如幕。我蓦然发现，远处那矗立的石头树木，更像是一尊尊躺倒或伫立着的菩萨，静默从容，以悲悯的目光打量着世人。

最后一天去坐轮船，上船后，母亲和小姨开始很害怕。到顶层，坐好，开动，看到更大的海，她们才放松下来。也说，这么大的海，哪里才是尽头呢？我告诉她们说，海和海都连接着，更大的海可以到达世界的每一个地方。她们看着远处的蓝色大海，有一些海鸥或者其他什么鸟飞过，白色的，使得整个大海都有了一种轻盈的和悠远的味道。意犹未尽，显得大船在海上的时间也短了。回岸上，母亲和小姨还在回味着坐船的兴奋。

离开北戴河新区的时候，坐在高铁上，母亲和小姨还说，等人家小君和妈妈有空了，请到咱家来看看，还有长军一家。高铁快到邢台时，喜君姐的妈妈打来电话，问到家没。刚挂掉，长军也打来问询。这种萍水相逢的情谊，使得母亲和小姨感动莫名。我也觉得，其实，每一个人都是美的，善的，每一个人心里都有一尊菩萨，还有他人和芸芸众生。

作者简介

杨献平　中国作协会员。作品见于《天涯》《中国作家》《人民文学》《山花》《诗刊》等刊。曾获全国第三届冰心散文奖单篇作品奖、首届三毛散文奖一等奖、全军文艺优秀作品奖、在场主义散文奖、四川文学奖等数十项。主要作品有长篇文本《梦想的边疆——隋唐五代丝绸之路》，长篇小说《匈奴帝国》《混沌记》，散文集《沙漠里的细水微光》《生死故乡》《南太行纪事》《作为故乡的南太行》《河西走廊北151千米》，以及诗集《命中》等。

时间之沙

王海津

　　细碎的沙子如水一样，悄无声息地穿过狭小的孔隙。于是，沙子便有了时间的意义。其实，人们最早用来计时的仪器是壶漏，壶漏里面漏下的，曾经是滴答滴答的清水，但北方的冬天，大雪纷飞，滴水成冰，壶漏里的水，很容易就凝固成了悬垂的冰滴，可时间不会停滞。于是，计时用的壶漏，后来就被改装成了沙漏。

　　最有名的沙漏，是明代洪武年间詹希原创制的五轮沙漏。詹希原（后更名詹希元）字孟举，新安（今安徽歙县）人，曾为中书舍人，是著名书法家，以善书大字而独步当代。《博物志补》记载："五轮沙漏：北方水善冻，壶漏不下，新安詹希元以沙代水，人以为古未有也。"詹希原的五轮沙漏，以流沙从漏斗形的沙池流到初轮边上的沙斗，驱动初轮，并带动各级机械齿轮旋转，最后一级齿轮带动水平面上旋转的中轮，中轮轴心上有一根指针，在仪表盘上转动，以显示时刻。

　　600多年后的今天，詹稀源的五轮沙漏早已不再转动，他的小木人也早已退场，但时间之沙，依旧在流动。

一

　　辛丑初秋。天阴着，偶尔飘落的雨滴，带着丝丝凉意。站在UCCA沙丘美术馆的外面，只看到通向沙丘之下的一条隧道，隧道口的一侧，伫立着一座高达4米多的断臂维纳斯青铜像，青铜这种古朴的材质，本身就有一种被时间附着的感觉，这座断臂维纳斯雕像更与众不同的是，在她的小腿、双肩以及额头等多处有着严重损毁的痕迹，在创作意义上，这是被时间侵蚀的结果。在被时间侵蚀的破损处，有许多向外生长的方解石，坚硬的方解石，带有箭头一样的指向性，它呈现了与时间抗衡而逆向生长的力量。我们早已经习惯了时间为我们设定的方向，而这座雕像上的方解石，在时间造就的伤痕处所呈现的生机，让人的心中，有种残酷的刺痛感。

位于北戴河新区黄金海岸阿那亚的UCCA沙丘美术馆，展出的是美国当代艺术家丹尼尔·阿尔轩的"时间之沙"雕塑系列作品，这座断臂维纳斯，就是这组系列作品之一。美术馆半隐于沙丘之下，入口的隧道通向白色展厅，整个建筑空间，由7个洞穴和3个半露天的圆拱形展厅构成，每个展厅顶部，都设计了圆形天窗，为展厅提供自然采光，三个半露天展厅朝向大海，金色沙滩与蔚蓝色的大海一览无余。这种洞穴式的结构设计，仿佛瞬间穿越了时光隧道，让人回到了原始的居所，在与现代环境的隔绝中，令人以纯净的心灵，感受艺术的魅力与思想的引领。

丹尼尔·阿尔轩是美国当代知名艺术家，1980年出生于美国俄亥俄州被称为"森林之市"的克利夫兰，2003年毕业于纽约曼哈顿的著名私立大学——库伯联盟学院（Cooper Union），现居纽约。他的作品涉及雕塑、建筑、电影。丹尼尔·阿尔轩的创作美学，根植于他的"虚构考古"概念，通过雕塑、素描、建筑和影像等创作媒介，以其称为"未来考古学"作品，创造一种临界情境，使人感觉身处未来世界，面对一场虚构的考古现场，实现时空跨越，从一个遥远的角度，逆向关照我们所处的时代。他在创作中提出"未来遗物"这一概念，在其标志性的作品中，他将我们所熟悉的当代物品，进行石化处理，变成被时间所侵蚀后的古代遗物，用以指涉今天随着技术发展而空前加速的去物质化的数码世界。

在时间的漫长隧道里，能够更加整体关照现实的方式有两种，一个是回归历史，一个是走向未来。然而，现代人却时时刻刻在利己主义的奔波忙碌中，无暇顾及其他。一百多年前，尼采说，现代人是不可救药的野蛮人，是生活的奴隶，是悬挂在瞬间之网上永远挨饿的人。他认为现代人在狂热的焦躁中，执着于成功和获利的欲求，执着于对当下的偏执。人们都心神不宁地向前猛冲，就像烙上"3M"印记的奴隶。所谓"3M"，是指德语里的Moment（当下）、Meinung（舆论）、Moden（时尚）。这三个词都烙在每一个人的脸上，预示着人们成为当下、舆论和时尚的奴隶。而丹尼尔·阿尔轩则将人们置换到未来的考古挖掘现场，反观当下，只是一场被时间所侵蚀的废墟，一切都在时间的侵蚀下面目皆非，从而实现对时间及生命的另一种诠释。

丹尼尔·阿尔轩的作品曾在全美各重要机构，如纽约现代艺术收藏博物馆、纽约新美术馆、迈阿密当代艺术博物馆等地展出。2019年6月29日，上海昊美术馆曾举办"现在在现"丹尼尔·阿尔轩作品展，这是他首次在亚洲美术馆举办个展。

"时间之沙"也是UCCA沙丘美术馆的首个艺术家个展，展出的是丹尼尔·阿尔轩最新创作的系列作品。包括《侵蚀断臂维纳斯铜像》《侵蚀宁芙女神与贝壳石英像》《侵蚀维纳斯石英像》《侵蚀雅典娜石英头像》《侵蚀戴头盔的战神阿瑞斯石英头像》《侵蚀戴眼罩的年轻女人石英像》《侵蚀乌尔比诺公爵——洛伦佐·美第奇蓝色方解石像》《侵蚀狩猎女神狄阿娜石英像》《侵蚀战神阿瑞斯蓝色方解石像》《侵蚀观景殿的阿波罗蓝色方解石像》《出土的侵蚀悲剧女神墨尔波墨涅铜像》《侵蚀海洋女神阿瑞图萨蓝色方解石像》等12件由青铜、蓝色方解石、白色石英、透石膏、石膏等材质创作的雕塑作品，以及《宁芙女神与贝壳习作》《阿尔勒的维纳斯半身像习作》《伯里克利半身像习作》等3件纸上石墨绘画作品。这些作品是丹尼尔·阿尔轩对古希腊、罗马经典雕塑作品的另一种诠释，他依旧以纯净的白色为主调，与UCCA沙丘美术馆独特的洞穴、沙丘空间环境相结合，在展现他长期的虚构考古现场创作理念的同时，试图激发人们对于地质年代、原始自然力量和历史遗迹三重概念本质的认知。

丹尼尔·阿尔轩在创作这些作品时，据说在获得法国国家博物馆联盟史无前例的支持之下，得以接触到欧洲最重要博物馆馆藏的雕塑大师原作模型，并以其标志性的水晶，对古希腊和罗马雕塑进行了重构，使这些古老的经典作品"以腐蚀朽败之相展露岁月流逝的同时，侵蚀雕塑的水晶却以生成增长之态引出截然相反的时间发展线索"。

丹尼尔·阿尔轩的艺术作品，有其明显的特征：其一是白色调。他的作品皆以白色调为主，具有十分明确的创作风格与辨识度。据说一直钟情于白色，是因为他天生色弱，但色弱并没有影响丹尼尔·阿尔轩成为一名优秀的艺术家，仿佛色弱是上天给予他的一种天赋，反而使他的作品以更加简单、纯粹的方式呈现出来。其二是建筑扭曲。丹尼尔·阿尔轩喜欢运用建筑概念，透过与墙壁的互动，把雕塑和装置转化成意想不到的建构形式，那些充斥着波浪纹和皱褶的帷幕般的墙面，彻底颠覆了人们对建筑构造的认识。而他对于扭曲建筑学的概念，则来自小时候他在迈阿密的独特经历，那里经常有龙卷风，他曾见过许多建筑物被龙卷风摧毁，大自然的威力，令许多建筑物瞬间成为废墟。由此，废墟成为他的建筑记忆。三是未来遗物。将今天常见的流行物件，变成未来世界的出土文物。丹尼尔·阿尔轩的创作灵感，来自南太平洋的复活节岛，他曾在那里见到考古学家发掘古迹的过程，他认为考古工作在某种程度上也是一种虚拟过程，考古学家为了探究出土古物的真相，需要提出完整或局部的猜想，但人们并不能确切地知道真正发生了什么。因此，他把考古的虚拟性融入创作，用未来的角度，审视当下的日常物品成为历史之后的样子。

"时间之沙"试图通过展览名称令人联想到沙子流过沙漏的视觉意象，以及围绕雕塑作品所处的真实环境的流沙，具象化人们对时间流逝的内在感知。当人们脚下的流沙，随展厅空间的转移，颜色从白色逐渐过渡为蓝色，在这座消隐于沙丘之下的美术馆中，虚构的历史遗迹、展厅临海沙丘的自然环境以及观众对这些遗迹背后故事的想象，共同构成了一场视觉上的对话。在这些作品中，作者预设其中的盛与衰持续的对抗，成为一个超现实且迷人的悖论。

参观"时间之沙"展览之后的某一天，在某外企工作的沙子在微信里说："师傅，上周的'佳片有约'是《静默的音乐》，老师问盲眼的歌者，怎么理解时间？他刚想回答，老师却打断他，要保持沉默，沉默……这有点儿超出我的认知能力，莫非跟空白深处的道理同根？"沙子叫我师傅，我偶尔叫她沙师弟。沙子一直勤奋于读书、思考与写作。我没看过《静默的音乐》，沙子的问题好像让我也需要保持沉默。我向沙子推荐了UCCA沙丘美术馆的"时间之沙"。沙子在读博尔赫斯，博尔赫斯也是我非常喜欢的诗人。沙子说，对时间的理解，或许可以在博尔赫斯的《沙漏》中，寻找一些答案。

是的，博尔赫斯，《沙漏》。

二

……从开露的顶端，那翻转的锥形物/让时间的沙子漏下/渐渐地，黄金变得松弛，然后注入/这小小的宇宙的凹面水晶/观察那些隐秘的沙子流走或溢出/一定有一种快乐//在漏口处，沙子像是由/一个迫不及待的人堆起/每一周围的沙子相同/而沙子的历史，无限/因而，在你欢乐和痛苦的深处/那不能弯卷的永恒仍是深渊/在这种坠落中永远没有休止//是我漏掉了血液，而不是玻璃/沙子流掉的仪式永远进行着/伴随着沙粒，生活离我们远去/我相信，在沙子的分秒中/我感知到广大无边的时间；历史/记忆锁在它的镜子里/或是遗忘之神已经融化……

我喜欢戈麦翻译的博尔赫斯的《沙漏》，这是其中的段落。沙子在沙漏中的流动，正如血液在生命体中的循环，更有生命在时间中流逝。读戈麦翻译的文字，我总觉得这就像戈麦写的，这些文字无疑同样带有戈麦的生命气息。戈麦翻译博尔赫斯作品时，应该是20世纪80年代末。

那时候，博尔赫斯刚刚去世不久。戈麦出生在北大荒，却奇迹般地进入北大读书；他一直对经济学感兴趣，却阴差阳错地进了中文系；他不喜欢自己的古典文献专业，后来却成了一名诗人。从北大走出了一批诗人，先后有熊光炯、西川、海子、骆一禾、阿吾、斯人、西渡、戈麦、臧棣等等。然而，在北大，诗人似乎是个危险的词，1989年，海子死了，25岁；骆一禾死了，28岁。在海子死后不久，戈麦写了一首著名的诗《死亡诗章》，还有一首《厌世者》，死亡的意象，或许一直萦绕在戈麦的生命中。他曾说到博尔赫斯的精深博大对他的"拯救"："就在这样一种怀疑自身的危险境界之中，我得到了一个人的拯救。这个人就是豪尔赫·路易斯·博尔赫斯。"然而，这位被誉为"作家中的作家"的文学大师，最终没能拯救戈麦，1991年9月24日，戈麦自沉于北京西郊圆明园附近的万泉河，年仅24岁。

博尔赫斯说，"沙子流掉的仪式永远进行着/伴随着沙粒，生活离我们远去"，时间的流逝，能够裹挟一切，包括每一个鲜活的生命，我们永远无法看清时间的面孔，人们在时间的面前，永远茫然无措。"在你欢乐和痛苦的深处/那不能弯卷的永恒仍是深渊/在这种坠落中永远没有休止。"博尔赫斯在与美国诗人、翻译家威利斯·巴恩斯通谈起时间时说："我想时间是一个根本之谜。……说到时间，你有一个如何给它下定义的问题。我记得圣·奥古斯丁说过'何谓时间？若无人问我，我知之，若有人问我，我则愚而无所知'。我想时间的问题是一个真正的问题。时间问题把自我问题包含其中，因为说到底，何谓自我？自我即过去、现在，还有对即将来临的时间，对于未来的预期。所以这两个不解之谜正是哲学的基本内容。而我们很高兴它们永无解开之时，因此我们就能永远解下去。"诗人永远是灵魂与未来的探索者，这也正是人们对于诗歌阅读的内在驱动力。

戈麦说过："诗歌应当是利斧，它能够剖开心灵的冰河。在词与词的交汇、融合、分解、对抗的创造中，一定会显现出犀利夺目的语言之光照亮人的生存。诗歌直接从属于幻想，它能够拓展心灵与生存的空间，能够让不可能的成为可能。"在时间的巨大光辉与无边暗影之中，一切皆有可能。诗人的探索与验证，在美好的幻想中，常常显现出生命的苍白与无力。语言之光，不一定能够永远照亮人类的生存现实。然而，它的意义所在，是因为它毕竟照亮了时间朝向未来的方向。

戈麦写过一首诗《沙子》：

空心的雨，打在/空心的梧桐树/叶子箔片般在响/时光是沙//有人站在黄澄澄的麦垛后面/空气中有细长弯曲的水柱/一年一年的收成是沙/挖开颅骨下黄沙的河床/忘记是沙//风雨过后一些淋湿的海鸥/落满港口的桅帆/它们微冷的喉管里/细微的声音是沙//那些漫天飞舞的燕子/一点一点翻录着天空的思想/无尽的生活是沙//我数尽了陆地上一切闪亮的名字/灯火全灭/狂风被吸进每一粒空隙/一粒，其实，就是一万粒

一粒就是一万粒，让人想到《金刚经》中的"恒河沙数"，佛说"以七宝满尔所恒河沙数三千大世界，以用布施"，恒河两岸的每一粒小沙子，都是一条恒河，所有恒河两岸的沙子，就是"恒河沙数"。茫茫宇宙，有无限的空间，还有无限的时间。面对无始无终的时间，人远不如一粒沙子，既没有一粒沙子那样的恒久，也缺少沙子那样的佛性。人常常被囚禁在自己的忧烦之中。博尔赫斯曾在他的短篇小说《沙之书》中，将无限的抽象时间，转换成无限的具象页码，放在那本叫作《沙之书》的神秘的书中。《沙之书》也是他一本短篇小说集的名字。

小说集《沙之书》的第一篇《另一个人》，写了一个魔幻故事：在时间的横轴上，他所在的点是1969年2月，上午10点钟，在波士顿北面的剑桥，坐在查尔斯河边的长椅上，他遇到一个人，他忽然发现那是另一个年轻的自己，他们像父子、像兄弟一样，聊起他们自己曾经的事情，"我们的处境是绝无仅有的，老实说，我们都没有思想准备。我们不可避免地谈起了文学，不过我谈的无非是常向新闻记者们谈的话题。我的另一个我喜欢发明或发现新的隐喻，我喜欢的却是符合隐秘或明显

的类比以及我们的想象力已经接受的隐喻：人的衰老和太阳的夕照，梦和生命，时间和水的流逝"。博尔赫斯将一个不到20岁的自己与一个70岁的自己，重叠到了一个时间点上，并且努力证明这不是两个人在做梦。或许这与丹尼尔·阿尔轩的雕塑作品有着异曲同工之妙，都是在时间的坐标上，故意左右拉抻移动，是分离与聚合的结果。从中，我们看到了另一个时间维度的世界。

博尔赫斯将《沙之书》放在了小说集的最后一篇，他在小说的开头写道："线是由无数的点组成的；无数的线组成了面；无数的面组成了体积；庞大的体积则包含了无数的体积……"貌似是在说几何，但是他又说"这些几何学概念绝对不是开始我的故事的最好方式"，可是读过这篇作品之后，你依然觉得他的开头正是点睛之处，他的几何学概念，同样令人想到"恒河沙数"。

博尔赫斯的《沙之书》所表达的正是人类面对"无限之物"时心灵的真实深度。故事从"我"单身住在贝尔格拉诺街一幢房子的五楼遇见神秘的《圣经》推销员开始，他从《圣经》推销员那里得到一本圣书，推销员像透露一个秘密似的压低声音说："我是在平原上一个村子里用几个卢比和一部《圣经》换来的。书的主人不识字。我想他把圣书当作护身符。……他告诉我，他那本书叫'沙之书'，因为那本书像沙一样，无始无终。"这本书的页码是无穷无尽的，没有首页，也没有尾页。那个推销员又像是自言自语地说："如果空间是无限的，我们就处在空间的任何一点。如果时间是无限的，我们就处在时间的任何一点。"得到这本书之后，这个"无限之物"像怪物一样，成了"我"一切烦恼的根源，以至"我"想把它付之一炬，又怕"一本无限的书燃烧起来也无休无止，使整个地球乌烟瘴气"。最后"我"只能偷偷地把它放到了拥有90万册图书的图书馆里，并且"竭力不去记住是搁架的哪一层，离门口有多远"。极尽魔幻与荒诞，又貌似无限合理。

图书馆是博尔赫斯终生工作并无限热爱的地方。博尔赫斯1899年出生于布宜诺斯艾利斯的一个书香之家，后来迁居到一幢高大宽敞、带有花园的两层楼房里，父亲在这里有一间专门的图书室，藏有大量珍贵的文学名著，博尔赫斯的童年便得以与书为伴。从1921年开始，博尔赫斯进入图书馆工作，1955年，他成为阿根廷国立图书馆馆长。他在《关于天赐的诗》中写道："我心里一直都在暗暗设想，天堂应该是图书馆的模样。"

三

在渤海之滨，有一道著名的黄金海岸，亿万年温柔的潮水，在这片弧形的海岸线上，淘洗出大片细碎的金沙。也许因为大海的辽阔与温和，让吹到海边的寒风与落在沙滩上的阳光，都变得格外温和。20世纪初，西方人发现了东方这片风水宝地，于是，便在这里大兴土木，一幢幢异域风情的别墅里，渐渐飘出牛排与香水的味道。沙滩上，是高跟鞋、比基尼、洋伞与金发碧眼的世界。在这里，仿佛一个古老的世界，忽然洞开了一扇窗口。每天都能看西洋景的当地人，牵着毛驴，驮着来自另一个世界的洋人，走在沙滩上，每天在这道金色的海岸线上，踩出一串串深深的蹄窝，那便是历史的记忆。

这里就是著名的北戴河。后来，中国的权贵阶层，也纷纷来此驻足，使其成为兴盛百年的旅游度假胜地。然而，北戴河只是这道黄金海岸上的一个小小的亮点，就像一粒闪光的沙子。随着旅游业的兴起，曾经的一些渔村，陆续诞生了黄金海岸旅游度假区、南戴河游乐中心、翡翠岛等游乐休闲场所。然而，随着春夏秋冬的季节变化，人们只是匆匆地来，又匆匆地走，在沙滩上踩出的杂乱的脚印，又被潮水一波一波地抹掉。

后来，当地政府重新整合资源，成立了北戴河新区。于是，康养旅游度假成为这里新的主题。随之，房地产业便也迎着温暖的海风，在此逐渐涨潮。然而，最先进入人们视野而红遍网络的，却是沙滩上那座"孤独的图书馆"。

第一次来看这座图书馆，也是深秋。天阴着，海边的风很大，海面上白浪翻涌，鸥鸟云集，波澜壮阔。漫长的海岸线上，相距不远有两座建筑，一个是图书馆，另一个是教堂。通往教堂有条窄窄的甬道，这是一座白色建筑，有长长的台阶，有高高的尖顶。教堂是人们向上帝敞开心扉的地方，尖顶据说是有助于将人们的忏悔或者祈祷的心意传达给上帝。然而，我觉得这座教堂更是一种象征，更具有审美的意义，许多人来此，并不是完成与上帝的交流，并不是来向上帝倾诉内心的惶恐与不安。许多人的内心是一片荒芜的世界，教堂所给予人们的，仅仅是海边的一道风景。然而，在大海与陆地之间，在天空与大地之间，有这样一座充满神性的建筑，就已经足够了。毕竟，上帝并不住在教堂里。

与教堂比邻的图书馆，一下子就让人想到了博尔赫斯的"天堂的样子"，虽然它真的不是天堂，它仅仅是一座孤独的图书馆。它给予人们的孤独感，或许源于它远离闹市独处沙滩之上的空间距离感，或许源于这座建筑仅仅是混凝土原色的低调，或许源于它只有几何构图的简单设计，或许源于它与沙滩之外没有任何道路连接的隔离……或许，是所有的这些元素，共同使它的精神面貌指向了孤独。

然而，只有孤独，才是对时间最好的对抗；只有在孤独中的阅读，时间才不会悄悄地溜走；只有在孤独中的思考，时间才会更凸显出它存在的意义。人们踩着松软的沙子，一步步艰难地向着这座灰色建筑走去，在迈出每一步的同时，或许内心都充满了神秘的期待与不安。它更像一个谜，你不知道它会给你一个怎样的谜底。

沙滩漫无边际，大海万年如斯。

那是一个夏夜，我与几位诗友从秦皇岛市区驱车来这里参加诗歌朗诵会，因为朗诵会上有北岛，有西川等等，听他们朗诵自己的诗，肯定是一种不同的感觉，那应该是诗与诗人的完整呈现，尽管他们不会有声嘶力竭的激情，但他们有的是内心的独白，是灵魂的舞蹈，是对诗歌的诗意诠释。开始的时候，我在图书馆的二层，站在一架竖琴的旁边，看着场地上朦胧的灯光，看着一场现代舞的渲染，让人即刻感受到梦幻般的空间里，是诗意的弥漫。

这座图书馆面朝大海，有一面宽敞的窗子，不仅白天有良好的采光，有大海巨幅的画卷，整座建筑更像一颗面向大海敞开的心灵。

北岛还是那么瘦，瘦得像一首精短的诗。他没有朗诵那首著名的《回答》，但他的《回答》，永远在耳边萦绕：

卑鄙是卑鄙者的通行证，高尚是高尚者的墓志铭。看吧，在那镀金的天空中，飘满了死者弯曲的倒影。……如果海洋注定要决堤，就让所有的苦水注入我心中。

诗人的回答，总能穿透时间的尘霾，抵达真理的深处。

西川的脖子上，总有一条围巾。西川的朗诵，低沉而浑厚。他曾翻译过《博尔赫斯八十忆旧》，还有我刚刚读过的《博尔赫斯谈话录》。西川与海子、骆一禾被称为北大三诗人，而海子和骆一禾都早早地离世而去了，海子死后，西川编辑出版了两部海子诗集《海子的诗》和《海子诗全编》。而今，在海边这座大房子里，西川也没有朗诵海子那首著名的《面朝大海，春暖花开》，但是，海子心中的幸福，真的像春天的风一样，温暖而宁静：

……我将告诉每一个人/给每一条河每一座山取一个温暖的名字/陌生人，我也为你祝福/愿你有一个灿烂的前程/愿你有情人终成眷属/愿你在尘世获得幸福/我只愿面朝大海，春暖花开。

后来，很多人来到图书馆外面的沙滩上，朗诵会依旧在进行。寂静的夜空，有一轮明月高挂，大海涌荡着一波一波的潮水。夜晚清冷而安静，这是一个诗歌的夜晚，这是一片诗性的沙滩。

我知道在这片金色的沙滩向远处延伸的地方，有一座巨大的沙山，那里就是有"京东大沙漠"之称的翡翠岛，一座东、北、西三面环渤海与七里海（潟湖）的半岛，居高远眺，金色沙岛周边的海水，呈翠绿色环绕。翡者，赤羽雀也；翠者，青羽雀也。翡雄翠雌。翡翠，仿佛是一个极富东方神秘文化气韵的生命体。这条黄金海岸线上的翡翠岛，更像有一双上帝之手，用沙子塑造的奇迹。连绵的沙山令人有种不知身在何处的感觉，沙山最高峰达40多米，而沙子所达到的这个高度，完全是海风的杰作。那些金色的细沙，被日日夜夜的海风轻轻吹起，一层层叠加，终于在某一高度上停止，不再继续生长，而这个高度，便成为一个生命个体的象征。我曾在这座沙山脚下夜宿，登上沙山顶峰，山下一座座彩色帐篷生机勃勃，人们赤足走在沙子上，亲切地感受着一种原始的自然亲和力。这里有夕晖落日，有海上日出，有海浪撞击夜色的巨大回声，有海风吹动沙子的悄悄细语。人们被巨大的沙子的世界包裹着，与时间融为一体，仿如混沌初开。

女儿高中毕业的时候，有同学送给她一个精致的沙漏，一直摆放在家中的书橱里。其实它是三个沙漏的组合体，每个沙漏里面的沙子，颜色都是不同的，分别是紫色、粉色和蓝色。据说紫色代表品位，粉色代表天真，蓝色代表活力。沙漏象征着爱情、友谊与幸福。我想，这个很现代的沙漏，必定承袭了詹希原所创制的那个古老的五轮沙漏的生命气韵，所有的事物都有它的历史、现在与未来。所有的事物，都会有它扎在时间深处的根，用以汲取岁月的营养和水分。

沙漏被不断翻转，时间在不断流逝，世事也在不断变迁，而人们手中的沙漏，更寓意了无论时光怎样流逝，代际如何更替，世事多么复杂，人生怎样不堪，都要永远朝向幸福与美好的方向，不断努力。或许，这便是时间之沙，赋予我们的人生意义。

作者简介

王海津　中国作家协会会员。有诗歌、散文等作品散见各种文学期刊，并连续入选《中国散文排行榜》等多种年度选本。出版有诗集《走过原野》，散文集《乡村碎片》《城市鸟群》等。

望晴

林　闻

手持一把小雨伞，穿行在北戴河新区的沥沥秋雨中，风自然是有些凉了。

路边毛桃树上的桃子，一簇簇探出桃红的小脸，却没有一个远方的宾客，来跟它们拍一张合照。它们的脸颊，在风雨中臊得更红了。芦苇在微凉的风中起起伏伏，织就苍凉一片，却仍然不间断吹出阵阵秋天的哨音，跟苍茫的大海的咆哮彼此呼应。

受新冠肺炎疫情影响，北戴河新区的各个景区基本上都处于闭园状态。在沙雕大世界，金沙塑身的各种人物仍保持着栩栩如生的形态，它们的身影和唇形在向这世间一遍遍讲述着曾经的故事以及未尽的心曲，需要人们竖起耳朵来谛听，然而前来拜望它们、和它们进行灵魂对话的人，却不能逾越疫情防控的红线，和它们进行面对面近距离的交谈。

如若沙雕是个活人，想必也该戴上硕大的口罩了吧。口罩把心语罩在胸间，汇成爱的溪流滋润着人间生命。啊，真希望人们脸上的蓝色口罩，即是人类从朗朗天空里裁下的一片晴，即是爱我的人从苍浪的大海里深掬的一抹蓝。

自然的一切还是那么鲜活。海景还是那么壮阔撩人。然而一旦没有了人来人往，沙滩又是多么空寂。只有一个人的脚印太轻了，只有一个人的身影太显单薄，大海渴望如浪涛一般翻滚的笑声，大海渴望如鱼儿一样欢畅的人群。

在渔岛温泉，多情的水仍汩汩漾漾，爱抚着自由泳的小鱼儿。空气里弥漫着往日丁香一般的浪漫，却鲜有闲趣之人，来此领略这别样的风情了。

孤独图书馆在金色沙滩上扬眉瞩望，在这孤独的日子里，孤独图书馆最是不孤独。它满脑子都是哲人的话语。满腹都是先人的经纶。满怀都是热恋的人儿的呢喃。条条语录、卷卷经纶、句句知心话，都是烫金版。没有人能给它翻盘。它独坐沙滩，像一个冥想中的禅师，伴着沧浪之水日夜冥想；它又像一个温婉、以一行行文字，喂熟了的青春少女，羽翼已丰。

她瞭望着眼前沧溟世界里的一勺水，用她手中的书页，折叠着梦想的纸船。纸船飘向远方未知的海岸，其实她不入世不知道，这世间的一切热闹，都是泪眼汪汪的云烟，唯有孤独和烈酒，灌满了人的肚肠。

生命的最佳状态不是热闹，而是清虚，是慎独。孤独才是人生最大的饱满。

人体生命科学园，是北戴河新区近年来重点打造的项目。人，是自然界的点睛之笔。没有人类之光照耀的图景，终将死寂一片。然而人对自身的研究，尚属于科学的发蒙阶段。在告别无明与蒙昧的路上，每前进一步就有一步的欢喜。这欢喜，也无不承载了世人的辛酸悲喜和无尽的爱的担当。

人对一切自然的改造，无不出于对人类自身的爱和改造。人总想把人自己照顾得更好，人总想把人自己的灵魂升华得更高，人总想把人自己从自然获得的爱，再贯穿于自然。

爱是一种环流。从自然流向人，再从人流向自然，也从你流向我。人对自然的改造，首先包括了人对自身的改造。人是自然的一部分，也就是说，我只有把自己锻造得更好，才能更好地爱你。

眼下新冠肺炎疫情下，每个人都活得不那么自在了。口罩裹挟了人们的鼻吸。其实这是不自然中的自然。因为我们是自然的一部分，必然受着自然的约束。

只要活着，人就是要被束缚的。因为人活着就是一种关系。人的本质就是一切社会关系的总和。这包括人与自然的和谐运转关系，你我他之间的爱的流转关系。放纵是不幸的，有爱的束缚才是幸福的。而人类如何在爱中给自身以缓释，那必是要客观地认识规律，按照自然规律来办事吧。

其实我们的老祖宗，早就洞悉了其中真谛，道破了天地之密，他们以人天整体观，重塑身心，一路向善向好，活着以完人为目的，以期与天地合其德，与日月合其明，与四时合其序，与鬼神合其吉凶。

世界上的每一个生命，都是另一个生命的亲密者。没有谁是完全孤立的。这世界，就是一个以每个人为中心的一个小圆，汇聚而成的一个大圆。在这个大圆中，每个人都是圆心一般的存在。

你，就是你所处的世界的圆的圆心。在这个世界上，你是一个自带光的生命核心。每个人都不例外。明珠出土的潜台词，一定是你自身的光耀如珠，穿越了铜墙铁壁一般的尘劳。有了这光，人类痛苦的生命，便可以喜悦地活着。而我也可以真诚地来爱你。以身，以心；以语言，以光。

戴上口罩吧，爱你爱我。这不用说了。天地有大美而不言。站在北戴河的蔚蓝海岸，人们的心永远是跳跃的，火热的。而人心就是天。

守江山就是守住人民的心。习主席说："人民就是江山，江山就是人民。"疫情下，党和国家把人民健康放在第一位，她以一位母亲的温柔之手，给予每一个赤子以坚韧的爱。

"你，核酸检测了吗？""黄码停，绿码行。""隔离病毒，不隔离爱。"苦难一定会过去，美好的日子终将到来。倚在渤海岸边，生机盎然的北戴河新区，一如既往袒露着大海的胸怀，向远方的你传递着它的祝福和召唤。你快乐，大海便快乐。

雨后一定晴。盼望着，盼望着疫情结束的日子，和你手拉手，肩并肩，去往沙雕大世界，一起寻觅那更有意味的语言；一起流连在温泉树下，涤去所有旧日忧伤；一起走进孤独图书馆，蓄一方爱的阳光，存储在心房；一起迈向辽阔的蔚蓝海岸，书写一页明媚，交给最美的未来。

作者简介

林闻　中国作家协会会员。著有散文集《洗澡的麻雀》、诗集《传说中的窗户纸》。作品曾荣获河北省第十届文艺振兴奖、全国第二届冰心散文奖、河北省第三届金牛文学奖、河北省年度十佳优秀作品奖等。鲁迅文学院第十三期民族班学员。

呈现或被遮蔽的

刘萌萌

一

这么多年，一种难以言明的情感，使得隐身人群的我，一直都在暗中"抗拒"生活。抗拒生活，就是抗拒命运，抗拒诸多事物暗中参与到一个人的内心中来。这其中，包括我栖身的这座县城，它细部的褶皱里那些黯淡或发光的事物。譬如，声名远播的黄金海岸，再仔细些，又譬如，位居其中的渔岛。

打车到渔岛，也不过三十五分钟的车程。一个人的一生当中，短短的三十五分钟，闪迅如白驹过隙。任谁都能够从寡淡的日常中慷慨支取出这么一段时间，之后，把身心交付给一处叫作"渔岛"的美丽景区。但是，就有那样一个人，从未将好奇的目光投向那片传闻中的世外风光，更不曾在想象中勾勒过渔岛的轮廓，即使众口相传中，它一如世外仙子，美得遗世而缥缈。作为土生土长的当地住民，这些年来，她愣是把家乡住成了异乡，固执地心心念念于目力不及的"远方"，那儿有她不曾见识的风景与人事，因其遥远和虚无，海市蜃楼般的丛生幻念恰恰得以具体而生动地投映。她毫无来由地认定自己属于冥冥中的某个"远方"，而不是困顿已久的方圆数百里。然而，"远方"到底有多远？这是她从未想过的。

事实上，"渔岛"这个语词不止一次在周边的交谈中突然闪现。不止一次，我的同事忽然从办公桌上抬起头，睁开倦怠的眼睛，一惊一乍、煞有介事地说起某年某日那处美丽的小小"岛国"，追述一段不可复制的美好记忆，惊叹与赞美交相叠加，房间里骤然有了水色天光的轻微涌荡。那样的时刻，躲在角落里的她报以浅浅微笑。这群大惊小怪的女人，和枝头的麻雀相去无几，晴好的天气毕集一处，叽叽喳喳谈论着十米开外的那片田地是最肥沃的，稻谷的籽粒是最饱满的，不过一棵树，非吵嚷着说，撞见一片参天的森林。

能有多美呢？这么多年，她于生活的热望差不多在这片乏味的土地上消磨殆尽。新闻媒体上神乎其神的广而告之，如今越发不可靠。一直以来，渔岛于她仅止于传说中的听闻。渔岛，不够遥远的渔岛，坐落在她的经验之外。"不是风动，不是幡动，是心动。"不露声色的她，心亦不动。

出租车一路疾驰。日光亮烈，坐在车里，一时方向莫辨。一路上，我默默系念的，只是闻名已久的渔岛，蛰伏在纷纷的赞誉里，露出隐约而模糊的冰山一角。心头忽然涌上从未有过的惦记。此刻，真希望它担得起传闻中的好——比传闻更好。

渔岛是一下子出现在眼前的。走下车的刹那，披拂着惬意的海风，我忽然发觉，隐藏在三十五分钟车程之后的渔岛既非想象的那么近，也不及渴望的远。渔岛和我的日常生活，隔着一段恰到好处的距离——不十分遥远，因而亲切得分明；不胶着日常，因而有出尘之美。

"豁然而至的清风裹挟了海浪的气息。世界在遭遇片刻的寂静之后，重新呈现活泼与生动。排队等候上船的游人秩序井然，一脸掩饰不住的快乐；也有人闭了眼，抱着救生圈在海水中沉浮自得，物我两忘。人在岸上，耳朵里灌满海风和潮涌，时有人语入耳，细碎的，欢快的，给海浪打湿，浑然不觉俗常的喧哗。树木尚远，鸟鸣仿佛从天外掉落水面，一声，两声，颤悠悠的，也是世外的澄净与碧蓝。"

多年前的初见实录并无新鲜。然而，世界之大，倘能拨动一个人隐秘的心弦，谁说不是足够？

<h1 style="text-align:center">二</h1>

九月的清早，阳光晃眼，游人尚且稀少，几声婉转的鸟鸣滴溜溜从半空倏然滚落。抬头寻鸟，哪有踪迹。四下里原是一片耀眼的安静。胡兰成先生有言："桃花难画，因要画得它的静。"只此一句，先生于桃花便是解人。"桃之夭夭，灼灼其华。"自古而今，世人多见桃花的艳与妖，唯有胡先生信步走到桃花的精神深处。

何须采菊东篱。潜心观照，冶艳或素朴，同抵心会之境。想来，"静"是这个世界上最难捕捉、描摹之"态"。在渔岛，体会最深的，恰是空气中无处不在的深深浅浅浮动的静。

说到海，最深也是最初的印象，得之于锦西葫芦岛。那一年，我只有六岁。葫芦岛还是一座僻静的县城。印象中的海，波澜壮阔，海浪汹涌，重重拍打耸立的礁石，风不断吹刮而过，掀起我单薄的衣襟，吹乱我的马尾辫儿。小小的螃蟹从礁石缝里慌乱爬出，在海滩上疾步横行。海涛阵阵，天地空阔辽远。万物皆在其中，万物皆在其外。那一天，一个六岁的孩子，面对她人生中的第一片大海，过早领悟到人于自然的渺小，面对大海之辽阔，人何其卑微，悲伤愤怒又多么不值一提。整个下午，我在海边只见到一个捡贝壳的女人。手上提着小小的塑料桶，她仿佛心事重重，又仿佛极其专注，低头在海边盘桓逡巡。每当在书本上见到"大海"这一语词，我就会忆起六岁那年的大海，海边的呼喊与奔跑。照片上，年轻的姑妈和姑夫在身后不远处望着我，偶尔的一瞥盛满复杂的意味。

聊及葫芦岛，说起那片浩瀚无垠的大海，我总是被一再嘲笑。父亲和母亲大笑着纠正：葫芦岛多么有限啊，哪里说得上辽阔！我一下愣住，记忆中大海的辽阔、雄壮、浩瀚、神秘，一下涌上心头，海浪哗哗，无边无际，永无止息。永远不会有人知道，那一年，那个不谙世事的孩子，在海边得到最初的人生启蒙有如神谕。我也是后来才听闻，姑妈与姑夫，其时面临婚姻的危机。文质儒雅的姑夫爱恋着另一个散发书香的姑娘。道德的背负，情感的缺失，两难的选择压得他喘不过气。面对波浪连天的大海，也没人说得上，这场意外的爱情事件，孰是孰非。而今，姑夫两鬓斑白，他秘不示人的内心，在从一而终的婚姻里可否修成正果？这事儿，只有去问问大海。

在渔岛，薰衣草是当之无愧的守护神，清凉的空气被深浓的紫色晕染得朦胧。薰衣草寓意着爱情，幸福，诸般微妙难言的事物正在薰衣草的芳香里缓慢降临。

> 清澈悦耳的钟声欢快地敲着
> 降和平于世界
> 在那花园的香气中
> 在薰衣草和晚祷歌的气息中
> 在星期日的一片宁静里
> 她写信给我

诗人拉格克维斯特一定是在薰衣草浸染着的空气里，写下美好的诗句，他写作的对象，不是某个确实的姑娘，而是整个由钟声、花园、薰衣草的芬芳、晚祷歌、星期天的宁静等诸多事物构建出来的美好人世，它美如青春，如爱人，如永恒的家园。如此说，在薰衣草惠及的海潮声里，倒真有一番不可辜负的深情了。

在渔岛，我看到、感受到的大海，完全是另一番迥异样貌。平静、温柔、缱绻、多情，沙细潮平。这正是渔岛海岸浴场备受游客青睐的因由所在。让人惊讶的是，这里的海水澄澈无比。比手指还细的鱼苗儿在海水中自在穿梭往来，天真的姿态历历分明。那年，有人俯身这片海水，川味十足的普通话一派天真："咦，整个渤海湾的水都已浑浊，这里怎么能这么清澈呢？"是啊，清澈得让那些慕名而来的外地游客把魂都丢给这片澄碧的海域。

渔岛风光之好有目皆睹，譬如，乘坐小艇畅游渔岛清澈的湖泊，两岸秀美古朴的自然风光；葱郁的杨槐林、绿色的有机生态园、美丽的薰衣草、叹为观止的沙雕艺术、妩媚的傣族姑娘……林林总总，自有相关说明手册作为导引。这些人人可见的好，无须赘言。这是众人的显见的渔岛。

我更钟情更愿意记录的，是作为景区看点之外的渔岛。一个日常的充满生动细节的渔岛。譬如，那条砂石遍布的甬路。甬路在一面巨大的斜坡下。某年，有那么一群人数次经过它。有时，是在夜间，大家说着话，呼呼啦啦去散步，裤角扯起半坡的风。置身暗中不辨方向，倒也无知无觉。直到阳光耀眼的下午，我再一次经过那条甬路，它完全暴露在日光下，陈旧、泛白，现出大片的寂静和无以应对的落寞。

我注意到，有一种野草，正值花开遍地的季节，它竟毫无绿意；它也不是枯草那般萎败的黄，却是一种近乎银质的白，微微卷曲的叶片有着精致多变的细节纹理。那一刻，我非常渴望知道它的好名姓，有人随口叫出"芨芨草"，又断然予以否定。有一个人说，她见过这种草冬天里的好模样，霜花满结的季节里，如银似霰，煞是好看。脑海中浮现的，只有"蒹葭苍苍，白露为霜"。不在水之湄，不在水之氿，肯定不是芦苇兼葭之类，既同有植物的素朴情怀，沐风经雨，餐风饮露，便也自有一番美好的生长。

三

我得说，我喜欢渔岛僻静处那一幢幢木屋和那琴键般顿挫的梯阶。脚步轻踏，笃笃的响声里，有一种空空的静。纷纷木叶仿佛从半空飘落下来，直落到心上去。我曾踩着那些梯阶上去又下来，内心欢喜如鸟雀。说到这，就想起客房外或远或近的树林里那些或现或隐的精灵。清晨醒来，最先传入耳鼓的，必定是那些清脆水润的鸟鸣。相较于自然界的精灵，人类很容易暴露出自身的蠢笨。比如，谈论到鸟类的鸣叫，

"叽叽喳喳"实在是最粗糙低劣的模仿。天资颖慧的沈从文先生在一篇文章中，有几处写到鸟类的叫声。比如戴胜，它发出的声音是"郭公、郭公"，多么活灵活现，杜鹃和锦鸡的叫声则一直空在那儿，用"××"代替，等待日后填补。这篇名为《凤凰观景山》的文章是先生未能完成的遗作，沈先生为文为人的勤勉诚笃，也在这篇未能完成的文稿里见得分明。所谓天才，大都是一根筋儿的老实人。

在渔岛，不乏各种奇奇怪怪的鸟叫，叫得欢喜，听得人也欢喜。但我从未想过用人类的语言去捕捉这些音符般的声响，从自然中来，就只管把它交还给自然，这有多好。

我知道，一个内涵更为深永的渔岛还隐藏在更深的地方，不同的游客将从这里带走独属自己的渔岛记忆。渔岛，绝不仅仅是你在说明手册上读到的那些精彩项目，那些众人皆见的美丽风景，它隐藏在白昼之白，黑夜之黑。

作者简介

刘萌萌　中国作协会员，河北文学院签约作家。鲁迅文学院第36届高研班学员。文字散见于《散文海外版》《散文选刊》《北京文学》《青年文学》《中国作家》等文学期刊。著有散文集《她日月》。获首届孙犁文学奖，河北省第三届十佳青年作家。

每一朵浪花都在吟唱

孙振彦

品 味 孤 独

淅沥沥的小雨，消减了秋老虎的余威，爽得让人想乘着海风起飞。抵达阿那亚小镇的时候已是午后。云层低垂，似曼妙的纱掠过房檐屋角，仿佛轻拢美人发髻，给幢幢楼宇、别墅巧梳妆。

通向海边的路，尽头是一株老树，不知年代，合抱的树干左右分立，有秃枝、有绿叶，归结成大大的"V"形，那是"胜利"的标志。转过护树的高坛，阿那亚礼堂前左转，远远的，一幢灰色建筑孤零零矗立在空旷的沙滩上。那，就是心仪已久的孤独图书馆。

阿那亚小镇的孤独图书馆是需要预约的，曾经期待了很久很久。终于，秦皇岛市文联组织作家到北戴河新区采访，才有了亲近的机缘。

孤独图书馆位于秦皇岛的阿那亚度假风景区中，在这片宽阔海岸边上，孤零零的只有这样一座建筑。由于其周边除了翻滚的海浪以及宽阔的海滩之外没有其他陪衬，所以被大家称为"中国最孤独的图书馆"。图书馆内，有着一种难得的平静安宁，让人轻易就能爱上它。

当你走进图书馆，会发现馆内并不冷清，反而聚集了许多文艺青年，他们翻看着各自喜欢的书籍或杂志。大型落地窗玻璃明澈透亮，我想，当阳光明媚的时候，一定会照进灿烂而又温暖的阳光。朝着玻璃外望过去，是一片湛蓝色的海水，清风吹拂而来，掀起一阵阵海浪。面朝大海，读一本好书，享受午后的暖暖时光，是十分惬意的事情。

门口的"图书馆入馆须知"有中英文对照，第一条告知孤独图书馆每日开放时间为10：00—20：00，为获得最佳参观体验请尽量在早晚时间错峰预约。不论是参观者还是读者，按照疫情防控工作要求都佩戴口罩，凭身份证、预约码，经工作人员核验进入馆内。宽大的桌案上，一部部精美的书错落有致地摆放着，让你选择时有点不忍心破坏它的整体美感。

阅读处分为上下两层，一排排书柜、整整齐齐码好的书，与木桌木椅近在咫尺。沿着阶梯走上第二层平台，几位年轻人端坐在木桌后正静静地读书。我不敢打扰，连走路都尽量不发出一点声响。满心敬畏靠近书架，挑选心仪之作，而后，坐在高大的落地窗前，在书呈现给我的无限广阔的精神世界里享受属于自己的美妙时光。高靠背的皮椅显然比上层的木凳、木椅更舒服些，更何况还有海的一览无余。

阶梯拐角，有一处独立空间，光线昏暗，有个帅气的小伙坐在蒲团上凝神静气读书。心，为之一亮。手捧书卷，沉浸在字里行间的每一秒，都是幸福的！近旁高高的水泥墙呈现着最原始的状态，临海的一面有一条长条状窄窄的小窗，窗子上下只有一本书的高度，恰好与视线齐平。凑近，贴上双目，窗外就是一望无际的海。

波涛汹涌，白浪滔天。那，是一个无限广阔的世界！

"君子慎独"一词，语出《礼记·中庸》："天命之谓性，率性之谓道，修道之谓教。道也者，不可须臾离也；可离，非道也。是故君子戒慎乎其所不睹，恐惧乎其所不闻。莫见乎隐，莫显乎微，故君子慎其独也。"

我理解这段话就是：心中有天地，不为外物欺。随着年龄的增长、阅历的增加，对"君子慎独"有了越来越深刻的感受，越来越清晰的感知。

静静地坐在孤独图书馆的时候，浪花在书页的边缘起舞，那一刻，心仿佛被蜜浸泡着。

如果说窗外的海，浩瀚无垠，丰富博大，那么沉浸在书的海洋中，享受这份孤独，就是享受更加丰满博大、绚丽多姿的世界。

喜欢热闹，也常常孤独。孤独是一种品位，一种境界。有句话叫："耐得住寂寞"。

在疯淘的孩提时代，时常一个人坐在地板上读书——有时候是苏联作家西蒙诺夫所著二战记忆丛书《日日夜夜》，有时候可能是同样厚厚的《毛泽东选集》。一旦遇到钟情的书，就挪不动步了。爸爸偶尔带我去一回南山矿俱乐部东侧小门里边的小图书馆，胜似领我吃一顿大餐。

有一回去邻居小朋友大成家玩，桌子上的一本书吸引了我的目光，立刻不管不顾地拿起来看。大成爸笑了，说，喜欢就拿回家看去。我疯也似的跑回家，独自在房头菜地盖的小房子里读起了这部反映朝鲜战争的《望云峰》。不知道有没有人找过我吃午饭，从上午九点左右，一直到屋子里的光线暗下来，我一个人在土炕上，趴着看、侧着看、坐着看、仰着看——眼珠子始终没有离开书页。脖子酸痛、浑身难受，终于看不清字迹了，晃晃悠悠走出小屋，这时，夕阳已经落入地平线。我跟跟跄跄、昏天黑地迈上台阶，在正房的大木板炕边缘摸摸索索躺下来，昏昏沉沉睡去了。

不知过了多久，母亲下班回家，一摸我的额头，滚烫滚烫，马上背着我上了医院。那是我刻骨铭心的一次读书体验，我并不后悔，反倒感到格外满足。

家里三个姐姐，我是唯一的男孩。怕我在外面挨欺负，爸爸省吃俭用给我买来各种小人书。但是渐渐地，小人书无法解决我的饥渴，我越来越期待厚厚的大部头展示的奇妙世界。在我参加工作之前，我曾幻想，我这辈子最幸福的事，就是一个人静静地读书。我向往那份孤独。

思想的光辉，智慧的火花，莫不在沉思中悟得。那份久久的孤独，换来的是照彻心灵的永远的光芒。孤独是自成世界的一种独处，孤独是一种完整的状态，所以，孤独者是自成世界、自成体系的人，表现出一种"圆融"的高贵。孤独并非是在自己心情压抑，或者是失恋的时候出现的，那种感觉只是空虚和寂寞，称不上是孤独。孤独是一种状态，一种圆融的状态，孤独者都是思想者。当一个人孤独的时候，他的思想是自由的，具有一种可以容纳一切的精神状态。他面对的是真正的自己，人类的许多思想都源于此处。他大多数的时间都在观察、学习出现的各种客观事物，并且能够从中得到无限的刺激和快乐。

想起了《百年孤独》。《百年孤独》是马尔克斯最为著名的长篇小说，也是诺贝尔文学奖获奖作品。书里描写了布恩迪亚家族七代人的传奇故事，以及加勒比海沿岸小镇马孔多的百年兴衰，反映了拉丁美洲一个世纪以来风云变幻的历史。我沉浸在《百年孤独》的书香里，内心充实而丰盈——仿佛窗外明媚的阳光照彻心底。

在北戴河新区"猫的天空"图书馆以及孤独图书馆，一次又一次与《百年孤独》相遇。仿佛老友重逢，我们彼此走近，彼此融为一体，也让我更加充分享受了与"孤独"为伴的乐趣。

渴望陪伴，但更多的时候，我们需要享受孤独。让内心安静下来，细细品味生活对于我们的慷慨。热闹是暂时，孤独才是常态。孤独没有声音却有思想，没有外延却有内涵，孤独是一种深刻的诠释，是不能替代的美丽。能从忙碌中解脱劳顿，能在静夜里独对心灵，能在晨曦时思考未来，那是一种无法表达的玄妙。

成长中，时时感受到内心的强大。阅尽千帆，洗尽铅华，身不由己一不小心陷入更深的孤独。品味孤独，享受寂寞带给我们的深邃、凝重、温暖和感动，珍惜眼前人给予我们的关怀，感恩大自然赐予我们的馈赠。

无数的发明，无尽的创造，莫不是在寂寞孤独中诞生。

一沙一世界，一叶一菩提。

只要用心，只要倾情聆听，你一定可以感受到人世间的美妙，独自领悟出生命的神奇！

行走在人世间，每个人都是孤独的个体。在熙熙攘攘、热闹喧嚣中，总会有一隅清净之地——那是留给思想跳跃的空间。懂得了孤独的妙处，你才算清醒地看清了这个世界，也才真正认识了你的人生。

依依不舍地告别孤独图书馆，蓦然回首：惊涛拍岸中孤零零独立沙滩上的灰色建筑越来越渺小，但在我的心里越来越高大……

温暖的源泉

身体浸入温泉的那一刻，我的心被温润的感觉融化了。

这是菲奢尔海景温泉馆内最大的温泉池，也是最适合游泳的地方。三个圆环叠加的形状像一串葡萄，周围高大的椰子树给它镶嵌了绿色的陪衬，显得更加晶莹剔透。双臂轻轻划出淡蓝色的波纹，身体就被拥入巨大而温暖的怀抱。

与一般的游泳池不同，这里的水温不是通常的二十七八度，而是与体温非常接近，有时候还要略高于体温。那是因为温泉水来自地下1600米的岩层，经国土资源部地下水与环境监测中心检测为氟型淡温泉，出水温度最高可达53度。于是，在那个没有新冠的新年，在瑞雪飘飘的时节，我身不由己迷上了这里。而且，一发不可收。

那时候，妻子的脚部伤痛让我们跑遍京城而不得解。数十万元的高昂手术费以及更换假体的不确定性，让我们不得不无奈却步。从岳母家到自己的住处百余米距离，妻中途不得不停下，抬头望天，任眼泪无声滑落。那一刻，我内心的刺痛甚于妻的脚痛。

第一次推着新组装好的轮椅出现在她面前，妻无论如何不肯坐上去。羞于见人，不愿从此与轮椅结伴的我们，于是扼杀了看海的心愿。

接受中医治疗之余，康复锻炼我们首选了身体无负重的游泳。对于恐水、怕凉的"旱鸭子"来说，大大低于体温的普通泳池注定是无法让她长时间泡着学习游泳的。隆冬时节，菲奢尔走进了我们心中。

潜入暖暖的水中，富含偏硼酸、偏硅酸等微量元素的温泉水润泽了我们的肌肤，更给予我以心灵的慰藉。快乐因子在我的体内扎根，我分

· 孤独的图书馆 ·

明感觉到她的生长，日渐繁盛。

每到节假日，泳池里一泡就是一两个小时，之后，躺在软椅上，望着一池池碧水心生畅想。热带雨林式室内温泉共有50个特色泡池，有温泉水造浪区，可以体验海边冲浪的刺激，还有山林瑶浴养生温泉、溶洞温泉等特色主题，是中国第五代特色温泉，也是海边的丛林仙境，盛开的温泉花园。

日积月累，对照视频教学，现场学习演练，我这个初级"狗刨儿"的基础，居然学会了蛙泳、仰泳、自由泳。绕着圆弧状的池边，身体鱼儿般自由自在，水中漫步，仿佛围着花坛遛弯儿一样轻松洒脱。妻子不仅仅练出了胆儿，泳技更胜一筹。结伴同游中，时常提示我一些要领，纠正我"狗刨儿"老底子的不良习惯。

渔岛菲奢尔海景温泉馆，外形仿佛是一个蓝色的超级大贝壳。温泉馆室外，还有一个更为广阔、更为神奇的世界。具有罗马风情的海边露天温泉区，是网红打卡地。室外温泉区由35个泡池组成，左侧是戏水池，右侧是水疗功能池，可以一年四季泡着温泉看大海。雪花纷飞，北风呼啸，浪花跳跃，人们泡在温暖的泉池中，体验冰火两重天的独特，那是怎样的一番享受！

游累了，温泉馆内游泳池旁边的小温泉池里有立式、坐式、躺式水波按摩，或飞流直下、或激流涌动、或足心痒痒，各展神通，身心放松，妙不可言。

拾级而上，"山林尊享"别开生面，让人再上层楼。这里推出了山林瑶浴养生温泉，不同的泡池，有不同疗效。多年前，曾经应笔名"瑶鹰"的巴马文联蓝振林主席之邀，赴世界长寿之乡广西巴马采风创作。攀山越岭，历经险境，在人迹罕至的大山深处深入生活一个星期的时间，对瑶族有了更贴近、更直观的认识。在巴马，我体验过的瑶浴，终于在渔岛再次见到。

既有瑶浴，不由让我想到瑶族，这是一个承载着千年历史沧桑的古老民族，他们生活的山区高山多雨多雾，容易受疾病的侵袭，在如此恶劣的自然环境生存且很多瑶族妇女大都生育有几胎，但奇怪的是，这些瑶族妇女却很少患妇科疾病。原来，生活在这样一种特殊的环境中，瑶族人学会了识别各种草木的性质，利用草木的枝、根、皮、叶、花朵医治疾病。其中最具代表性的就是神奇的"三天出工"，它是瑶族千年传世古方。瑶族妇女产后洗泡"三天出工"的药浴后，三天后就可以下地劳作，上山砍柴，不怕风吹日晒，而且形体苗条，肤色红润。

瑶浴是国家级非物质文化遗产，是瑶族人民传统洗浴习俗。在温泉馆，十一种不同疗效的瑶族古法配方药池以及精油浴、红酒浴、咖啡浴、普洱茶浴，高低错落，遍布"山林尊享"各个角落，每个泡池前都有中英文对照的介绍和温度显示。浸泡在瑶浴池中，感受着药物渗透的陶醉，全身上下，仿佛得到一次全面的梳理，舒服舒心。

二楼自助餐厅享受各色美食之后，靠在休闲大厅躺椅上，随手拉过可移动液晶电视，举起咖啡杯，咀嚼甜点，悠然品下午茶之际，阳光透过高大屋顶的玻璃倾泻下来，在冬日的午后给人以照彻心底的温暖。

远方的亲人来了，我们夫妇请他们到远近闻名的秦皇岛渔岛温泉度假村看看，在菲奢尔海景温泉馆找一找温暖的感觉。韩国姐夫与我一样，喜欢在最大的温泉池里畅游，也许这更符合他们追崇自由的个性吧？我们中英文夹杂，口语、手语并用，实在不行找来纸笔，交流游泳的好处。池内池外，我们彼此交流着体会，展示游泳技巧，抒发着情感，不时开心大笑。

从北京回了鹤岗老家的二姐，是第一次体验温泉。弟弟妹妹们让她在秦皇岛找到了不一样的感觉，开心开怀。她在朋友圈里晒图，发感慨，心里美美的。她喜欢泡温泉，更喜欢待在楼上汗蒸房里。

"盐浴""火山""宝石"……每个汗蒸房都有不同的名字、不同的功效。中药汗蒸房是我们的最爱，看着墙上一朵朵硕大的灵芝、一根根饱满的人参，感觉其精华正丝丝入内，化作身体神奇的元素。躺在热乎乎的小炕上闭目养神，一觉醒来，大汗淋漓之际，还不忘练瑜伽，摆出各种pose，留下一个个难忘瞬间。

渔岛为国家休闲农业五星级园区、国家AAAA级景区，还获得"国家休闲渔业示范基地""国家青少年农业科普示范单位""河北省省级科普基地""河北省著名商标企业""河北省农业旅游示范点"等诸多荣誉。强化"旅游+X"跨界融合发展理念，在培育健康养生、温泉度假、欢乐冰雪等高端特色旅游业态，延长旅游产业链，形成四季旅游新格局方面进行了有益的探索和实践。总投资3亿元的菲奢尔海景温泉馆，于2016年12月正式对游客开放，是中国第五代特色温泉，也是海边的丛林仙境，盛开的温泉花园。作为华北地区规模最大的多功能室内温泉项目，根据人体机能特点，精心推出了热带雨林区、温泉养生区、动感地带区、异国风情区、儿童戏水区、溶洞温泉等区域共60多个大小不一、风格各异、功能多样的温泉泡池。丰富多彩的特色主题，让人感受到温泉文化的无限魅力。中国北方独有的四季观海休闲项目，打破了沿海城市冬季旅游市场的瓶颈和窘境，填补了冬季旅游项目的空白。渔岛温泉的打造，真正让冬天也有了温暖的快乐。

妻子如今脚伤渐渐痊愈了，令她念念不忘的是，在她人生旅程最寒冷的时候，在渔岛菲奢尔海景温泉馆，体会到的快乐与温暖。

作者简介

孙振彦　中国散文学会北戴河创作基地主任，中国西部散文学会副主席、京津冀鲁辽联盟主席，《青年文学家》作家理事会副主席兼秦皇岛分会主席，河北省采风学会秦皇岛分会主席，河北省散文学会副秘书长，全国第六届冰心散文奖获得者。著有散文集《碧螺情思》。

离海最近的地方

齐未儿

天　　空

只有在海边，你才知道，天空是另一片悬在高处的海。蓝得那么澄澈，那么清朗。你也说不清是天空染了海的蓝，还是海水映了天的亮。

它们相隔那么遥远，又似乎切近到不分彼此。

一朵朵浓的淡的云，恰是海上涌起的素白浪花，漾动着，这里那里。等着风扯个呼哨，甩手带它飞扬而去。

鸟，不是天空中的鱼吗？一只有一只的灵动，一群有一群的浩荡。

海是落在地上的天空。到地上，它就有了依偎，你看，每一片海，都有金黄的沙滩作陪。沙滩上五颜六色的贝壳是配饰，匆忙来去的寄居蟹是个无事忙，顶着个借来的房子，到处传递着它打探到的消息。还是近旁的野草惹人喜爱，繁茂的一丛一簇青色火焰，给蔚蓝的海，镶一道曼妙的流苏。

天与海有着休戚与共的命运。海蓝的时候，天空必然是蓝的；海灰茫的时候，天空必然少了一些透亮。或者反过来说，天空一碧万里的时候，海必然也碧蓝无垠；天空铅云低垂的时候，海上风浪也沉甸甸失了轻盈。

在目光可及的远方，红彤彤的朝阳像是被天和海合力捧着。天空和大海像蚌的两片壳，太阳多像一颗珍珠呀，只是颜色未免太亮了些。黎明送走暮晚的暗，万道金光跳动在波浪的峰谷浪尖，是海托起了太阳，还是太阳拽着海这个巨大的裙摆招摇？白昼去了，明月被抛向空中，于是海上水花阵阵，银辉烂漫，闪闪跳动的银亮，是为了呼应天上众星的目光灼灼吧。有人说，海豹能够在黑夜游过无边无际没有标记可以辨识的大海，全靠星光引路。你看，暗夜的海上，众星在呵护与引领，那是来自天空的问候与顾全。

或者，天和海是彼此的重叠，天跳下来成了海，海跑上去成了天。它们有时和解，有时冲突，那一路奔跑的风，正是来自那水天相接处的裂隙。风，是个调皮的孩子。雨也是。雨是海与天的信使，海上水汽飞到天上，于是成了云，云歇得够了，又变成雨滴从天空落到海上。雨这么贪玩爱游荡，该多么欢快！

我真想抓住风的尾巴问问，它到底来自天空，还是海洋。我还想捧住雨滴，提同样的问题。或者那条叫鲲的大鱼，比风雨更能够回答这个问题？在海里游了多久之后变化成了鹏鸟，它是不是也有某一刻恍惚，到底是该在天空飞翔，还是在海上游弋？

在海边，思绪无边漫游，人是可以不说不动的，是可以慢，可以任性发呆的。走到海边，就可以把沉甸甸的城市从手头放下，把在高楼大厦大街小巷追求的速度与效率抛开。

没有一朵云一只鸟的天空，蓝得多么彻底，它是不是也在望着海发呆。看着这样的天空，时间长了，自己也似乎忘了身在何方，倏忽轻成一片羽毛，飞到了天蓝海碧处。

"蔚蓝海岸"，我的朋友说，念一念这四个简单的字，就好像看到了一幅阔大的画卷徐徐展开，天青日朗，水清潮平。

树　木

从渔岛到沙雕，从阿那亚到生命科学园，沿海岸线而行，不论是路上还是景区，你见到最多的，是树。

更早，从踏上滨海大道开始，两旁的树木就重重叠叠、密密匝匝形成了一道绿色的屏障。人仿佛进入了不绝如缕的翠色河流，又像一首一首连绵不断的乐曲，时而激越时而低回玎玎琮琮相随相伴。

如果没有这绿意葱茏的林带如一袭袭丝绸缠绕，海会不会蓝得过于单调？

树木在大地上感知岁时律动萌发与壮大，浪波在海洋里呼应月圆月缺、潮涨潮落。树的这边联结着城市与人声喧哗，那边联结着海洋与万物闪耀。每一棵树都在用它的年轮说话，一头牵扯现世烟火日常，一头探入时光深处打捞深邃过往。

行人穿梭来去，拍拍杨树挺拔的树干，再被柳树的柔枝急切地拥抱，看槐树擎出白色花串，清香铺天盖地而来。阳光透过叶子的孔隙洒下来，总让我想抓在手里，那近在咫尺可感可触的温暖和光亮。在树林里，空气新鲜得好像被洗过，海的腥味似乎淡了许多。

海边的春天总是来得晚些，颇有些姗姗来迟的不急不缓。这样微渺的温差，除了树，还有谁能感知到呢？等到市街里的玉兰花开到轰轰烈烈，海边临街的那些，才举起一支支花苞，像蘸饱了墨的笔头一样，一一亮相。

秋凉却率先到了。林子里黄的叶子、红的叶子、绿意犹存的叶子，五彩斑斓，像是一丛一丛别样的花在盛放。

水汽浸着，夏日的林子走入盛世，光影斑驳，鸟鸣悠扬，虫声呢喃。雨声是个伴奏，此起彼落的蝉鸣过于盛大，只来得及铺陈成背景。野鸡从林子深处走过来，一个展翅，沉暗的树林亮起一道光。此刻的蜘蛛是悠闲的，网张在两树之间，吃食不愁，好日子还长着呢。

惊涛拍岸，轻涛也拍岸。岸一直在，岸边的风景一直在，树一直在。来来去去的是人，是我们。

树在沙上，树在楼宇间，树在院子里，树在路旁，树在每一个我想得到想不到的地方。在海边的角角落落，那些高大的挺拔的树，像海沉默的伙伴。我站在树下，听潮声起落，迎接海风与细雨送来清凉。此刻，这些远远近近的树木，是我的同伴。

那是一个夏末初秋的日子，小雨。撑一把伞在石径上走过，树叶子仍然绿意盎然，雨珠错落地悬在叶尖，滴滴答答落下，近旁的沙，转眼被濡湿，雨脚踏落的地方颜色浓，没有沾湿的地方颜色浅，一点点深的浅的黄色，在耐心十足地铺漫，远了，就看不分明了。

那时，我们正从阿那亚礼堂，去往孤独的图书馆。

与朋友笑语喧哗，灰色调的天幕，显出了另一种开阔的大气。一瞬间的出神，让我想到寂寞的秋的清愁，想到辽远的海的思念。

走过去，走回来，我的脚步牵动每一粒沙；我心底的微澜，呼应着海的澎湃。树，静默伫立。对于海，对于沙，对于这一棵一棵无处不在的树，我只是个可有可无的闲笔，我们也不过是可来可不来的过客。可是，毕竟还是要来的，因为，你只有在这里，才能用身上的每一个毛孔，感受那无处不在、无法言说的来自大自然隐秘的气息。那是馈赠。

我们需要这山川河流的担待，需要这世间万物的体谅，就像树木赐予我们的一切，它不言不说，却是我们亘古不变的守护。我们和鸟兽鱼虫没有差别，大家都是生活在这山川河流近旁卑微的子民。

我见过山中的树木，城市里的树木，原野上的树木，见过更多的，是海边的树木。它们的根扎在不同的土地，枝干里却流淌着同样的执拗与温情，承担着各自无怨无悔的坚守与庇佑。

树们无私而伟大，却不自知。唱赞歌是我们的事情。

我要是一棵树多好，就站在离海最近的地方，陪她经风沐雨，也享受阳光与虹霓。

花　草

狼尾草的气息冷冽，苍茫又粗犷，是为着沙与海而生的。或者，它也是为着季节而生的，我从没在意过它青葱时的样子，萌芽、长叶，是一段被忽略的过程。它似乎从走进人们视野那一刻就老了，它抽出长长的白色花穗，旗帜一般，猎猎的，在风中招展。

别看它们没有鲜艳夺目的色彩，也没有雍容华贵的花朵，但这一点也不影响它展示修长的叶片，喷泉般的花茎。设若有风吹过，那些花穗波澜起伏，真像是在随着动感十足的旋律起舞。

走沿海路，没有人能忽略这草，与贴地而生的那些草相比，它们是鹤立鸡群般的高个子。

仿佛是一瞬间就把个头儿蹿了起来，它们队列整齐地站在一起，雄壮威武却又有点儿拒人于千里的陌然，又似乎在述说，秋凉能奈它何？

低下头，所有的风都是它的旅伴。静听，它俯仰之间溅起的单调回声也可以辨出不同的轻重缓急。在风中，你越发可以见识到它的傲骨，"呼啦啦"的声响像是吹起的号角，所有的狼尾草都在集结。再低微的骨头里，也有气脉。这个坚韧的生命，既属于脚下的土地，也属于不远处的蓝色海洋。

柏油路衬在近旁，暗色调的背景，让狼尾草周身都闪着幽微的光芒。这世间多少美好，都来自环境以及与周遭一切的和谐相配。嗯，美得如此不同一般独树一帜，那只是因为，这个整体突出了应该突出的，淡化了必须淡化的。

"在黑白里温柔地爱彩色，在彩色里朝圣黑白。"这世界的丰富，既来自缤纷，也来自凋零。草木用各自不同的色泽，涂抹斑斓秋景。

当你驻足，面对这样繁盛的铺陈，是不是会有一刻忘了世事纷扰？这大概是旅行的另一种意义，与行万里路、增长见识相比，我更倾心于这一种，暂时地放下与清空。在旅途中，只生发与旅途中万事万物的关联，这是抚慰，也是暂歇。

"清水在门前流淌，青草包围房屋——最好的花朵是向着木质窗户开放的，芳香从暗夜贯穿黎明，从正午缭绕到大野星明的晚上。"想到这诗一般优美的句子时，我正沿着一条曲曲弯弯的水流，踩着脚下青草镶边的小径，向前走。

路过一面斜坡，坡上坡下绿草葱茏，侧旁水流潺潺。水流云在，花香盈怀，对面的独立别墅群，显得静谧端然。

还有一段距离，就听到割草机的轰响。有几个工人正在山坡上忙着修剪草坪，一股淡凉的青草味道远远地逶迤而来。

我看到一个穿着蓝色工装的男人从俯身的姿态直起腰来，看着我们走过来，扬着手招呼正在工作的人们，"停一下，停一下！"粗声大嗓一声令下，聒噪的声响顷刻偃旗息鼓，反而显得我们的脚步有些杂乱。

他的举动，让我的心底霎时升起一股暖意，它是细微的，是那种似有若无的暖，天然、朴素又节制。善意，藏在这些平凡普通的人的身上。我总是在这样一闪而过的瞬间，想到人间种种，所谓世俗与高贵，浅薄与深邃，卑下与崇高，苟且与坦荡，在不经意的举手投足时尽得展现。与众友同行，我转过头，只来得及给他送上一个充满感激的微笑，我接收到的这份温情，被谨慎把握，装进记忆的行囊。提醒自己，暖意无处不在。那张黧黑的笑脸，有乌金的光芒。

如果景区是一个铁打的营盘，那么所有的游客都成了流水一般的士兵，总是有人不断到来，也总是有人悄悄离开，每个人都有自己放在心底的故事，每个人都在海边得到一些恰到好处的慰藉与温暖，对，这无关欢喜或者忧伤。海天一色，树草花都没有差别心，哪怕你卑微如同沙粒，那又如何呢？你不必挥动衣袖，花香自然拂上脸颊，草色必然入目。

土地敞开怀抱滋养万物，它是广大无边的庇佑，一株株草与花是大地送给人间的一声声美妙祝福。在涛声灯影里，悄然相随。海的悦纳不必言说，百川东来，到这里，都长出了从容的气度。

远远近近的，草绿花艳，明黄，绛紫，嫣红，雪白，嫩粉，简直数不胜数。那是野花，娇艳的，光芒闪闪烁烁，像夜空送下来的星星，在绿海中捉迷藏。

天地有大美而不言，草地与野花，诉说着另一种辉煌，它们亮烈，煊赫，又简单，淳朴，让你不由自主放低了自己。低到一棵草根下，低成一粒尘埃。一只七星瓢虫打开背上油亮的红色盔甲，薄如纱的翅膀举起来，倏忽之间，如同一团轻雾，落到了数步之外。花朵微微摇晃，像是为了呼应风或者蝴蝶的盛大光临。

此刻，恰好看到了朋友的一句话：说走就走，见陌生，见新奇，见世界。在海风吹起的地方，遇见一片梦幻般的粉黛乱子草，那种温暖的气息，像一个人柔软的怀抱……她一定还不认识狼尾草和那些不知名姓的野花，否则，在海风吹起的地方，她一定会折服于那嘹亮的孤独，那倔强的风骨。

低下头，我一生都愿意用这样的姿态面对世界——谦卑。

缝　　隙

我看到了很多缝隙。

在阿那亚礼堂，在孤独的图书馆，在沙丘美术馆，走走停停，北戴河新区的不同景观在我眼前徐徐打开，一如长卷。我是在哪一次眨眼间不经意看到了各种宽的窄的直的弯曲的缝隙呢？记不清了。只是有些怨，如果眼睛有记忆就好了，它一定会为我铭记更多。

万物皆有裂痕，那是光进来的地方，总是听到这句话，于是，落地生根，它也在我的心里由模糊到渐渐清晰。这么睿智的句子，以为是神的赐予，没想到，它来自科恩的一首歌。能唱出这样的句子，他真是一位智慧的歌者，怪不得诺贝尔文学奖肯如此垂青于他。

在面对这些不同的缝隙时，我想，它不只是光进来的地方，也是风进来的地方，是水进来的地方，是雨水大的年景里萌生青苔的地方，也是沙进来的地方，是蚂蚁、蜥蜴爬行的地方，更是让目光流淌的地方，让思绪流连的地方。

留下一道道不同的缝隙，或者有着各种各样的理由，我却固执地相信，那些细枝末节，都是匠心独运，是美的旁逸斜出。

宏大的，开阔的，雄伟的，壮观的，无际无边，固然磅礴浩瀚，让人击节赞叹，与之相比，缝隙明显是小的，细的，窄的，边缘清晰的，不值一提的，却自有森然的轮廓，简单的丰富。

我看到一段简介，关于阿那亚礼堂："而教堂内部10米高的空间更多是被一种幽暗氛围的光所笼罩。其他几处的自然光源，也都是通过墙体之间的缝隙渗入内部，包括空间正对的十字架上下的微弱的三角光源。教堂尖耸的坡顶是另一处光的渠道，南侧弯曲内卷的墙体与北侧墙体之间300毫米的通长窄缝，可以允许自然光在顶部渗入空间。在春、夏、秋三个季节，当太阳高度角足够垂直的时候，中午的阳光会顺着北墙倾泻而下，形成动人的光影，但转瞬即逝。"

我没有足够的闲暇，在此等候探询时光来去的路径，但哪怕只有短暂停留，我也愿意为这些缝隙闪进的光而心存感念。

以幽蓝的海和金黄的沙滩作背景，阿那亚礼堂的纯白设计，让它看上去有种遗世独立冷肃的傲然。那么素净峭拔，又让人不由自主地生出一种想要仰视的神圣感。

如果说建筑是凝固的音乐，那么阿那亚礼堂该是一首安静的轻音乐吧，简约，端然，在丽日晴空在阴云密布，在雨天雪天在雾气昭昭的凌晨和傍晚，舒缓地流淌。

在这里，处处都可以看到缝隙。路旁的招牌，门前的台阶，室内墙体间房顶上，透过这些缝隙看海上浪花朵朵，帆影点点，看天上流云，看鸥鸟倏忽而过的身影，被限制的视野，让心恨不得立刻生出翅膀，好一下子飞过去看看。

拾级而上，进门，在幽暗的空间，会发现光的可贵。那么多的缝隙，处处透进光来。时间的碎步，就是这样踩响了脚下的地面，又轻车熟路地爬上了墙壁，那些光影，长的短的方的扁的，像是镶在墙上的创意画，让空间多了一些层次。时光的魔法师，投放着奇形怪状光的布景。会让人生出些微的惊讶，原来时光如此不堪留。

站在观景平台上，任海风吹动长衫，呼啦啦响。这时，我也成了一个身体里住满风的人，抬起脚就可以去海上游弋。

翻读阿那亚礼堂的设计理念："我们想象这个教堂是非常久远以前曾经漂泊在海上的一艘船，岁月变迁，海水退去，留下来一处空间的构筑，依然凌空悬浮在沙滩之上。"如果海洋是大自然赠给的航道，那么阿那亚礼堂这艘船，已经找到了栖身的沙滩。于是，人们络绎不绝翩然而至。

凝神欣赏舞动的海水上留下的光影，心思安宁。总是要有这么一刻，可以让人们与繁华都市的喧嚣告别，让心暂歇于这梦幻之所。

沙 之 时 间

在阿那亚的沙丘美术馆，我看到了那场"时间之沙"雕塑展。

它是一处隐于沙丘之下的美术馆。刚刚到门口，我发现了侧旁一座雕塑。第一眼，就让我产生了隐隐的不适。我的目光，落在它残破朽坏的部分，硌得生疼。

进门，展示牌上赫然可见的是——丹尼尔·阿尔轩：时间之沙。

下意识，我想到了博尔赫斯的《沙之书》，那本无始无终的神奇的书。"他告诉我，他这本书叫作沙之书，因为不论是书还是沙子，都没有开始或者结束。""如果空间是无限的，我们也许是在空间的任何一点上。如果时间是无限的，我们也许是在时间的任何一点上。"竟从未曾在意，无论是沙还是时间，的确像是既没有开始也没有结束。

我在海边长大，从出生到成长，海一直在那里，沙也是。就像开天辟地、理所当然地存在，像天与地一样古老又恒久年轻。我没有想过沙在什么时候出现，也没有想过它的起点和终点。

说起时间的无始无终，也常是被我忽略的。谁能知道时间来自哪里，又去向何处呢？同样，我也不知道沙是怎么来的，是不是也有一个去处。那时候，我当然也不知道世界上还有一种叫沙漏的东西，可以测度时间。我从蹒跚学步就走过沙滩，直到少年、青年以及现在，那留下的深深浅浅的足迹，总是转眼就被风吹过来的更新的沙覆盖了。那时我笑沙跑得比我快，此刻才想到，每一颗沙的追赶，也许都是时间在堆叠，我的生命，前一刻也正在被后一刻湮没。

"逝者如斯夫，不舍昼夜。"孔老夫子感叹时间如同河水，不倦不息地流淌。他看到的时间，与我们所见，又有什么不同？我看到的是，一天一天，一年一年，日升月落，四季变换，草青了又黄，花瓣落了再返回枝头，树木的年轮多了一圈又一圈。旧了的是房子、车子、各种用具，铁器红褐色的锈迹蚕食着曾经坚硬的肌体。一代一代曾经鲜活亮烈的生命被时间的风吹得周身寒彻，东倒西歪，最后消失于风中。我们把这个，叫岁月变迁。

面对这些古老雕塑朽败的部分，我自然而然忽略掉了它们的名字和完好的部分。当遮蔽被拿掉，光亮细腻被打碎，猛然出现在眼前的，恰是隐藏在时间深处，最锋利的细节。那并不是阴影，它甚至是明亮的。

此消彼长，腐朽的归于尘土，鲜活的依然蓬勃，侵蚀雕塑的水晶坚硬凌厉，剑戟一般，昂然挺立。如此我才发现，我的不适感，不只是看到了腐朽的部分，更是因为看到了这潜藏其间那滋生在内部无法忽略的异质。同在时间之流，一边朽坏，一边新生，这截然相反的存在，不需要理由，却让我的心里震撼莫名，无法说出任何一个字。我只能站在那里，仿佛看到一队陌生的我，正不声不响走过无我的空间。

雕塑后边，沿墙铺漫着灰色蓝色的沙，这变换的色调，让熟悉的沙呈现出一种距离外的陌生感，它看上去那么轻，却又似乎重得无法忽视，无法承接。

拾级而上，从后面的台阶走过去，沿着外边的木栈道往外，繁茂的枝叶遮住了部分视线。海上有人滑水，矫健的身姿，像大鱼在浪里隐现，又像大鸟从空中俯冲而下，那力量迸发的美，让我的朋友们发出了由衷的赞叹。这鲜活的热腾腾的运动场景，打动了我，不由拿起手机，接连拍了好几张照片。

回望室内，我忽然心生感激，对那些展示在时间之内腐朽的古老雕塑，以及那些尖锐生长的水晶体。破损的真实固然让人不适，也好过虚假的矫饰。

那些作品或者不是美的，当然也不是丑的，它们只是在用这样的方式说，孩子，哪怕你只站在时间和空间的某一点上，哪怕从落地开始，你的骨头已经悄悄长出用于摧毁的异质。如果这些都无可避免，那么，我们更不能辜负这难得拥有的生命。

我想，它们在用这样的方式说着珍惜。

剧 场

雨还下着，我在阿那亚。

踏进一座小剧场的门，里边没有安排演出，空空的舞台和座椅。灯光兀自亮着，主体的灰黑色调，显得空寂的场地典雅肃静，又有几分神秘感，也许下一刻，丝竹管弦就会咿咿呀呀响起，大幕就会缓缓拉开，一场人间的悲欢离合就会上演。这里是蜂巢剧场。

剧场不大，与这扰攘人间相比，哪个剧场都是小的，所以，这并不影响它上演一场又一场爱恨情仇。我想，在声光电之外，观剧的感受更多的应该来自表演者和观众在某一刻的懂得吧。看剧的人是无情的还是多情呢，在别人的故事里喜怒也哀伤。表演者呢，在虚构的情节里嬉笑怒骂时，他们到底是谁？剧场里上演的，也无非俗世里每个人都无法跳脱的痛苦、欲望或者安稳以及幸福。戏如人生，人生如戏，这样想来，你我谁又不是剧中人？谁又能真的做到冷眼旁观？

说到这个剧场，不能不说的是著名的实验戏剧导演孟京辉。这里曾经上演过《恋爱的犀牛》，我却对编剧廖一梅写的另一部小说《悲观主义的花朵》印象极深。一度，它影响了我的人生态度以及当下的选择。

思绪总是漫无边际，脚步却不能信马由缰。

与室内剧场相比，我更倾心于室外的开放剧场。在看到它的那一瞬间，我自然而然地想到了那句"与谁同坐，明月清风我"，不由地笑了。幕天席地，风月无边，庭草交翠，花开蝶舞，简直像是为了让人沉醉而设的布景。剧场整体是米黄色的调子，淡雅柔和，环形的设置，从高到低。在晴空之下，可以闲坐休息，也可以漫步或驻足，站在最高的那层，遥望不远处的海，蓝色的波浪直铺到视野尽头。在没有演出的时候，这里化身成了休闲广场。设若与朋友一起，来几听啤酒，说些可有可无的闲话，该是多么惬意的享受。

我没有观赏到任何一场音乐或者戏剧的演出，却愿意在距离外想象与聆听——隐约的星光与炫目的灯光交辉，节奏分明的音乐呼应潮声起落，腥咸的海的气息隐于甜甜的西点香氛之后，林间草地虫鸣唧唧，场内歌声嘹亮掌声喧哗。

这样开放包容的舞台，让天地人海和谐相融，彼此呼应着彼此。人们在此观赏与演绎，于是世事远了，心情疏朗，空气中也弥漫着蜜般的甜美。清凉的风吹动发丝，花香和薄雾轮流清洗肺叶，所谓心旷神怡沁人心脾，就该是在这样的环境里，就该是在这可歌可舞可闲坐的地方。灯下的飞蛾在殷勤来去，海底的鱼也可以彻夜静听尘世的美好。这里的热闹，是现世安稳，是岁月静好。得意应该忘形，放松也是。室外开阔的剧场，有三分是纵容，它允许你一半疯狂，一半暗藏无言的寂寥。

我看到这个剧场的简介：面朝大海，半圆形的建筑姿态是对古希腊戏剧传统的致敬，海底的珊瑚化石精致切割后，上面的点点斑驳，是折射调音的孔隙，更是大海在此停留的印迹。多么好啊，这海边的酒神剧场！它既是对古希腊戏剧的致敬，也是酒神精神的重现，自由，欢喜，热爱生活，也接受生命的无常。

小剧场，大舞台，世界沿着每一个故事的线条缓慢折叠时间。

在阿那亚剧场走过，我是观众，又何曾不是表演者？也可以换一个说法，我既是过客，也是归人。

作者简介

齐未儿 本名李冬梅，河北省作家协会会员，作品曾获"孙犁散文奖"。有散文刊于《散文》《山花》《粤海散文》《散文百家》《当代人》《北方文学》《大地文学》《三角洲》《青岛文学》《文苑》《初中生》《思维与智慧》《黄河黄土黄种人》《云南日报》等多家报刊。出版专著《二十四节气果蔬》《秀丽的家园》。

孤不孤独

张戎飞

一

秋天的海风少了咸湿潮闷，多了这个季节应有的清冷。虽然不干爽，没有闷热纠缠，就会舒服很多。天阴，偶尔掉落几个雨滴。秋天的鼓点越来越近，越来越急。我并不急。在微雨中慢慢走，孤独又享受。

这是一次在阿那亚的漫步。不记得去过几次阿那亚，第一次是因为三联海边图书馆，被誉为全中国最孤独的——孤独图书馆，这次也是。期间的多次，只要到阿那亚，必到孤独的图书馆。它独立在海滩上，以水泥本色与沙滩海水互相融合，相互成全，远远看去，突兀也和谐。它生来就是那里的一部分，周遭没有其他建筑与它比肩，遗世般孤独，人类却不甘让它孤独。来来往往的人慕名而至，我也曾汇入其中，打扰它的孤独。它被世人瞩目，被作为某种印证，它惯看尘世的熙熙攘攘，不言不语地伫立在那里。

孤独的图书馆是座有气质的建筑，设计的主要理念在于探索空间的界限，身体的活动，光氛围的变化，空气的流通以及海洋的景致之间共存关系。进入它的时候，你便也具有了相同的气质。需要和它一样一言不发，和它一样独处。喜欢它位于二层隔间的冥想室，深灰色混凝土自然表面肌理粗粝又有温度，厚厚的混凝土壁垒间，洞开一个长条形窗口，透过窗口是与之格格相入的书、书架和书桌，以相同的几何形式纵横呼应。一墙隔开出世与入世，抽象与具象之间，心生万象。盘坐在蒲团上，结智慧手印落于双膝，吸气，呼气，微闭双目，享受自我赐予的片刻安宁。在与生活短兵相接的间隙，这样的孤独与安宁是暗夜中的微光，照亮琐碎日常中的兵荒马乱，凡常便也有了诗意。把孤独盛放在孤独的图书馆，在冥想室听到心间流溢出的潺潺之声，汇入大海。

图书馆充分利用空间，中间大面积构成是书架与阶梯，给人错落有致、逐层递升的感觉，颇像大学时期的阶梯教室，又少了拥挤与喧嚣。随意在某个位置落座，顺手拿起一本书，就可以心无旁骛地读。在这里，没有人交谈，就连店员的提醒都是拿着写好的小纸牌，在你面前指指看上面的内容。是的，在孤独的图书馆，也需要学会缄默独处。与自己独处，与生活独处，是对平静疏淡质朴生活的一种热爱。

毕飞宇在《青衣》中有言：人就是这样，都是在某一个孤独的刹那突然发现并认清了自己的。在孤独的图书馆，即使没有这样的顿悟，坐在落地窗前，面对大海，一椅一书一人，孤独地读书，也好。

那个伫立在海边的小小礼堂，距离孤独的图书馆几百米，有清奇之态。它们互不打扰，它们又遥相呼应。孤立在海滩的小小礼堂，因此更增添了几分恬静神圣。我从未进去过，只是依凭记忆用从前见到过的礼堂构建它。它的纵深，它的宁静，它的某种特别的气息，以及进入它内部的人心怀的虔诚与敬畏。那些进去过的情侣或孤独的人，将他们心底隐而不彰的念想默默吐露，地久天长也好，安顺幸福也罢，在那里，净是美好。

单向空间书店入驻阿那亚的时间不太久，也就三年。作为北京新生文化地标之一的概念书店，单向空间书店是一所提供智力、思想和文化活动的公共空间。2005年年底由六个年轻的媒体人创办，初创时名为"单向街图书馆"，名字取自创办人之一许知远喜欢的德国思想家本雅明的同名著作《单向街》。图书馆成为顶级作家、导演、艺术家，以及来自四面八方的年轻人频频光顾的场所。这里不只是图书馆，更是一处理想主义者营造的乌托邦。在这里，可以逃离日常生活的逼仄，点亮精神，遇见思想上的同道。九年后，"单向街图书馆"更名为"单向空间书店"，由单谈（沙龙品牌）、单读（出版物）、单厨（餐饮品牌）、单选（原创设计品牌）组成。

2018年10月底，找了个周末和姐姐一起过去。离霜降不远，阴天，微寒。单向空间书店外围，迎面而来的是特有的单向历，写着每日的宜与忌，如宜同游，宜柔软，忌苛求，忌贪婪……附赠书摘名句，颇具文艺气息。记得当时是指着"宜说走就走"拍了照的，在现实中很难做到说走就走，把希望寄予那一指吧。略微一转，威廉·萨默塞特·毛姆的巨幅黑白照片赫然呈现，占据了整面墙，他左手的食指与中指夹着正在燃烧的一支烟，无名指与小拇指顺向弯曲，小拇指上戴一枚榍圆形戒指，左手以大拇指为支撑抵在左耳附近，中指与无名指间是他的眼睛，岁月让他的眼睑松弛微垂，却让他的目光更加清醒犀利。整幅照片的右上角，是他作品的名字——《阅读是一座随身携带的小型避难所》。在这里，单向空间书店犹如整个社区的文化客厅，人们来此完成优雅的精神链接。

书店以黑灰色调为主，这样的素色增添了几分安宁与神秘，设计对于空间的想象源于"孤独"。企图创造一个以人为单元的互动空间，赋予原本单一的空间更丰富的延展想象。在这里，放大或收敛孤独感都成为可能，具有属于海边书店的独立冷静的氛围。这不只是一家书店，更是一个场域和一种氛围。公共空间与私密空间分解、并置在同一场域，让每一个读者与自我、与他人共享一个界限模糊的思考空间，产生情感共鸣。

记得那次独坐在一个角落读《莫迪里阿尼》，一束光自上流泻，柔和温暖，这种氛围下，他伤感悲情又放荡不羁的生命不会显得凄冷落寞。看他去世前一年的自画像，抹去了人物个性的所有特征，微微后仰的头，典型的莫迪里阿尼手法的拉长的颈部，比例均衡的脸庞，淡漠清寡的神情，空洞无光的眼神。莫迪里阿尼曾说过："当我洞悉了你的灵魂，我会画出你的眼睛。"只是不知道这幅没有被描绘出眼睛的自画像，表达的究竟是自我的迷失，还是平静的回归。读到这里，只觉心间被某种情感塞得满满的。抬眼看向前方，是"海边发呆指南"的黑色书架，目光流连在一册册书上，锁定《你今天真好看》，是莉兹·克里莫的漫画，温馨可爱的图画和令人捧腹的语言很快驱赶了刚刚侵占心头的忧郁。有书，就没有孤独。

阿那亚（Aranya），取自梵语"阿兰若"，意指远离人间喧嚣的寂静修行处。事实上，它还颇具包容性，是海边的文化艺术飞地，是一种生活方式和生命状态，我更愿意把它当作精神的乌托邦。在这里，可以沉入静谧向内探寻精神桃源，却又不尽然。这里也贴近人间烟火，海边集市便是烟火浓郁之地。于是，位于北戴河新区的阿那亚成了一种精神符号，充满文化想象，成为日常生活的另一种体验。

二

在更多的人把幸福寄托在虚伪的、窗明几净的大房子里的现世，读书成了小众而附庸风雅的事情，但脉脉书香并未因为式微不被重视。北戴河新区各类楼盘遍布，各类书店又遍布在各类楼盘，它们相伴相生。书店对社区居民开放，也对游人开放。我非社区居民，亦非游人，是寄居在这个城市的异乡人。漂泊在外的人，故乡早已经是异乡，而异乡依然是异乡。在这个城市生活的时长超过在故乡生活的时长，即便如此，某种情致下回眸，依然有身在异乡的慌张。去书店，是排解慌张的良方。书店大同，不论在哪座城市哪个书店，都能寻得到短暂的安宁与游离于现实生活之外的松弛。于是，把足迹印到一个又一个书店，老书店、新书店都喜欢。在方寸间停留寻觅，也抚触一时的迷茫，用内心的声浪滋养因失根而微微龟裂的心田。

受父母影响，骨子里与书有说不清的亲近，这也是每个新书店开张，就能在第一时间赶过去的原因吧。猫的天空之城隶属于北戴河新区蔚蓝海岸楼盘，承袭海子的诗句"面朝大海，春暖花开"，临海而建，楼前种满花草，温馨浪漫，这样的格调足以吸引人。开业之初，便和姐姐一路追寻。深秋，中午，阳光暖融融地洒在身上，我们都为即将赶赴一场优雅的精神之约而心间明媚。

猫的天空之城系徐涛与爱人毛毛共同创建，始于苏州平江路，随后在国内开了一家又一家连锁店，见证了他们一步步将梦想照进现实的过程。两个酷爱自助游的人，背负半人高的行囊，用脚步丈量了大半个亚洲。背包客的自助游，让他们与手绘地图结缘。为了安放那些有温度的手绘地图，2009年7月4日他们在江南古城苏州创办了第一家猫的天空之城书店，只有小小四张桌子的书店，销售500本图书，是对原创的执着，对插画的热爱。书店基于爱情诞生，并不贩卖爱情。它售书，还出售自己设计的明信片和其他文创产品。一书，一本，一个包包，一张卡片，都有对生活的感悟与理解。其一大特色就是可以在选定的日子寄明信片，寄礼物给朋友或自己。"寄给未来"是猫的天空之城的专利。

目光在一架一架的图书上逡巡，也不时游移至窗外，投向不远处波涛浩渺的海面，它有时深情优雅，海浪款款而来，又缓缓退去，在沙滩上留下波浪的痕迹。有时候，它又像被激怒的野兽，呼啸着卷起大大的浪头，重重拍在海岸上。身在书店，海的情态便也成了周遭氛围中的一种，动与静相得益彰。让我们觉得生活的每一丝气息都是被在意的，这份在意是满足，是放松，是自由，是疗愈，是向内探索，是生活匆忙处的精致，取悦自己。

时间像指间沙粒轻缓又持续地流走，在落地窗前静坐，面前的书被翻过一页又一页，字字珠玑，入眼入心。与那些文字相遇，似来自旷古的惊鸿一瞥，不需预设。此刻的丰盈击破活着的虚妄，看清爱的意义。对着大海许愿，保持善意，保持爱。一些人在身边来了又走，他们完成停留的理由，赶赴下一站。我和姐姐仍旧没动，坐在高脚凳上，或蜷在柔软的圈椅中都好。只要有书陪伴，我们就能安静地打发时光，解救日常的平庸与不甘。不思不想地斟一盏茶或点一杯咖啡，文字经由气息缠绕游走，许一段安闲给自己。

猫的天空之城创始人徐涛在同名自传《猫的天空之城》中的自序写道："坚持做美好的事，让我们未完待续。"这美好，是对情感生活的持守，对精神生活的追寻，对质朴、精致而有节制的物质生活的选择。

星月垂幕，海浪声不息于耳，大海无止无休地读着天空与大地之书，我们也不停不歇地与书进行一次又一次邂逅与交付。书里有乾坤，在不知道可以原谅什么的时候，心生慈悲，但觉世间万物都应该被原谅。把精神世界的唤醒与丰盛一同带回家，是别样清欢。

三

在蔚蓝海岸，猫的天空之城不是唯一的书店，字里行间和北北假日航海图书馆隐藏在社区中间，似天使遗落的珍珠，在不显眼的地方散发着脉脉光华。你行走，你回眸，不经意的时候，眼前一亮。

"字里行间"语出南朝梁·简文帝《答新渝侯和诗书》"垂示三首，风云吐于行间，珠玉生于字里"。字里行间的经营则以"字里"（即书本）为经营本源，从"行间"跳脱书本载体，延伸出更多的可能，打造最具人文与生活之美，是助益心灵提升的复合式文化休闲空间。它地处蔚蓝海岸中央公园，被荷塘芦苇荡围绕簇拥，读读书，发发呆，或沉溺于一杯咖啡的浓香，都好。对于这种地方，我都不具备抵抗力，即使知道呆坐在那里是虚度，也愿意。

北北假日航海图书馆坐落在BSC航海基地内，具有丰富的航海类书籍。整个建筑是风帆般的仿生形体造型，充满律动与浪漫元素，设计师运用帆船与风浪的共生关系衍生精彩的空间故事。一层空间设计利用空灵的色调描述海的情绪——将大海的细碎涟漪与波涛涌动拟化为不确定的点元素与击荡的曲线，帆的优雅点缀其间，表现出一个饱含巨大能量的灵动空间。二层伸手可及的流畅线条将空间紧密结合成一个整体，赋予室内空间外向、动感与灵性的特质，使空间自然、柔美、夸张却不失美感。将大海的不可捉摸与万千风情蕴意为一条无"重力"的飘带，为空间带来生动与不确定的神秘。

执一书，一杯咖啡，坐在洒满阳光的露台上，抚上脸庞的是海风，闯入腹腑的是海的气息，有轻柔，也有激荡，有静谧，也有呼啸，种种情态也如种种世事，置身其中又游离于外。我是坐在那儿发呆的，书读得累了，远望海面银光粼粼，帆船点点，海浪没有定式的起伏波动，使得每一次看海的感受都不尽相同。那么迷恋大海，是一本读不尽的书。孤独时、沉郁时、欢乐时、疲惫时，种种时刻，都喜欢去看海。在海边，不再觉得是异乡人，它包容一切，不分彼此，化解心间的所有。这大抵是海边书店的优势，比内陆的书店多了辽阔与多种可能。于安静时窥得不拘于安分的矛盾自我，化解日常生活中的鸡飞狗跳，储藏回忆与向往，充满生活美学与对美好的憧憬。走得快了，就到海边书店放慢节奏等等灵魂。

北北假日航海图书馆还附带一个酒吧，方形水泥柱体上，钉着两行黑色宋体，颇引人注目——海风推着海浪翻腾，于晨光中熙攘，而后湮灭于夜晚的酒汤。酒吧与图书馆的结合，动静相宜。觉得太过安静，就来杯鸡尾酒，放放爵士乐，和着海浪声，抛洒欢笑。人生需要释放与怀寄，这里都可以。

北戴河新区的规划建设者是有心的，在加快建设步伐的同时，充分利用沿海优势，因势利导，千方百计招商引资、专注加强基础建设、改善人文环境的同时，不忘提升精神世界的高度。这样的地方，有它独特的气息，自是吸引八方来客的理由，也是让更多的人来了就不想再走。

海纳百川。在这里，孤独与不孤独都不再重要。你若来，海就在。看日升月落，潮来潮往，星辰移转，我心安处。

作者简介

张戎飞　笔名戎飞，河北省散文协会理事，鲁迅文学院首届河北青年作家高级研修班学员。荣获第三届全国散文诗歌作家神州行散文一等奖，梦圆2020 "决胜全面小康、决战脱贫攻坚" 主题征文散文一等奖。作品散见于各种报刊，著有散文集《何以契阔》。

戴河奔涌大江潮

马建忠

一

戴河之南，钟灵毓秀，文化厚重，是为北戴河新区。

秦皇岛市向西，再向西，有一个没有喧嚣和尘埃的世界；一个没有悲烈和惆怅的世界。那里只有平静、清爽，可以自由呼吸，可以丢掉烦恼，可以放逐疲惫。在那里停下来，潇洒与怡然环绕周身，除了丰盈瑰丽，便是秀雅敏思……那就是燕山脚下，渤海之畔，一个让人憧憬的地方——北戴河新区。

二

究竟为什么憧憬北戴河新区？

生态在北戴河新区。

我曾迷恋于绿岛小夜曲带来的纯真和温馨。舒缓的节奏传入耳脉，流淌的记忆摇摆在碧波之上，仿佛置身飘浮的轻舟。那时候，蓝天与金沙相互映衬，呈现出美轮美奂自然的生命状态，让人的心境旷远豁达。

但现在，目力所及的高楼大厦不知趣地阻隔掉远山空蒙的意象，浑浊的空气透支着生命的呼吸。所以呀，追求生命本真的人们在期盼中一次次呼唤——再回到从前。那么到这里来吧。

北戴河新区的渔岛温泉度假村，生态是它的基本主题。请深呼吸，在绿色的空间里尽情享受由此而延伸的欢快、愉悦和舒畅。在这里你就是返璞归真最幸福的人，不需要在追逐什么，滑沙、滑草、冲浪、骑马、射箭。应该说，我们都是大自然的孩子，行走在自己的月光里，晚风习习，松涛阵阵，听海的声音，更容易走向一个人的内心。

那天，我在渔岛海岸边沐浴温泉，初升的太阳炫目，光灿。海风传递着绿草的清香，迷人的薰衣草绽放出满园的芬芳，充满生机。远离喧嚣，远离污秽，远离世俗，远离擦肩而过的冷漠。

有人走在古朴的栈道上，轻抚古香古色的阑珊，极目远眺一望无际的海洋，放飞情思，寻找曾经流逝的时光。一只鸥鸟衔着希望侧旋而过，长长的影子掠过轻拍的波浪，一层又一层亘古不变地追逐，世间万物都在遵循着进化的规律。我想，刚刚乘船出海垂钓的游人，在海天相接的远方，一定会于静谧与安详中思索生命的意义。如果你喜欢惊险刺激的冒险游戏，就去驾驭摩托艇、沙滩摩托车，还有碰碰车，到哪里能尽情享受自然风光中动与静的美呢？渔岛，北戴河新区的渔岛，拥有难以抗拒的力量，它让你懂得人生就是动与静的转换。

或者也可以在七月，在尽享奇观的欢乐中打开自己。可不是吗？你看精彩绝伦的水上飞人表演，你看炫目惊心的飞车表演，还有风情万种的少数民族表演，欢快的泼水活动，林林总总，如梦如幻，也许这些都是生命绽放的极致。

我早就习惯于独自漫步。在沙滩上，在夕阳里，缓慢行走，松软的沙滩忽然间越聚越高，摆设出一个个天造地设、匠心独运的造型，是幻觉，这一幕出现在昨天沙雕作品展示，我知道美已经成为我们生活的重要组成部分，那一刻，我不再去想别的事情。

这就意味着，在浩瀚的大海边，我已经成为智者忠实的臣民。

这就是我对生态，对渔岛，对生态渔岛的眷恋……

三

究竟为什么憧憬北戴河新区？

人文在北戴河新区。

每个地方，都有独特的标识；每个标识，都有独特的意义。我最初知道阿那亚，就是因为孤独图书馆。五年前，冲着面朝大海，怡情养性，我来到了阿那亚孤独图书馆。站在馆外临近沙滩的栈道边，先看到恍若星辰的沙滩上坐着一位遗世独立的圣人，弧线的屋顶朝海的方向张开，不经意间闪烁出无与伦比的博大胸襟。一道阳光穿透细窄的风道，在寂寞的空间洒下慢慢游移的光斑，海浪的追逐声，似奔涌的往事，寂寥，厚重。渐渐地，太阳的光束轻悄悄地散落屋内，探索简约的界限。

走进孤独图书馆，倏地一下，整个人从身体到灵魂钻入了孤独空间，任外面波涛汹涌，里面是静谧的世界。书中游，每个人读出不一样的境界。食东坡肘略"明月几时有，把酒问青天"之豪放；杯酒看太白"天生我才必有用，千金散尽还复来"平添几分孤傲；鸟瞰工部"安得广厦千万间，大庇天下寒士俱欢颜"晓人民颠沛流离之甘苦；与屈原共谱《离骚》，才知先有国，后有家；而每读一次鲁迅先生，都是一次精神的补钙，怒目金刚、横眉冷对的是鲁迅的表面，他那深藏不露的，便是大慈大悲，是对民族、国家乃至整个世界的关怀与温情。

这时候，如果再看看先贤的哲思，便会心灵激烈撞怀，每一卷在手，陡然获得些许生命的启迪与感悟。孔子告诉我"用之则行，舍之则藏"；倡导仁爱的孟子，亦明示"达则兼济天下，穷则独善其身"；出关留经的老子用朴素的唯物主义哲学引领我"人法地，地法天，天法道，道法自然"；那个梦蝶的老庄多么睿智，从花鸟鱼兽中悟出那么多道理，他与"采菊东篱下，悠然见南山"陶渊明一起诠释何为恬淡隐忍、生命无待、自由飞扬。

当今已进入网络时代，很多人都喜欢足不出户地在网上浏览各种书籍，可我依旧对纸制的书籍情有独钟，只有在阿那亚孤独图书馆捧读书籍的时候，才能让我真切体会到读书的快乐，静静地思索，展开无尽的遐想……在阿那亚孤独图书馆，捧读任何作品都犹如在人生寂寞旅途中与那些未曾谋面的挚友小聚。

读书于我而言是心灵的小憩，虽然说生命的长度不在我手里，但生命的宽度在我手里把握，而读书可以增加生命的厚度。我想不论何时，都要给自己留一段时间营造一份心情，让油墨的芳香熏染自己而后放逐心灵，从中获得灵性的自由，再从纷纭繁杂的现实中获取生活的乐趣。

四

究竟为什么憧憬北戴河新区？

纯情在北戴河新区。

世界上再没有比婚礼殿堂，让人感动让人心跳的事情。我小的时候经常问母亲："为什么要在礼堂举办婚礼？"母亲一会说，可以接受上帝的祝福；一会说，在这里所说的话灵验，彼此忠诚有稳定感，一生一世的爱情才能完美，一看可不是，礼堂婚礼更加浪漫和唯美。

礼堂，有时候，可以简化成一个符号，一种象征，一层寓意，在不经意间，唤醒一种久长的记忆与思索。

秋日的午后，丝丝细雨，无声无息，淋湿通往阿那亚礼堂的路径。雨静静地滴在沙滩，弥漫，扩散。偶尔，有情人心手相牵走向沙滩深处的礼堂。秋雨微凉，抵不过恋人的浓烈。

礼堂，誓言，是神圣爱情最温馨的景象，抵御所有的寒意。真情流露的表白，在礼堂里回荡，人们聚集在有情人身边，献上一句句真诚的祝福，看着看着，喜悦激动的泪水忍不住盈满眼眶。遥想的远方，从此贴近，相互扶持，相互取暖，慢慢地在生活的磨砺中领悟，取舍一粒火种，点燃一片荒野，让一场修行，在红尘中匍匐，那些萧瑟的烟雨、尘埃，纷纷退却，遍布足迹的沙滩上，只留下青丝织就的婉约心灵。

英国哲人查尔斯·里德曾这样说：播下一种思想，收获一种行为；播下一种行为，收获一种习惯；播下一种习惯，收获一种性格；播下一

· 盛夏的海灘 ·

种性格，收获一种命运。

在阿那亚礼堂播种婚姻的种子，自此将跨越虚夸的门庭，步入朴实的人生。神圣的阿那亚礼堂，是一道风景，是一种信念，是曲径悠远的深邃，是一个家庭温馨的向往。人们看见阿那亚礼堂，就有膜拜的释然，有了虔诚，祥和就不再遥远。

阿那亚礼堂，曾经倾听过多少信誓旦旦爱的箴言，恐怕没有人数得清。人们只记得，爱，是阿那亚礼堂的根，寻爱的人都会心驰神往这座钢琴状的沙滩礼堂。因为，这里是爱的形体，爱的化身。

<h2 style="text-align:center">五</h2>

究竟为什么憧憬北戴河新区？

艺术在北戴河新区。

仲秋，从阿那亚神奇的黄金海岸，不经意闯入一座隐于沙丘之下充满艺术气息的美术馆。这座美术馆设计独运匠心，其展开构成形似洞穴的细胞状连续空间，来自天窗的自然光为部分室内展厅提供光源，几个户外展厅则朝向开阔的海滩。

此刻，雨丝忙而不乱地飘落。迷蒙中让人仿佛看到遥远的田园古村落的静美，那种沉默的爆发力激发泉涌的才情，随感而出，真挚而热烈地扑面而来，一种幻象在心海翻腾，跳跃，一下子深陷其中，不能自拔，迷失在雕塑的瀚海里。

精于"虚构考古"美学概念创意的艺术家丹尼尔·阿尔轩选择阿那亚沙丘美术馆呈现"时间之沙"雕塑，是黄金海岸似锦如幻写意景致，也是喜欢阿那亚兼有浪漫主义和波普艺术的气质。"时间之沙"雕塑作品以其标志性的水晶对古希腊和罗马雕塑进行了重构想象。当古老的雕塑以腐蚀朽败之相展露岁月流逝的同时，侵蚀雕塑的水晶却以生长增长之态引出截然相反的时间发展线索。当流沙的颜色随着展厅的转移从白色逐渐过渡为蓝色，在这座消隐于沙丘之下的美术馆中，虚构的历史遗迹、展厅临海沙丘的自然环境，以及观众对这些遗迹背后故事的想象，三者共同构成了一场视觉上的对话，而盛与衰持续的对抗则变成一个超现实且迷人的悖论。

如果说，阿那亚是黄金海岸中灵魂与生命的星座，那么沙丘美术馆可算是远古与未来的交响。你看，维纳斯石英像、阿尔勒的维纳斯半身像习作、海洋女神阿瑞图萨蓝色方解石像、悲剧女神墨尔波墨涅铜像……陈列出美术馆特有的安宁、庄重、纯净、高洁，让人久久不愿回到现实世界。

走出沙丘美术馆，细雨霏霏，而在沙丘深处，团簇的艺术之火刚刚点燃，彰显世界多样性文明交流互鉴的精神，既保持着不同文明的艺术传统与特色，又吸收了其他国家的文化艺术元素，展现出多元互补、异彩纷呈的艺术面貌，从中可以看出博大胸襟、眼光高远的阿那亚。

六

究竟为什么憧憬北戴河新区？

康养在北戴河新区。

一个纵横交错的沙盘，展演出我国北方唯一一个国家级生命健康产业类示范区，绵延30万平方米，沿线蓝天碧海、草木葱茏，已成为打造生命科学园的中心。

有一首诗这样描写北戴河新区的康养：

像上天指派的美人
康养绝世而幽居
倾人肺，倾人脾，倾人肝
空气是绿的，柔风是绿的
云是绿的，所以雨滴那么绿不可当

坐落在北戴河新区的潘纳茜诊疗中心，整合德国、泰国、中国军事医学科学的专家资源和创新技术，为客户提供高端健康体检，多学科专家问诊，无须奔波便能得到国际转诊一体化综合医疗解决方案。

北戴河生命科学园不是孤立的，普拉德拉（北戴河）医院、中邦再生医学中心、北化工公共检测平台、秦皇岛润泽医院和远盟精准医疗平台实验室等多个代表国际国内先进科技医疗水平的高端项目已然入驻，形成医学、康养的活力之城。平日里快节奏的生活在康养修复中舒缓下来，紧张的心绪伴随着优美的海浪平息一切无休止的喧嚣，那一刻你的内心便会多一份舒畅，少一份焦虑；多一份真实，少一份虚假；多一份快乐，少一份悲苦。

生命科学园不但是一条康养线，也是一条风景线。在这里有不一样的海面，湛蓝潮缓，踏浪逐波，拥抱恬静自然；在这里有不一样的海滩，沙细松软，漫步徜徉享受阳光灿烂；在这里有不一样的海水，清澈安然，轻轻触摸惬意水波潋滟；在这里有不一样的空间，自由奔放，如香茗般和雅溢满情怀，幻化成美好的记忆，欢快地在心头一遍遍敲打出无限的怡情和温暖。

如今，北戴河新区发展视野已然渗透在开拓者的血液里，锐意进取，务实求真。北戴河新区像一个新生的巨人，在激情与梦想的大潮中凭海逐浪，向世人展现他的智慧、图强和卓尔不群。

作者简介

马建忠　中国微型小说协会会员，北京微型小说研究会会员，河北省作家协会会员，河北港口集团作协主席。有300多万字作品散见于《陕西文学》《火花》《椰城》《金山》《小小说选刊》《小小说月刊》《小小说大世界》《唐山文学》等报刊。作品曾获第二届全国"大鹏生态文学"小说奖、河北省职工文化"五个一"精品创作一等奖。

孤独有书为伴

张　茗

　　"有一座面朝大海的图书馆，独自伫立在空旷的沙滩，恍若世界的尽头……望不到边际的大海，是一个极其空旷的背景，每一块石头，都有着强烈的存在感。建筑师希望，这座图书馆也能够像一块石头，坚硬地存在于这片海滩上。"这是当时一个媒体发布的三联书店海边公益图书馆视频的文案，一座以孤独为名的社区图书馆，竟让人们忽略了馆名，而更喜欢称"最孤独的图书馆"。

　　第一次走进这座图书馆，是在2015年的6月。和大多数人一样，对图书馆的认知是在微信上，可以说是一夜之间"全中国最孤独的图书馆"的视频，刷爆微信朋友圈。我想一定是内心的某一种东西，在看到大海、海滩上伫立的建筑和图书馆的那一刻与之产生了共鸣。而极其渴望地想去看一看视频中的孤独之美，想去感触它孤独的缘由。

　　恰逢一天，友人邀约了该项目建筑师梁琛由北京专程来到图书馆，得以从设计理念及施工上了解这座图书馆。当时沿海公路两侧还没有太多的建筑，图书馆周边的配套设施也没有完善。远远望去，一幢灰色斑驳的建筑，带着莫名的神秘感，静静地伫立在那里，在天空下、在大海的边缘，显得那么孤独而宁静。

　　据梁琛介绍，他们团队所负责建筑设计的是为阿那亚社区配套的三联书店海边公益图书馆，其他的别墅、酒店、商业、会所等大项目的建设，还在构建蓝图中，不久就会逐一呈现给世人。图书馆为混凝土结构建筑，大概有450平方米，整体构造是由一个主阅读空间，一个小冥想空间、活动空间和一个水吧构成。团队的设计理念是探索空间的界限，处理好海洋与主体之间共存的关系。依据每个空间功能需求的不同，来定义阳光和海风进入空间的方式，处理人在空间里的活动，每一天、每一个月、四季中，光影在空间的变化，从而对人产生的身体、内心和精神上的感知变化。

　　走进图书馆要经过一片沙滩，然后通过一小段的过道，转弯处进入视野的是一个大空间，让人豁然开朗。据梁琛讲："建筑的整体墙面保留了木质模板的痕迹，这貌似普通的木纹墙面工艺，就花费了我们设计团队及施工人员很大的心血。"高大的落地窗将里面的人与外界隔离开，却并没有将湛蓝的天、流动的云、无边的大海、金黄的沙滩和读书人的视野隔绝，而是转化成内心的宁静与开阔，传递给坐在室内的人们。此时悸动变得平和，浮躁得以褪去，哪怕匆匆赶来只是想参观一下的游客，也会放慢脚步，随即安静下来。

　　天气好的时候，高大的落地窗可以打开，形成空间内部与海更直接的开放关系。这道玻璃窗的上方，是一条横贯空间的水平海景视窗，成为整个空间看海的焦点。为了规避任何一个结构杆件对透明视窗的干扰，屋顶的荷载完全依赖视窗上方的钢桁架支撑。桁架内外两侧均为手工烧制的玻璃砖垒造而成的半透明的墙体，一方面使内部桁架结构若隐若现；另一方面，这种半透明对光线的敏感，可以在一天中不同的时间，在建筑的内外，映射出不同光的颜色和氛围。

　　这个偌大的阅读空间，直观上看是两层，座位和台阶从高到低呈阶梯状区分出三个阶段，每一阶都有座位和图书供读者阅读使用。据说整个阅读空间只有68个座位，每个座位都面向大海，即使在第二阶和第三阶抑或某个角落，也不会因前面有人而遮挡观望大海的视线。临窗而坐，有墨绿色的皮椅，与休闲空间相连，可以选择一杯咖啡或一杯茶，寻一本喜爱的书，在抬眼蔚蓝间安然阅读，品味人生甘苦，品读字里行间，倾听潮起潮落。

可能习惯了在家中无人打扰时看书，抑或是和几位友人一同前来，内心的浮躁，令我处于局外人的角色，索性将拿起的书放回原处，专注地望向远处的大海。脑海中闪现的是汤姆·汉克斯曾主演过的一部影片《荒岛余生》。电影给我印象最深的，是一个人在荒岛上的那种孤独感，当孤独袭来，恐惧万分却无路可逃，为了排遣孤独，他将一只排球视为朋友，还给它取名"威尔逊"，而且与它倾诉。

一座面朝大海的建筑，能够排遣内心孤独的只有书，与海相望，与书为伴，是我能想到图书馆关于孤独感最贴切的句子。读书的孤独，是认知的孤独，思想的孤独，精神的孤独。而阳光、沙滩、海浪、灰色的建筑、木质的桌椅、简洁的书架、有思想的书、安静的读书人，这些元素组合在一起，不正是众多人苦苦追寻、心心念念的诗与远方，不正是一种油然而生的感官享受。此时，孤独已不再是读书的孤独，而变成了一种绝美的意境。

弧形的屋顶朝海的方向张开，像一个大型的剧场，暗示着空间的主题，舞台就是窗外的大海。屋顶上阵列设置有很多直径30厘米左右的通风井道，天气允许的情况下这些孔洞可以电动开合，进一步带动室内空气的流动，仿佛图书馆也在深切地呼吸，让沉醉读书的人们，不经意间，就嗅到大海的气息。晴朗的日子里，从下午一点到四点左右，阳光会穿透这些井道，在空间中洒下慢慢游移的光斑，恍如时光的痕迹，温暖地印在书上，印在读书人的脸上、心上。就像主持建筑师董攻所说："光可以有情绪，光可以有气氛。"董攻恰好利用了这转瞬即逝的阳光，让每一位坐在这里的人，得以体味时光像生命一样的流逝感。

图书馆的冥想空间位于阅读空间二层的一侧。下凹的屋顶，进一步降低空间的尺度。东西两端有一条30厘米宽的细缝与外部相联系，一条垂直，一条水平。太阳在早晨和黄昏透过缝隙，为这个空间投射进耀眼的光线，可以看到那光影在墙面慢慢游走。看不到海，却可以听到海浪的声音，相对于阅读空间的明亮、光线均质、敞开、公共，这个空间是幽暗的、有明确光影的、封闭和私密的。这里确实不需要太多的视觉，没有城市的浮华与喧嚣，除了隐约"哗、哗哗"的潮水声在耳畔回荡，甚至可以听到自己的呼吸、听到自己的心跳，感知最真实的思想，抑或与另一个自己静心对话。

梁琛带我们一行人，由二层经一个户外平台来到活动空间。可能考虑其内部活动会产生的声音干扰，这里相对独立。偌大的墙面几组书架，一套沙发，一套木制桌椅，一同前来的几位友人，此刻放松了许多，开始坐下来闲聊，无非是一些有关孤独、人生、爱情、回忆、永久与大海的话题。梁琛说："如果可以将这个房子沿南北方向剖开，就能更清楚地察觉这一组空间各自诠释着每个空间与海的具体的关系，而串联这一系列关系的要素，恰恰是人的身体在空间的游走和记忆。"最为特别的，是顶棚上朝东的天窗和西墙上的高侧窗，分别收纳一天中不同时间由东至西的光线。上午的时候暖色在东窗，西侧是冷光，下午则相反，冷暖的光线每天在这里周而复始地交叠着，这也许就是生活的一种状态。设计者有意加高了东面露台的围墙，室内的人看到露台只是有自然光源的空间。当我推开落地玻璃的一刹那，齐胸高的围墙外放眼处是无尽的大海。时光仿佛停留在这里，与海相望，与书相伴，已无心去想，那两束光寒冷抑或温暖。

离开图书馆时，友人说了这样一句话："一千个来过图书馆人的心中，有一千种孤独的样子，而走进图书馆的那一刻，大海就成了所有人孤独的主题。"这句话说中了很多人的心声。是啊，一切带来的孤独都会在这里终结，无论如何探寻、怎样抒发和感悟，都是凭借自身、经验，加诸给它肤浅的想象。

所有人走后，图书馆依旧在空旷的沙滩上，面朝大海。

再一次走进图书馆与上一次已相隔6年。2021年9月的一天，这次到来是秦皇岛市文联与北戴河新区党群工作部联合开展"走进北戴河新区"主题创作的一次采风活动，阿那亚黄金海岸社区中最孤独的图书馆也在活动走访参观当中。

一天的行程，包括参观渔岛景区、沙雕景区、北戴河新区规划馆、远洋蔚蓝海岸项目、生命科学园等。最后一站是参观阿那亚社区，礼堂、艺术馆、蜂巢剧场等。通过新区规划展馆的工作人员介绍，短短几年时间，以人文和生态为核心的中国北方休闲、旅游、文化新区，国际知名滨海休闲旅游度假胜地在北戴河新区这片土地上已拔地而起。

图书馆背后的纸上蓝图变成了鲜活的社区。阿那亚滨海旅游度假综合体社区的总体建设已基本完成。沿途可以看到经营中的各大酒店、商务楼宇，树丛花影间的花园洋房、观海公寓和海景别墅。

在阿那亚主街区下车时，并没有看到图书馆的身影，目之所及的是邻里中心、精品商业街、酒吧、业主食堂，以及艺术馆等。有情侣进出店铺，有散漫的人群走过街道，分不清是业主还是游人。

沿着柏油路向海滩走去，首先进入眼帘的是一棵"V"形粗壮的柳树，透过树干，可以看到白色尖顶的阿那亚礼堂，赫然伫立在海滩上。

淅淅沥沥的小雨，似乎并没有影响一队婚纱摄影团队为一对新人拍摄。通往礼堂的沙滩铺了一条白色地毯，两侧装点了白色的花朵，与礼堂浑然一体。充满了圣洁高雅、清新浪漫的气息。这是在图书馆建成之后不久完工的建筑，是一座充满仪式感的文化艺术空间的海边礼堂，也有人称它最孤独的礼堂。和图书馆一样属于社区配套的文化活动场所，所以除了婚拍摄影，这里还经常举办音乐会和艺术展等文化活动，当然也是热门的打卡地。

再一次见到最孤独的图书馆，是在礼堂左侧500米左右的地方。远远地望过去，整洁的柏油路一侧是绿植景观，临海一侧是石墙，沙滩上还是那座灰色的建筑面朝大海，却在周围环境的映衬下平添了很多生机。海滩上一白一灰两座建筑，倒也相映成趣。我向同行人说："这回它们谁都不孤独了。"

一行人的到来，让几乎坐满读者的图书馆更加拥挤，门口却仍能见到有人进进出出。我向台阶上巡视了一下，已无落脚之地，索性就站在图书陈列台前，看一下有哪些新书上架。这些图书的陈列形态，都要经过馆长亲自甄选，最推崇的书，会被平放在一层的陈列台上，每本书的书封都一览无余；一般性借阅的藏书，编码后放在柜中；由于受场地限制，很多图书无法全部陈列出来，而所有图书会不定期进行更换。

据说图书馆的馆长是从两万多名竞聘者中脱颖而出的，北大图书馆学系毕业，先后在不同图书馆工作了40年。面前的这些图书都是由他精心分类编目的。有人说真正看书的人是不会到这里来的，即使居住在这里的居民也是把书借回去，图书馆接踵而至的人们更多是来感受一下这里的氛围，把它看作是一个文化地标性的景点。虽然当天无缘见到孟馆长，却得知了他对图书馆现状的描述，"孤独图书馆的创意很好。带动了整个大社区的文化活力，孤独图书馆现在也不孤独"。

离开时，不由得回头看了一眼，图书馆默默地伫立在沙滩上，面朝大海，突然觉得那灰色的建筑靓丽光鲜了许多。雨似乎比之前紧密了些，通往图书馆的柏油路上，依旧游人如织。

作者简介

张茗　本名张明。中国民间文艺家协会会员，北戴河区作家协会主席。常年坚持创作，散文、游记、民俗、美食、书画等作品多见于各级报纸、杂志和展览。著有秦皇岛首部收藏专栏文集《知来藏往》。

浪漫，在82千米海岸线上

周树华

日出渤海湾，新区光耀间。

彩霞罩沃野，葱茏掩楼盘。

笔直林中道，蜿蜒海岸线。

温泉水氤氲，戴河浪花卷。

碧蓝透天空，金黄染沙滩。

翔鱼尽自在，飞鸟任盘旋。

医药养健游，支柱产业建。

四季美如画，天堂落人寰。

　　82千米，如果驾车行走，用不了一个小时；如果步行，解放军战士大约需要8小时，一天也可以从这头走到那头。也许它的绝对长度说明不了什么，但如果你是来休闲旅游，定会处处流连忘返，时时沉醉不已；如果你是来度假疗养，定会收获充足的氧气、充沛的体力；如果你是来置业定居，定会佩服自己的选择和决定。这82千米的海岸线，装饰着一盏又一盏璀璨的明灯，点缀着一颗又一颗温润的珍珠，燃烧着一束又一束炽烈的火焰。真正的富有诗意，充满幻想；真正的舒畅惬意，自由浪漫。我的笔愿带你一起去感受，去体悟，去欣赏……

掬一捧清水

掬一捧水，

水中有明月，

碎碎圆圆。

——《剑来》

我们的游览是从水开始的，起点是渔岛。渔岛不是岛，是集休闲渔业、温泉度假养生、旅游观光为核心产业的综合景区。渔岛离不开水，水是渔岛的灵性，水是渔岛的命脉。但是这里的水不是海水，是从地下抽取的岩石间的有温度的水。经专业机构检测，渔岛温泉富含矿物质，属于氟型氮温泉。水下温度50度开外，到达地表时，仍保持在四十几度，正是泡洗的最佳温度。这个温泉的水质对慢性病的治疗和恢复有很好的效果，对养生保健、美容美体更是作用明显。每年都有大批海内外游客前来感受渔岛海洋温泉的魅力。在温泉馆寻找温暖和友谊，在泡洗中追求健康和长寿，成了现代人游玩追求的目的之一。

我泡过不少温泉，长白山脚下的温泉、吉林市郊外的温泉、营口鲅鱼圈的温泉、承德茅荆坝镇的枫叶温泉、保定徐水的大午温泉等等。渔岛温泉和这些温泉比较，最大的不同、最诱人的特点是：地处海滨，可以"泡着温泉看大海"；最打动人的是水温适宜，体感舒服；印象最深的是环境优雅，四季如春。

整个温泉馆外观讲究，有品位，内部设施齐全，有室内、室外两部分。室外温泉池旁绿树掩映，鲜花满目，令人身心放松，精神愉悦。室内大池小池鳞次栉比，特色各异。有红酒浴池、有牛奶浴池、有鱼浴池、有药浴池以及水光潋滟的游泳池等等，可以满足各类人群的不同需要。泡池四周栽种了大量南方绿植，棕榈树、椰子树，摆放了多种绿色盆景，使人如同来到南方岛国、南海热带雨林。

我行进在泡池间，不由得想到了冬季，泡温泉的旺季，这里人来熙往的景象，也是我曾经多次融入的景象。三三两两的游客泡在池水中，岁数大些的，静静地享受水温和水质带来的舒适愉悦，泡累了，披着浴袍走上岸来，坐在白色的圈椅中喝点事先准备好的茶水，休息片刻再次浸入池中。年轻的情侣们，一对一对地分别霸占着小点儿的泡池，他们的兴致重点不在泡洗，而在调情，说悄悄话。一会儿，女孩子红着脸往男孩身上撩起水来，不用说，肯定是说了露骨的情话，惹得女该半嗔半喜地较起真来。少妇们注意保养皮肤，一个劲儿地按摩、揉搓大腿、手臂，想让水中的矿物质把自己的皮肤浸润得更加光洁细腻。带着孩子的夫妇喜欢在另辟一处的池水中戏水游玩，长长的滑水道，刺激的喷淋，彩色的水球，激发出一阵阵欢呼。喜欢游泳的人则不声不响地跃入泳池，或仰泳或蛙泳或自由泳，全方位舒展，一显身手。

啊，油岛的菲奢尔温泉真是个好去处，幸福生活的指数里不能没有它的位置。我沉浸在想象中，禁不住自己笑了起来，同伴催促我快走，我恋恋不舍地走出室内，不由自主地把手伸到露天的汤池水里，掬起一捧，看看水色，再伸开手指让水慢慢流下，体会水的温度和滑腻的感觉。这感觉令我向往，恨不得马上跳进泡池，泡个大汗淋漓。

信步来到蔚蓝海岸项目的核心地标——200米入海栈道上。这里是观海的最佳去处。我去年春节期间来过一次，今日再来有故地重游的感觉。栈道由棕红色的防腐木铺就，木条横铺的地板颜色浅些，平整、密实，无缝衔接。旁边齐腰高的围栏颜色深些，间隔几米立有灯箱。栈道的尽头修建了一个与栈道同色的小凉亭。因为三面环水，这处景观像一个规矩的长方形半岛。海浪在四周起伏，涛声依旧浑厚。走到栈道先端，凭栏远眺，因为天气原因，海面灰蒙蒙的。海天一色，苍茫辽阔，构成了"秦皇岛外打鱼船，一片汪洋都不见"的水墨画面。天空中不时有海鸟飞过，那是海鸥吧？忽然，随着隆隆的马达声，驶来一艘白色的海轮，轰鸣着向远方驶去。看样子是艘大型客轮，甲板上矗立着几层楼高的舱室，看不清船上的旅客。

一望无际的大海充满灵性与活力，带给人无尽的遐思和幻想。与很多人一样，我喜欢大海的磅礴气势、伟大胸襟、永不停歇的奋斗精神。你看它一刻不停地翻涌着、澎湃着、后浪推举前浪，前浪义无反顾地扑在沙滩上，直到永远。

此情此景，使我想起第一次见到大海时的情景。

我出生在东北小城，松花江畔。我喜欢松花江的曲曲弯弯，绕城而过；喜欢它春季的垂柳，夏季的鲜花，秋季的枫叶，冬季的雾凇。但我没有见过大海，我天真地认为大海也是水，大江也是水，都是水构成的，只是大小不同罢了。及至真的见到大海，我惊呆了。原来大海这么大，大得无边无沿；大海这么不安分，总是呼啸着把一朵朵雪白的浪花送到海岸。那情景惊心动魄。我激动地站在海边，顿觉心胸开阔，澄澈清明。我下意识地掬起一捧海水，想验证它是不是咸的。呀，真是。传说孙悟空偷盐，不小心把盐砖掉进海里，使海水变咸了。传说固然不可信，海水是咸的确定无疑。海浪冲击着海岸，也荡涤着我的思绪和念想。望海息心，窥海忘返，临海而立，宠辱皆忘。我依仗学过游泳，便涉足海水，沐浴其中，犹如一片树叶随着海浪起伏飘荡，人和大海融为一体，真的进入了无我的境界。海水冲到脸上，忍不住伸出舌头舔一舔，还是又咸又涩诶！

思绪回到眼前新区的大海。这海不只是用来观赏的，它也为体育事业贡献着力量。在新区，多次举行过各类帆船比赛。艳阳之下，百帆竞发，你追我赶，场面火爆，激动人心，催人奋进。自然的大海与人文的竞技交汇，承载了多少历史与文明！这片2000多年前秦始皇命徐福等人从这里出发的古老海域在新世纪、新中国、新河北、新秦皇岛市的北戴河新区焕发了怎样的生机与活力啊！

云雾散去，太阳露出灿烂的笑脸。

站在新区的海边，我不会再去验证海水的咸淡了，但我还是情不自禁地掬起一捧海水凝视。水中映射着太阳的光辉，点点片片……海是一种心境，一种情怀，一种唯美的旋律。大海，你是水吗？是，也不是。水是自然界中的氢氧化合物，是资源，是动力，是润泽，是柔弱；水也是人类社会的纽带，是桥梁，连接起国内外的有缘人。上善若水任方圆，水主智，其性聪。无论咸水与淡水；无论海水与地下水。我在心里对水表达深深的敬意。

攥一把黄沙

一沙一世界，一花一天堂，

无限掌中置，刹那成永恒。

——《天真的预言》

诗人的眼睛，以小见大；佛家的偈语，智慧无穷。大海和沙滩是永恒的恋人。大海永远依偎在沙滩旁，不断地亲吻沙滩的面庞。沙滩总是默默地享受大海的爱抚，深情凝望，不言不语。沙滩只是游人亲近大海的跳板吗？在新区，沙的作用和含义发生了变化。在沙雕大世界，不安分的黄沙凝固成了永恒的艺术品。沙雕艺术家，通过堆、挖、雕、掏等手法，将松散的沙子塑成各种艺术造型；作品完成后，在其表面喷洒一种特制的胶水，使其坚固耐时。

沙雕艺术具有观赏性和保存价值。其最大魅力在于用纯粹、自然的沙和水，把自然美与艺术美和谐统一起来，实现天人合一的完美结合，呈现出迷人的雕塑视觉奇观。特别是那些体积庞大、堆雕技艺高超的作品，具有强烈的视觉冲击力，是传统的雕塑艺术无法比拟的。这也是沙雕又被称为场面宏大的"大地艺术"的原因吧。

首先映入我眼帘的是沙雕大世界的镇景之宝。高37米，宽44米的弥勒佛雕塑，活灵活现，栩栩如生，以慈眉善目、眼含笑意的慈悲之态俯瞰世人，给受众带来温暖和信心。我站在佛雕前双手合十，默默祈愿，愿天下太平，新区发展。走过来又见到武松打虎的沙雕。武松骑在老虎身上，怒目圆睁，左手紧勒老虎额头，右手攥拳高高扬起。老虎虎爪蜷缩，虎尾卷曲，一副被动挨打，无力反抗的样子。西游记中师徒四人的形象也被雕塑成沙雕作品，唐僧庄严肃穆，骑在白龙马上；悟空悠闲自在，躺在祥云之上；猪八戒手握九齿钉耙；沙和尚肩挑着行李担子。画面人物比例协调，生动传神。游人忍不住驻足细品。

占地面积为3600平方米的双鱼广场让人浮想联翩。广场由两条巨型沙雕鱼和中心涌泉组成。沙雕阴阳鱼各长50米，是景区内单个沙雕作品占地面积最大的。广场的形象源于传统的中国太极图，两条飞鱼代表着阴阳两仪，中间的涌泉景观代表着生生不息的宇宙万物。观赏这富有中国传统文化的雕塑，不能不被古圣先哲的伟大智慧所折服。

沙雕大世界中还有杏坛春秋、大唐三藏、韩愈、鉴真六渡、老子出关、李白、莲花公主、炎黄二帝、清明上河图、龟、日冕、盛世通宝、万里长城等作品，都给游人留下深刻印象。沙雕人物的眉眼鼻耳、头发胡须、面部表情、手掌以及衣褶、饰物等细节，形象逼真，出神入化，反映出沙雕艺术家们的高超技艺。沙雕大世界还有彩雕、沙雕艺术群、沙雕迷宫等，其建设规模堪称世界之最。

古有佛家聚沙成塔，今有世人堆沙成塑。人类总是在创造中前行，在开拓中进取。

新区的沙子还承托着有创意的、别具风情的建筑，那就是阿那亚礼堂，一座矗立在沙滩上的西式建筑。小于45度的三角形屋顶，使其两侧有了长长的斜坡。看上去更像一座袖珍教堂。前方有二十几级台阶。周围全是黄沙。一条瓷砖铺成的甬路由礼堂门口通向大约20米外的沿海栈道，栈道旁建有刻着名字的半截矮墙，算是礼堂的标志。我们到达时正有婚庆公司的工作人员在甬道旁忙碌，好像在为一场婚礼做准备。这个背景之下举行的肯定是西式婚礼。我跳脚绕过他们摆放的花束，走进礼堂。里边摆放着几排凳子，坐在凳子上恰好面对大海。浪进浪退，波起涛涌。坐在这里冥思遐想，仿佛远离万丈红尘，忘却各种俗世烦恼，胸襟被荡涤一空，灵魂飘飘欲仙。不由想起了同事写的两句话：大海托举着我的微笑，稀释着我的烦恼。

本市书法家曾送我一幅字："观海听涛"。此时此地的情景我想正契合了那幅挂在我家书房里的墨宝。

只有想不到，没有做不到。

在高高的沙丘之下，还隐藏着艺术的殿堂——"UCCA沙丘美术馆"。UCCA是中国领先的、独立的、当代的艺术机构，新区的沙丘美术馆是它的新成员。UCCA每年推出世界前卫美术家的作品，注重与所在地环境的融合互补，建筑形式与馆内空间相呼应。今年这里推出的是美国雕塑家丹尼尔·阿尔轩的个展。我们从矗立着断臂维纳斯雕像的入口走进。展厅为一系列形似洞穴的细胞状连续空间，来自天窗的自然光为部分展厅提供了光源，几个户外展厅朝向开阔的沙滩。里边展出阿尔轩基于"虚构考古"概念创作出的15座雕塑作品。这些作品的总的名称叫"时间之沙"。我之所以要把这个美术馆写到文章的这部分，也正因了这个总的名称。我不是学习美术的，只是喜欢欣赏表面，而不能深入内里。据介绍，阿尔轩的作品是对古希腊和古罗马的雕塑进行重构想象，把古老的雕塑以腐蚀朽败之相展露出来，表现岁月的流逝；但在腐蚀朽败之中又融进了生成增长之态的水晶，这又引出截然相反的时间线索。以此时为原点的时间是可以向两头延伸的，无穷无尽。形成消亡与增长、矛盾与对抗并存的态势。

这个"时间之沙"的展览名称，使我很自然地想到了我国古代计量时间的仪器——沙漏。我想，沙漏也可以理解为表示时间流动的装置，不只是计时。沙子流过沙漏细眼，表明时间在继续，在向前，在进行。艺术作品中蕴含了哲学的命题、对生命的深度思考。面对西方古老传说中的人物雕塑，多么想探寻这些遗迹背后的神秘故事啊！观赏者有了这样的冲动，艺术家的初衷就实现了。

我国银川北堡镇的西部影城有一句宣传语："来时是游客，走时成明星。"在新区，走进美术馆时是个凡人，走出时似乎成了哲人；走进时是愚者，走出时大约成了智者。

透过用沙子做成的艺术品、建在沙滩之上的礼堂和藏在沙丘之下以"时间之沙"命名的美术展览，你想到了什么？踩在松软的沙滩上，我情不自禁地抓起一把沙子攥在手里，心中感叹：似乎没有多大用处的沙子，在这片神奇的土地上竟然变成了炫目之物，成就了有想法的人的美妙梦想。我把手中的沙子向远方抛去，顺势攥紧四指，跷起大拇指，给它点了个大大的赞。

读一页纸书

如果不读书，行万里路不过是个邮差。

读书是一生的事业。

——犹太人的名言

在这得天独厚的优美环境中，书籍怎会缺席？信息化网络时代，纸质书籍有些被冷落，所以新区的书店和图书馆尤其引人注目。

我们走进了"猫的天空之城"，这里的环境新奇而幽静。大大的落地窗、无靠背的高脚凳、错落有致的书架、摆放有序的图书、白色栏杆的室内楼梯，长长的读书几案，供席地而坐者使用的厚垫，烘托出一种特有的读书氛围。书店不大，书籍不少。买书的人不多，看书的人不少，楼上楼下两层空间的各式椅子上都有人在阅读。书店里除了书籍还有各种明信片、玩具、工艺品，也设置有供吃东西和看海的空间。

我是第二次来"猫空"了。第一次是随家人一起来的。那次感到新奇的一是名字。什么是猫的天空呀，后来通过查找资料才清楚这是2009年诞生于江南古城苏州的一所全国连锁书店，书店里可以有人的活动，也可以有猫来逗留，故得此名。二是经营模式新潮。书店兼而卖小吃和零食，但是它只售卖自己设计的产品，忠于自己的原创。三是气氛温馨。这个书店的店员不兜售、不推销，来者自由自在，看书可以，不看书也没有关系，愿意干吗干吗，只要不打扰别人就好。所有这些都颠覆了我对书店的认知。因为感到新鲜，所以楼上楼下拍了不少照片。唉，改革的年代，创新的世纪，新鲜事层出不穷，只能见怪不怪。"猫空"书店在全国好多城市都有，不是稀缺之物，但是它落户北戴河新区，却很耐人寻味。我觉得一方面说明老板很有战略眼光，另一方面说明新区吸引力巨大。招商者和投资者一拍即合，互惠双赢，发展向好，必能蒸蒸日上，这是我的预言，你相信吗？

书店再新颖，也以营利为目的。而在新区，投资商没有遗忘纯公益的图书馆。航海图书馆就是一例。这是一座具有专业特点的图书馆，功能很多，首先当然是读书，读航海方面的书，读有趣的航海方面的书。这个书店藏有书籍一千余册，为全国航海专业书籍之最。这里又是水手之家，供长时间舟船劳顿的水手们返回陆地后放松身心，饮茶聊天，开party聚会。总之，这里不仅是航海知识的汇聚地，也是快乐生活的发散地。我们虽然进出匆匆，但我立刻联想到了外国电影《泰坦尼克号》和中国电影《太平轮》里的画面，似乎也嗅到了大海的味道、轮船的味道和水手的味道，那是一股海风吹来的淡淡的咸腥味道。你闻到了吗？

看啊，那离开沿海栈道，立于沙滩之上的建筑和黄沙接近的颜色，朴实无华；方方正正的形状，简洁明了。一面是波涛汹涌的大海，一面是松软的沙滩，孤零零地立在天地之间，从远看像立在海平面上。设计者没有修建与主路连接的甬道，要进入其间，需走过这段沙面。多么原始，多么纯粹，多么接近自然！

对了，这就是著名的孤独图书馆，网红打卡地，海滩上的公益图书馆，给喜欢阅读的人提供的可以安静阅读的空间。我的一位上海亲戚回秦皇岛探亲，事先从网上预约，特意带着孩子到这个图书馆看书。我觉得她的目的不仅是为阅读，而是要孩子来感受学习的神圣和阅读的高雅。我以前只是听说过，没有来过这里。这回在提供了预约证明后，我兴致勃勃地进到里边。嘘，好安静，好有书香气呀。里面有三层空间，书架上摆满了图书，座椅上坐着一位位安静的、心无旁骛的人。他们有的在认真阅读，仿佛已经沉浸在书的内容里；有的支颐静思，好像在构思新的文学作品；有的低头忙碌，好像正从书上抄录着什么；有的面朝大海发呆，仿佛魂魄已经失落在窗外的波涛里。进来人，没人抬头；出去人，没人移目；每个人都沉浸在自己与书的缠绵约会中。

我想起了培根《论读书》中的句子："读书可以作为消遣，可以作为装饰，也可以增长才干。孤独寂寞时，阅读可以消遣。高谈阔论时，知识可供装饰。处事行事时，正确运用知识意味着才干。"在培根的论述面前还有什么可说的呢？纸质书籍的魅力是不朽的。

我找了一个座位，坐下，随手拿起一本书，是张小娴的作品集。很巧，在我翻到的那页书上，我读到了这样的句子：

浪漫并非一定是两个人的事，浪漫也不一定只存在于爱情之中。浪漫可以是花钱开一家餐厅，只为了每天晚上能够在里面弹奏一曲，浪漫可以是流汗煮一桌子的菜，只为最后的引吭高歌。浪漫可以如此辽阔。

这不正是我想说而不知道如何表达的意思吗？浪漫不是情侣的专利，不是爱情的专属，浪漫存在于各种空间、各种人物之间。任何年龄段的任何人只要有浪漫的情怀都可以浪漫起来。做任何事情，即使枯燥无趣，即使沉重烦冗，即使危险困难，都可以插入浪漫的间奏。任何场合，只要可以让人产生诗意，产生想象，都会有浪漫的结晶。贫困地区的百姓在攻坚脱贫的努力中，有浪漫的美好画面；航天员在太空拍下美丽的地球影像更是件浪漫至极的事。多年前，我在一次关于高中语文教师专业素质的讲座中，提出高中语文教师要获得长足的专业发展，必须"内外兼修，广纳博采"，其中对"什么是外功"，提出了除口头、书面表达能力、阅读能力、教学组织能力之外的四点看法，而将"具有浪漫的情怀"作为之一。现如今，在82千米绵延曲折的海岸线上，在建设新区、发展新区的进程中也同样奏响着浪漫的背景音乐，我强烈地感受到了浓浓的浪漫气息。

我陶醉在孤独图书馆的孤独里，我沉浸在孤独图书馆的文字里，以致错过了集合时间，使大巴车上的文友们等了我好一会儿。现借此文说声"对不起"，也狡辩一句：其实不是我的错，都是书籍惹的祸。

亲，新区海岸平滑，沙质细腻，海水清澈，自然生态壮美无限。这里有蔚蓝浩瀚的大海、有高大起伏的沙丘、有浓密碧绿的树林、有举世罕见的滨海大漠奇观，也有奇异的建筑、休息养生的乐园、欢愉消遣的空间以及多彩的人文景观。天蓝，水碧，沙细，滩软，风和，浪柔，树多，花繁，空气清新，旖旎无限。82千米长的海岸线，可以开启你崭新的创业人生，可以实现你奢华的度假梦想，可以达成你慢节奏的康养生活。你，想多豪迈有多豪迈，想多婉约有多婉约；想多充实有多充实，想多悠闲有多悠闲；想多实在有多实在，想多浪漫有多浪漫。

北戴河新区这么好，你不动心吗？你不想来看看吗？

作者简介

周树华　河北省作家协会会员、河北省文学艺术研究会会员。河北省九年义务教育七～九年级《语文》教材主要编写者。在《人民日报》《思维与智慧》《中华诗魂》《文学百花苑》《无名文学》等报刊发表诗歌、散文、教育论文等各类作品数百篇。论文多篇获国家级、省级教育科研论文奖项。多篇散文被收入专辑。著有文集《杏坛落英》、诗文专集《艺苑芳菲》。

青春新区

石玉珍

一

这是秋天，太阳很好，树叶还绿着。我骑自行车，去北戴河新区游玩。宽阔的滨海新大道，功用分明。机动车快行道、慢车道、步行道之间，或以树木，或以花卉，或以观赏草坪为隔离。每个路口都有清晰的斑马线和可行走的标识。

第一次在自行车专属路上骑车，心里从未有过的轻松。身边呼啸的车辆，好像和我没有任何相干。我车技不好，可在这没有干扰的路上，也想尝尝快的滋味。

其实，骑行快并不太好，浮光掠影、走马观花，生态长廊里的山羊、小鹿、木屋、风车，树林中的别墅和里面的潜藏，都从眼前匆匆掠过，来不及仔细体味。

过了香海湾，海边的塑胶慢行道像一个巨大的红唇，涌动着鲜明的诱惑。我骑车上去，还想快行。我不得不佩服这里的亲和力，车轮一上去，就黏黏地不愿与它分开。这分明是想让我，和我一样求快的人，慢下来。

新区是一个懂得快，也懂得慢的地方。快，是实施；慢，是调整和沉淀。快的时候，风驰电掣；慢的时候，坐下来，回头看看，吟诗读史，探究一下快中的利与弊。

于是，几个产业同时迈步，景观，建筑，市政设施的布设，都诗意地呈现。就连"阿那亚""七里海""海语墅"那些名字，也摇曳着风情和韵味。

我慢下来，去看海。新区环海，海是帷幕。

海滩，离谁近，就乐呵呵地随了谁，就呈现了谁的梦想、胆略和气魄。于是，海边的风景各有不同，以黑白、蓝白，还是其他色调装点的海滩，能给人留下梦幻般的记忆。海滩靓了，附近也跟着靓了。

新区顾及新，也包容旧，旧使新更有韵味。

在竖着"一杯澜"白色大字的海滩东边一点，一个钓鱼人的身边，泊了两只渔船。两个弄船人任由一大群海鸟在身边、头顶叽叽嘎嘎地笑着，你推我一下，我搡你一把，像好容易把爸爸盼回来的小孩，高兴得闹成一团。他俩好像习惯了海鸟的嬉闹，不躲避，也不轰撵，任由鸟儿自由自在地栖息。

在滨海新大道的北边，他们的村庄在手指的弧度下，被收获的田野簇拥着。虽然离得远，我骑车过来时，还是能看出这个村庄的老旧、持重和鲜活。不必担心这几个词放在一起会破坏了什么。你看，从繁茂枝叶中透出的几片红色的彩钢瓦，多像高明的画师运用的技法，在凝重里，来一个艳丽点染。生活里的新，常常就这样，始于旧的某一处，洇染如花。他们，原本以打鱼为生，每个天气晴好的拂晓，都要奔向蔚蓝色的海洋。

新区，以滨海新大道为主线，织起了纵横交通网后，城市的功能开始向村庄辐射。家门前有了水泥路，想打鱼的时候，开着新买的车，把车停在海边车场，再驾船出海。

正午时分，两个弄船人，这会儿正往下卸鱼。"刚到中午，就不出去了？"那个40多岁的男子说："为什么剩半天，就还得出去？"话，带着海风的腥咸味。

"你知道吗？我们现在打鱼是看心情的。打鱼，是我们的消遣，和你散步一样。"

想买鱼的人陆续来了，南腔北调的，都是来附近别墅、洋房度假的。不用秤，估堆，显然比市场便宜不少。我看得心痒。

"何不拿秤来称呢？"

"有了新区，我们还有另外的事情可做，日子更不用愁了，何必计较。"嚯，好骄傲的口气，是新区给的底气。

其实，生活在世，哪能没有忧愁，只是他们的忧愁被现实的满足、幸福替代了。

我不甘心。"你们是不是等着拆迁呢？"

"拆迁？你知道吗？拆迁是最不急的。"

多好。这时，秋天的海水，一口一口吻着老木船，带着爱意，那么沉静，在我心里漾起一层涟漪。

是啊，楼房里的设施，平房里几乎都有了，楼房里没有的优势平房里也有。急什么，百姓不急，新区却不懈怠。

北戴河新区，处在城市的边缘，但它简洁，有力，锐不可当。新区正在路上，打个盹的工夫，又变样了。

二

闻着蒿草味儿、树木味儿、庄稼味儿、瓜果味儿，从宽阔的滨海新大道，穿过十几千米长的槐林，去北戴河新区国际滑沙中心海边沙滩上的图书馆，必须经过阿那亚社区旁百多米沙滩。沙滩没有路，拔出来的脚还没落下，脚印就差不多被松散的沙子填满了。

有人说，沙滩上的图书馆很孤独。即便不太远的西边，有一座线性的、可供人进行精神沉思的场所——阿那亚礼堂。

阿那亚礼堂的神圣，能把人心里的芜杂一下子涤扫得干干净净，可视线一旦转到单一灰色的图书馆，心里不免有些孤单的忧伤。

这是新区成立后建起的第一个图书馆，本名叫"三联书店海边公益图书馆"，有着三联和大都市的气度和优雅，又跳脱出这些，以望不到边的大海为前景，巨大的玻璃幕墙和玻璃门都面朝大海。

它使用的建筑材料简单、直接，不加修饰。混凝土和木质模板表面在修造过程中留下的痕迹，都保留着。粗糙的纹理，呈现了建筑真实的样态和原始的美。可以看出，它的构想是青春的。

房顶和对着阿那亚别墅区的那面墙上，开着阵列式的小光筒。从远处看，广袤的天空下，它像一座坚硬的水泥仓库，好像等待人用柔软的心灵，来抚摸。远远看见它的人因心理因素，用"孤独图书馆"取代了它的本名。

我一直以为，孤独是人一种外显的心理和精神状态，是看到的人获得的一种单纯的心理感受。看见它，才知道，孤独，也适用于一个物。遇到"孤独"，我总会有一种冲动：走过去，拥住，给它力量，那样，就不会因心生同情而难过。

我走进去，却看到了它的另一面：满腹的古今中外、天文地理、文史法哲、休闲时尚的书籍，已经交织成了经纬。

图书馆里不管是上午还是下午，海面上毫无遮拦的阳光，都会透过玻璃幕墙，或从小光筒透射进来，形成冷暖色调的交叠，使阅览室里有了遥远的时空味道。阅览室二楼到一楼呈阶梯状排列的座位，随便在哪个位置坐下来，都有平等看海的机会，来这里的人会在城市稀有的静寂中，沉下心来，或看着海面，或倾听自己，或在阅读中与智者交谈，让阿那亚社区的业主和天南地北慕名而来的人喜爱。

在这个单纯的环境中，无论是光、海、景象，你都可以感受到它们的存在，以及和你之间的对话。每一处光的落脚，每一处海浪的声音，都有了皈依。从某种意义上来讲，来到这儿的人都拥有形状不一的孤独，而让大家安静下来，就是它存在的意义。

人们因为遥远，接触不到，远离了它的内心，也忽视与它相伴的事物，例如大海、涛声。夜晚，大海与它坦露心迹，它用宏大而旷达的内心应和着；白天，有不同层次和品位的读者来与它相伴。因而，我又以为，说它孤独，不确切。

最初，知道海边的沙滩上建了个"孤独图书馆"，还没等去，就在34路公交车上，遇到两个年轻的老外，打着手势，问："去'孤独'怎么走？"惊讶了半车的小城人。后来在滨海新大道上，看见"阿那亚"这个引导标识，曾想：在浩瀚的人类文化长河里，连名字都洋气的社区，里面镶嵌的图书馆建筑，呈现的是欧风，拉美，还是国化的元素呢？

来这里，才知道图书馆在像与不像之间，鲜活着是与不是。这是我们本土建筑文化的博大胸怀，融合多方的文化创意，带给人们的惊喜和享受，是北戴河新区用这块曾经的毛地，带来人的关注目光。

图书馆以创意、品位、知性、高雅又大众的姿态面世，一些人会和我一样，把这当成我们小城图书馆文化史上的一次轰响，因而，何以谈得上真正的孤独？

孤独，是天天在一起，不知彼此的内里。当代人对孤独有新的认知，我赞同"孤独，是生活的一种高贵状态，能够享受的人，可以获得最佳的生命时长"。因此，即便真的孤独，也是种好。

让我轻轻地告诉你：孤独图书馆的孤独，是因为建筑的唯一性，因为所处位置的唯一性，也因为它是新区土地上一朵永远绽放的花。所以，它不孤独，它是青春的。

三

"猫空"，是"猫的天空之城概念书店"的昵称，在北戴河新区蔚蓝海岸，和海隔着一条马路，面朝大海，背依别墅群，是由玻璃墙幕组成的钻石型建筑。

去过的人，对"猫空"时尚简约休闲优雅的环境，精美的图书，丰富的文创产品，都会念念不忘。咖座、西点、沙发、坐榻、高脚凳、茶几、饰物、文化墙等布设上的创意，都饱含时尚元素，"寄给未来"的信箱更是很有创意。

在那样的环境里，从书中看时间过往，读人间悲喜，在不一样的精神世界中，完成一次不同的心灵体验，提升对人生对社会的所爱、所感和所悟，于我，是件有意义又惬意的事情。

天冷，本想缓一缓再去，可心里急得不行。走进"猫空"，是一个上午。室内响着很前卫的音乐，絮絮的，慵懒的，低沉的，无可奈何的，犹豫的，不换气的……

那会儿，阳光从看不见尽头的海冰上空斜过来，穿过玻璃墙幕和浅淡的豆绿色亚麻窗帘，进入"猫空"后，被一排排书架切割成条条块块，和点亮的、有好几种形状灯伞的灯一起，呈现了光和影的艺术魅力，我陷在"猫空"虚幻和现实的梦境中，但仍能感到书的存在，是真实的。

我在二楼选了阎连科撰写的《我与父辈》。阅读之初，因为装潢的优雅新潮和满屋子的书，看书的却只有我和另外的几个人，有些遗憾。为珍惜来这里看到的书，我一改以往看散文，翻到哪篇读哪篇的习惯，先从序言了解。陆续上来几拨人，几乎都是青年，呼啦啦地带着风，风里有好闻的凉味和年轻的馨香，我翕着鼻子，那样的喜爱。他们进来就拍照，有两次我转身，都看见有人对着我在的方向举着手机。

自拍的多是女孩，在书架里，在挂着一组一组图片、文字的墙前，摆着各种卖萌的造型。拍完，翻几下书，又带走了风。他们来去匆匆，书不在意。他们能来，就是有和书结缘的意愿，在意愿的惯性面前，我担忧没人看书的心理，显得微不足道。书在原地，静悄悄地，继续保持着各自的矜持和优雅。

很幸运，下午我又选到了两本书。回到座位，一楼吧台服务员送来我的西点，已是午后1点多了。我看了一眼小巧精致的西点，远没有对书的热切。我吃得很慢，想起来吃一点，书，左右着我。

我按拿到书的顺序，翻开英国彼得·梅尔的《普罗旺斯·山居岁月》，普罗旺斯，多著名的小城啊，看开头就能确定是吸引我的文字。

天已开始向晚，我加快速度翻阅，看第三本，美国缪尔的自然文学

《我们的国家公园》。这本书，记录的全美最经典的国家公园，对今天疲惫不堪的人们，是一部不可忽略的生活指南。在这本曾经长期绝版的书里，我和缪尔一起聆听了几段瀑布、小鸟、微风和自然的歌唱，学习了些洪水、风暴和雪崩的语言……

音乐还一直不急不缓地响着，还是那首歌，絮絮的，慵懒的，自话自说的，有咖啡的味道，我的心跟着它，跟着新潮的"猫空"，有了年轻的感觉。我确定了回去后，书都有能看到的地方，就4点了。

我早已退休，只要喜欢，每天都可以这样安适、谐美、悠然地度过。但在"猫空"的一天，就要成为不能再回返的昨天。看着表，心里不禁有些怅惘若失。

走前，我在一楼为自己写了"永远的昨天"这个小笺，装入信封，投进挂在墙上的、那个"寄往未来"的信箱。按我的意愿，某年某月某日，服务女孩将把它回寄给我。那时，心里的旧景，会在看到那枚小笺时，依然清晰。

四

"字里行间"，带着青春的气息，从遥远的南朝梁简文帝的"风云吐于行间，珠玉生于字里"走出来，成为书店的名字后，又听着海的潮声，坐于北戴河新区海语墅离海最近的一边。在沿海大道通达海语墅的一个路口，就能看见绿树簇拥中，"字里行间"四个白色大字。

它依托的这片土地，原本古老得荒凉。近些年，交通网、接连而起的高楼、洋房、别墅，康养、创意园、产业园等，使这里展现了发展的容颜，让我们的心，海潮一般，随之幸福地荡漾。

它呈现的建筑样态，是独特的。到底是什么样子，我不能准确地描摹形状。

春天，来这里的人还不多，一切都在安静地生长。朝海的一方，半环的一条狭长而又弯曲的人工湖，几乎被两侧绣出许多叶子的芦苇遮住。微风中，苇叶的厮磨声，像我小时候，爸爸拉出来的小提琴声，纯净得让我对世界充满了美好的想象；湖里的鱼，弄出的声响，似变奏的乐音。

它是新区的又一个新型书店，注重品位和格调，文化和修养；可阅读，可购书，又跳脱出书的载体，呷咖，品茗，售卖与文化生活相关之物，并延伸出更多的可能。

我在里面听着音乐，缥缥缈缈，像在耳边，在书架中，又像在室外，在远方时，它的稍逝又来，来而又逝，使我被红尘围裹起来的心，跳动得轻松和缓起来。

注入了新区休闲、文化品牌魂灵的字里行间书店，像邻家女孩，带着未来的遥远，静谧和圣洁味道，被这个春天，以这样的意味，悄悄地送进我的心底。

它和好多事物一样，是我的小城和新区，独有的，这是我喜欢它的一个理由。因而，它成了我相机里一张独有的照片。有时候，"独有"一定紧紧偎依着"孤独"。它们，常常是双生的。

画家小林说："好的照片都是孤独的。"这个"孤独"，是与"独有"的互化。在此，我深深理解了小林这句话的意义之所在，也由此升华了自己的认知。当孤独向四周辐射出它的光芒时，独有将不独有，孤独将不孤独，它们所要打开的世界，是美好的，会让人有一种对未来有所希冀、有所担当的愉快。

感受着字里行间的种种，我要说，北戴河新区，是小城书写出的一枚展现青春的书笺；而"字里行间"，是新区以不一样的建筑，不一样的经营理念和思想，书写的又一枚青春书笺。

青春，是拥有蓬勃朝气的。一个国家，一座城市，一个地方，一个人，因为不断地写着新的书笺，而强壮伟岸起来。我想起年轻时背诵过的、王蒙的《青春万岁诗序》："所有的日子，所有的日子都来吧！""我们有时间，有力量，有燃烧的信念。"

我想起了我的15岁，加入中国共产主义青年团，我把这当作我的第一枚青春书笺。"带头，努力，为祖国建设添砖加瓦！"是我在这枚书笺上，写下的文字。

瘦弱的我，努力学习，节假日，课余时间，参加了学校所有的义务劳动。抬土，抬沙子，垫操场；抬水，浇冰场，每次肩膀都是红肿的。去农村帮生产队掰苞米，手起了血泡。到四周有青杨树的医院采树籽，脚被锋利的医用玻璃瓶碎片扎坏了，流出的血湿透了球鞋，还坚持到劳动结束。

"五一""五四"，和学校所有的团员、青年积极分子，还有老师一起举着团旗，背着、抬着树苗，扛着镐头，去植树。为了速度和质量，搞竞赛，一天下来，一直弯着的腰都直不起来了。回来时，还排着队，唱着"日落西山红霞飞，战士打靶把营归……"。现在，看到当年在荒山野岭栽的树苗，长成了高高的大树，心里有无尽的感慨。那些树，是我们留下的青春身影，写下的青春书笺。

我和我们那代人，随着对祖国的关注和融入，随着祖国建设的旅程，把自己在人生道路上的每一个进步，都当成再次起步的青春书笺。每个书笺，都给我们增添了新的激情和力量，催促着我们向新的梦想和目标奔行。

这些书笺，透着质朴的心灵，长辈、老师是我们人生信念形成的榜样。罗炤，北大毕业后被下放到东北林区锻炼，因工作表现优异，被抽调当了我们的老师。他每天衣兜装着书，除了上课、劳动，就是读书，哪怕只有几分钟的时间。扛木头时挑粗的，木头压得他撮着嘴呼气，脸憋得通红，身体也直打晃。他面对艰苦的生活环境和现实困难，没有抱怨，没有退缩，在逆境中砥砺前行，成功考上了中国社科院第一批研究生，并作为社科院的研究员，脚踏实地，潜心笃志，努力为祖国的宗教事业作出积极的贡献。他和那代人，为了国家毫无保留地奉献了自己的青春年华，也为我们的成长注入了毕生的养分，这是他们用真情书写的青春书笺。

我们的国家因为有这样的社会基础，不断地发展进步，是青春的、真实的、立体的、全面的，带着奔跑的隆隆的声响。从无到有，从弱到强，到更强，每一个成就，都折射出同一个光辉，都是一枚新的青春书笺，每个书笺，都是一个新的里程，每一个字里行间，书写出的都是青春书笺。

"在生活中我快乐地向前，多沉重的担子我不会发软，多严峻的战斗我不会丢脸。"新区的青春，从写好一枚枚书笺开始。

作者简介

石玉珍　笔名石子，河北省作家协会会员。作品在《长城》《散文百家》《中外文摘》《大森林文学》《黑龙江林业报》《人民权利报》《中小学电脑报》《牡丹江晨报》等报刊发表。作品获河北省文化厅文学大赛二等奖，秦皇岛文艺繁荣奖，秦皇岛开发区文学征文一等奖。

绽放在北中国海的异域之花

陆旭辉

　　古巴，我对它最早的了解来源于女排。20世纪80年代，在中国女排的鼎盛时期，电视广播里经常提及的这群铁姑娘们的顶流劲敌，就是在此后的90年代依然雄霸国际排坛的古巴女排。其中的名将路易斯、冈萨雷斯……，不知道是不是她们名字里的"斯"字，让我记住了她们的独特的发型和有别于我们的肤色。

　　上了几年学，开始对那片神秘的土地有了些了解，但也仅限于龙虾、朗姆酒，以及整天叼着长矛高希霸雪茄的卡斯特罗和他的战友，被摇滚青年们把头像印在T恤上，宛如一面自由舞动的旗帜的切格瓦拉。

　　再无其他。

　　直到最近，才从潇潇那里知道了另外模样的古巴。她说如果从中国广东省向地球正对面垂直打穿一个洞，对面的洞口将会出现在古巴境内，它跟广州几乎处在同样的纬度，也与我们这个国家有相似的信仰与制度。潇潇的讲述就如同她说的那个洞，带我们穿越空间和认知的边界，对那个与我们遥遥相望的神秘国度有了一些洞察，也许也可以叫作管窥。

　　无论如何，当人们坐在秦皇岛普拉德拉医院的大厅里，被潇潇从卡斯特罗说开去的医院发展沿革，就打开了了解世界的另外一扇小窗，对我们之外的事物多了更多的了解。

普拉德拉，是潇潇与合作伙伴们开办的医院的名字，西班牙语意是大自然。医院大厅环绕着鲜嫩欲滴的绿植，给人异域风情的感觉，也让人对其血统出处有了直观了解。这家医院就是古巴哈瓦那普拉德拉国际医疗中心的中国分院。古巴的普拉德拉，是古巴政府指定的唯一一家涉外医院，也是代表南美医疗最高水准的唯一提供肺癌治疗的大型医疗机构。它坐落在墨西哥湾和加勒比海之间，这里的海水拥有蓝色的所有层级，这里的阳光拥有热烈的所有温度。这片相对封闭的土地，医疗科技像一枝次第开放的姜花，在自己的国土生长出来，带有这片土地给予她的特别属性和异样的芬芳，在生物免疫和单克隆抗体领域一枝独秀，为很多人的生命开拓出更大的、有品质的存续的可能。卡斯特罗的私人保健团队，是这家医院的前身。

老卡一生身经百战，跌宕传奇，扛过入狱和游击战带来的伤病，也渡劫般从其遭遇的638次暗杀中第639次屹立不倒，并且以九旬高寿作别人世，其中当然不乏自身坚定信念、宿命等因素，但掌握全国乃至南美洲最先进医疗技术、医疗资源的保健团队，当然也功不可没。现在的普拉德拉国际医疗中心不但向世界各地输送医疗技术，也输送医疗人才。

我的目光掠过大厅的绿植，转向窗外。秦皇岛的普拉德拉，是亚洲唯一的中国-古巴技术合作医院，是经古巴卫生部批准代表古巴在中国推广古巴先进的生物制药技术、先进的生物免疫技术和医疗技术的医院，也是古巴哈瓦那普拉德拉国际医疗中心的中国分院。它坐落在北中国海最美的一条海岸线上。这里的阳光和海水，有别于哈瓦那，有着另外的明媚澄澈和北方特有的冷静气质。在已规划建成的"一核五区"北戴河生命健康产业示范区里，作为落户的第一家执业医院，两年多来已经接诊了500多位肺癌患者。既悬壶济世，又自我成长。

在那之后的又一次聊天中，潇潇给我解释了非小细胞肺癌和古巴非小细胞肺癌疫苗。她的语气不是专业医者的果决，也不是医疗学者的权威，而是"浅水急流，铮淙可听"。因而这样的声音念出的疾病与死亡，就宁静了许多，淡泊了许多。她说："非小细胞肺癌约占所有肺癌病例的80%，而肺癌则是世界上最常见的恶性肿瘤之一。古巴非小细胞肺癌疫苗是一种治疗型疫苗，非小细胞肺癌未脑转移的患者适用。它就像一个纠察队，分辨出为肿瘤提供能量的蛋白质并团灭它们，阻断肿瘤的营养基地，但却不会伤害对人体有益的其他细胞。""我院引进了两款治疗非小细胞肺癌的特效药，就是古巴非小细胞肺癌疫苗。这两款药物虽然叫疫苗，但它是治疗型的，不是预防型的，就是得了肺癌的患者才能使用。它们是单克隆抗体类药物，同其他肺癌药物最大的区别是完全没有毒副作用，使用它们治疗肺癌，能够延长患者生活周期的同时还能同步提高患者生活质量。说到底，古巴肺癌疫苗的治疗目标就是把肺癌变成慢性病，实现患者长期带瘤生存。"

恶性肿瘤，让人不寒而栗的四个字。携带它的大多数人，都会在艰难、痛苦地度过为数不多的生命时日之后，面对生离死别。痛苦和逝去，就成为病人与家属最害怕直面的事情。在目前大多数人的理念中，相对于生活质量而言，生命的长度是最重要的。一般情况，人们倾尽所有的精力、情感、时间和金钱，就是为了生命的时长多一秒，再多一秒。因而，"续命"这个词，就值得我们付出一切，否则，"人没了，钱没花了"，也许会造成相当大的遗憾吧。

我经历过几个亲戚罹患绝症最后离去，甚至有我直接参与了其最后生命历程的，其中凄苦哀伤不堪回首，最后的诀别更是会造成生者久病不治的内伤，不时发作，绝难痊愈。然而，如果知道不久于人世是必然，最后时日的生活质量是否值得考量？它与生命的长度孰重孰轻，如何量化两者在病人生命中的占比，当然是无解之题，只好冷暖自知。人生之中很多东西是不可量化的，但生命终究也是有"性价比"的。怎样认识绝症的人最后日子的生活质量，使其尽量减少痛苦并且保有尊严，或许不仅仅是医者需要考虑的技术问题，更是每个人都要认真思考的道德、伦理问题。

潇潇遗憾地告诉我，很多人愿意把金钱投入到延长患者的生命时长上，而不愿意拿出一部分钱用来提高患者的生活质量，这是现实情况。作为医者，很多时候在积极制定科学有效的治疗方案之外，对绝症患者主要以安慰、鼓励为主，职业的操守使医生们特别是面对临终患者的医生们克制情感，用更多的理性去为患者减轻痛苦，才是对待每一位患者最公平、最冷静的态度。所谓"医不自医"，就是要求医者不能与患者共情，如果医生把自己完全代入他面对的患者身上，病还怎么看，命还怎么救呢？我问她面对生命的离去，会不会有所触动？她说一开始会，后来不会。她的克制让我看到与我的期待不一样的"医者仁心"，它来自置于生命之外甚至生命之上的更宏观的角度。

潇潇说，她先是在国内读完了医疗方面的本科，然后考虑当时古巴医疗技术已经达到国际最高水平，并且留学费用比仅有墨西哥湾之隔的美国便宜，所以选择了去古巴留学。毕业之后一直从事针对中国肺癌患者涉外医疗工作，介绍中国患者去古巴进行更科学的治疗。多年来，已经有500多位患者跟随她的脚步，跨越半个地球，获取延长生命的可能。有的患者已经跟随她的团队16年，与自己体内那颗定时炸弹达成和解，共同生存。一个人能够跟世上的一切握手言和，生命的附加值便取代其长度，形成新的意义，很难，很好。我问潇潇这是不是就是她的初衷或理想，她否认，然后说，这些已经实现或达成的，都不是理想。正因为不能实现，理想才充满耀眼的光芒。她说自己一开始只是想用这样的方式谋生，在对有困难的人提供了实质性的帮助之后，开始抱着让世界更美好的想法，继续走下去，虽然困难重重，但既能谋生又能帮人，这个行业的前景也非常光明，非常值得。

从2013年开始，潇潇和伙伴开始运作普拉德拉医院项目，但选址后当地政策有变，项目只好暂时搁浅。2016年，依托北戴河新区国家生命健康产业创新示范园区"先试先行、一事一议、少量急需"的优惠政策，项目柳暗花明，正式落地京津冀协同发展区域的戴河之北。这一番介绍，又是一波有啥说啥的操作，使我放弃对她提更多在心里预设的关于理想，关于人生和社会的问题，因为在她向我展示过的语言系统里几乎不存在"大词"。在这个浮夸和"斜杠"盛行的时代，不媚俗的实诚和对一件事情的专注，是珍贵的。

跟一个医生聊天，很难不谈到疫情。潇潇对新冠肺炎及抗疫药物有着自己的看法，对疫情及后疫情时代带来的问题和影响也有一些思考。最现实的，就是这家以涉外医疗为主业的医院，活动范围和业务范围都受到了限制，两国的医生都不能出差，病人出境也有诸多不便，目前的非小细胞肺癌项目基本处于停滞状态。

一个实体，生存是当务之急。

拓展新的业务，也会为更多人群提供实质的帮助。

她说："我院还引进了多款古巴著名药物，比如降血脂的PPG、提高肿瘤患者抗癌免疫力的蓝蝎肽等。"她同时提到了"孤儿药"这个术语。我正好在前阵子读过一篇关于罕见病患儿的父亲因为疫情原因无法及时买到救命的孤儿药，救子心切的他以高中毕业的学历背景，从头学习儿子的病症病理、治疗方法，最终自己制备、合成药剂，以身试药成功后，解决了儿子终身用药问题的故事。罕见病患者在世界人口的占比数字没有想象中的可怕，但再低的比例，在中国庞大的人口基数面前，实际数量都已经达到了接近于上海市的人口规模。一万人中的一个，是这一万人的万分之一，却是他自己的百分之百。孤儿药之所以"孤"，患者和药物提供者的信息阻隔和物理距离阻隔，是其中的原因之一。而越是这样小众的问题，就越是需要大众的社会协同。医院凭借自己的信息资源和技术资源，使隔山隔海的药物越过各个环节和阻隔到达需要的人手中，这是流通的力量，也是医疗机构对社会的另外一种贡献。

秦皇岛普拉德拉医院还大力发展特色医疗。采用的是国际先进肿瘤治疗技术和免疫治疗技术。类似前段时间国家卫健委审批通过CAR-T免疫细胞治疗B细胞淋巴瘤成人患者的治疗方式，也是用免疫细胞配合单克隆抗体药物治疗肿瘤。

引进了采用欧盟技术治疗乳腺癌的超声治疗设备——束波刀，成立了束波刀乳腺癌治疗中心。束波刀可以实现乳腺癌的绿色无创治疗。患者无须手术，一次治疗就能完全灭活癌细胞，并真正做到保乳治疗。这种设备能准确且快速定位病灶，超声发射单元精确灭活癌细胞，同时不损伤正常组织。在治疗未广泛转移的乳腺癌和治疗较大的有恶性倾向的乳腺结节方面具有良好的治疗效果和巨大的社会意义。

我在北戴河新区海边的阿那亚UCCA尤伦斯当代艺术中心，见到很多女性的雕像，这些雕像身体不同部位出现了类似创伤或剥蚀留下的创口，这些创口里嵌着一些棱柱状透明晶体，就像她们与岁月和命运纠缠、碰撞之后落下的伤疤，残缺，但美丽而闪光。尽管身体残缺，但她们具有女性特质的美感却是完整而饱满的。现代女性在纷繁的生活中，虽然会有失去和不完美，但历经尘世的消磨却用另外的美填补进来，无论如何，你都会感受只有她们才能带给世界的慈柔与安适。因而，无论在形体上还是感官上，女性，都应该是满月般完满的。当代医疗能够给予她们外形的完整、心理的健康，当是世界给女性最走心的回馈。

生老病死是自然法则，有尊严的顺应，使人类幸福。

作者简介

陆旭辉　热爱生活，偶尔码字，时有发表。文字散见《当代人》《散文百家》《诗选刊》等。河北省作家协会会员，秦皇岛市民间文艺家协会副主席。作品曾荣获第一届、第三届华夏散文奖。

· 阿那亚礼堂 ·

孤独之旅

宋雁龄

一

"阿羽，一定帮我去看看秋千啊！"小慧得知我要去阿那亚，第一时间发来信息。隔着屏幕，我感受到她的迫切和欣喜。

小慧是我的文友，一个极其聪慧的姑娘，在北京工作。前年五一假期，小慧的公司来秦皇岛搞团建，她和同事入住一间位于阿那亚的望海民宿。那次团建给小慧留下了深刻印象，导致回京后很长一段时间，依旧对阿那亚念念不忘。照她的话说，一切都很好，唯一不足的是，想玩海边的秋千没有玩上。她想体会被秋千送到空中，与天空耳语的感觉，那一定是极其奇妙的感受。

记得那些天，我的朋友圈里出现了很多张美图，全是阿那亚的风景和美食。一望无际的大海、金黄色的沙滩，还有几个姑娘一起看演出、观画展、拾贝壳、赏夜景的照片。当然更缺少不了阿那亚的标志性建筑物——孤独图书馆、阿那亚礼堂、UCCA沙丘美术馆和艺术中心。灰蓝与金黄，人群与沙滩，在浮躁和悸动中，流露着度假的浪漫与平和。

我被小慧发来的景色吸引住了，连连点赞回应："太美了，太美了……不过没关系，这次没有玩上秋千，随时可以再来嘛，北京离秦皇岛这么近。"

　　说来惭愧，作为一个准本地人，那时的我竟然还没有真正走进阿那亚。仔细想想，冥冥之中与这个社区还算有着一番错位相遇却又相知的交集。

　　阿那亚是一个全资源滨海旅游度假综合体，位于秦皇岛市北戴河新区黄金海岸一线海滩，距北京300千米、天津234千米、秦皇岛市区40千米。除了拥有近2.5千米的专属海岸线，还有湿地公园、温泉会所、邻里中心、商业街、沙滩酒吧、业主食堂、图书馆、艺术中心和美术馆等。周边配套设施和景点也很多，沙雕海洋公园、圣蓝海洋公园、国际网球中心、渔岛海洋温泉度假中心、翡翠岛生态游乐园、七里海国家湿地公园等。

　　阿那亚的建筑规划设计没有局限于传统建筑模式，更没有局限于这个海滨小城，而是从物质生活、精神生活和情感生活三个角度去考量，以建筑和空间的形式关照人的日常，构建出人与物之间最原始的状态。这种理念令人耳目一新，也极大程度地提升了北戴河新区的一流品质和国际形象。

　　来到阿那亚才会发现，这里欢乐与安静交织，自然与人文荟萃，是海边的乌托邦和桃花源。不定期举办的展览，季节性设定活动，小众的电影放映，精致的餐厅美食……这些都与一般的旅游度假项目有着很大差别，从而吸引了全国各地的文艺青年云集于此。他们在这美好的环境里，在光影流转的日与夜里，用孤独的灵魂凝思，用梦想的激情点燃，与未来对话，感悟人生和四季之美。

　　我最早关注阿那亚，还要从六年前的孤独图书馆开馆时说起。那天，我被网上一篇推文吸引：三联海边公益图书馆接受预约，配图是一幢钢筋水泥混凝土的建筑物，外观有不规则的窗和线条。在我眼里，它完全脱离了房子的概念。我看到图片里，它伫立在空旷的沙滩之上，与海岸线齐平，孤独地与铅灰色的大海对望，迎接日出也送走日落。这分明有别于日常所见到的建筑啊，没有花里胡哨的外观，只有灰色的冷淡和幽渺的气息。它就像一块巨石，用一种深邃的孤寂，让人产生恍若站在世界尽头的错觉。读到文章最后，我才发现，这号称"全中国最孤独的图书馆"就在我的身边，在秦皇岛。

那一年的九月，我和朋友相约前往。然而，由于没有提前预约，连个图书馆的影子都没有看到，不免高兴而至，悻悻而归。

第二次去，是两年后的夏天。异地友人来秦培训学习，我尽地主之谊，带他们到北戴河新区的渔岛海洋温泉度假中心泡温泉吃大餐，归程已近黄昏。准备回市区时，我突然想起阿那亚，遂热情介绍，再次驾车前往。那天很幸运，没费什么周折就入了园。

友人来自内陆地区，看到大海很兴奋，他们眼中再也容不得他物，迈开大步，直接冲向沙滩。时至秋初，已过了旅游旺季，游人不是很多。年轻情侣相互泼着海水打水仗，衣服被淋上水后，紧贴在身上，却依旧哈哈大笑；上了年纪的人坐在沙滩上看着大海沉思，听着海浪拍打海岸的声音，享受专属于他们的岁月静好；而小朋友则在沙滩上挖沙建城堡，堆好不满意，推倒又重建。

这片海没有市区浴场的拥挤，只有独享的喜悦。友人连连赞叹，什么也不用去想去做，就这样安静地待着，享受流水般的时间，足够惬意。我被他们的满足感动，点头表示肯定的同时，眼睛的余光竟然看到左手边不远处伫立着的两个建筑，一远一近，我知道那就是心心念念的孤独图书馆和阿那亚礼堂。我的脚像被某种力量牵引着，不由自主向那个方向走去，走了几步，回头再看，友人挽起裤管在浅海中玩得不亦乐乎。我转过身，企图说服他们一同前往，"那边，你们看，就是很多人想去的图书馆，在全国都出了名，要不要一起去看一看？""在海边吹吹海风就挺好啊！唔……你要是想去，你就自己去吧，没关系，不用惦记我们。"虽然他们这么说，但是我却不能置其于不顾，最后，只能强压住怦怦直跳的心，留下来陪着他们一起吹海风。没过多久，阿那亚礼堂的灯光亮起，一抹橘黄从白色建筑的缝隙中肆意弥漫开来，温柔地轻抚着这宁和黄昏下的沙滩。

六年的翘首盼望，我终于来到这个号称"全中国最孤独的图书馆"面前，得以近距离打量它。天上没有太阳，阴沉的天空，铅灰色的大海，竟然让这块大"石头"与环境融为一体。我想，孤独和原始是一对好兄弟，原始的状态会让人感受到什么才是真实。图书馆和小路之间没有栈道，光着脚踩着沙，一步一个脚印走向图书馆的时候，就是在用身体去体察这份真实。

图书馆里很安静，面朝大海的落地窗前是一排座椅，读者捧着书慵懒且安静地进行阅读，让我感觉自己就像是一个闯入者，生怕一丁点儿的动静会影响到他们。我想快速融入这个"孤独"的产物，向上望去，阶梯形的内部构造，整齐有序的书架和座椅，让每一位阅读者都可以看到大海。虽说藏书量不及其他图书馆，但是对于休闲度假的人来说已然足够。我来到书架前快速选了一本书，蹑手蹑脚爬到最上排，找一个安静的位置坐下。

博尔赫斯说："我心里一直都在暗暗设想，天堂应该是图书馆的模样。"读书、写书和爱书，始终贯穿于博尔赫斯坎坷而伟大的一生。作家都是孤独的，在书的陪伴之下，独自享受着犹如天堂般的孤寂。

我想，我会永远记住这个特别的下午，在孤独图书馆与自己独处的散淡时光。

二

2009年7月，苏州市平江路25号，喜欢旅游的徐涛为手绘地图而建造的书店开业，这个名字叫"猫的天空之城"概念书店也是他送给女朋友毛毛的礼物。徐涛和女友在最美好的时光相遇，为了共同的梦想携手同行。最初，他们坚持青旅人理念，售卖手绘地图，建起"寄给未来的明信片之墙"，养猫、卖咖啡。在那个"文创"概念还没有流行的年代，面积只有32平方米的"猫的天空之城"概念书店很快在苏州市发展了起来，并在10多年的时间里，把分店开向了全国各地。每一位到过书店的人都能体会到，这是一个有梦想的书店，也是一个可以温暖一座城的书店。

猫的天空之城蔚蓝海岸店距离苏州平江路站968千米，这是目前全国最大的一家"猫空"。建筑面朝大海，上下两层，一楼售卖文创用品和部分书籍，还可以隔窗看猫、点餐结账；二楼有寄给未来的明信片之墙，以及容量足够大的阅读空间。

顺着旋转的楼梯来到二楼平台，眼前是一望无际的大海，海水的咸腥味儿扑面而来。远处几只海鸟压低身子，在海面上飞行，像是捕猎，又像是嬉戏。这时，我的眼前竟浮现出李白的诗句：海鸟知天风，窜身鲁门东。当然，我眼前的海鸟并不是李白的那只，它们只是在当下的时间和空间里，与大自然安然相处的那几只。

"我有时候会开车来到这里，带上自己喜欢的书和食物，待上一整天。"站在身旁的她低声说到。我心底为之一震，这样的事情我好像也干过呀。

时间倒退至一个多月以前，那是一个季夏的周末，我百无聊赖地窝在沙发里看书，先生举着手机问我要不要出去透透风。听到出去透风，我来了兴致，"想啊"二字脱口而出。我以最快的速度收拾好书本，和先生走出家门。

刚通车不久的海滨路辅路，第一次走，海就在楼宇的另一侧。尽管如此，我依旧瞪大眼睛注视着窗外，在高楼的缝隙里翘望海的蔚蓝、浪的柔波。

不知为何，先生放弃西部快速路，而是将汽车驶入滨海大道。与往年此时相比，路上的车辆和游人明显少了许多。明明是夏季，却是寒冬时节旅游淡季的既视感，多少还是有些出乎我的意料。没走多远，路右侧还在工作的检查站把我的认知拉回现实：是夏天，没错。一辆辆汽车有序排队过安检，在志愿者的引导之下，测体温，出示行程码，人脸识别。很快，我们绕过北戴河，并入西部快速路。

"刚才直接走这条路不就行了，为什么要绕路？"我一脸的不解。"反正是兜风，怎么走都一样。"先生的话不无道理。以前除了工作，

孤独之旅

剩下的时间就是照顾孩子学习，还要挤牙膏似的兼顾一下个人爱好，时间被我绷成一条线，从早忙到晚，整个人的状态，更像一根拉直没有弹性的橡皮筋儿。如今，要慢下来，感受时间的流淌才对。

几十分钟后，我们来到蔚蓝海岸浴场，入海栈桥上有一名海钓者，先生拿起渔具向栈桥尽头走去。海风轻轻拂面，海浪撞击着脚下的桥柱，溅起阵阵浪花。举目远眺，沙滩上人员寥寥，近海之上，倒是有一名冲浪爱好者在竭尽全力摆弄着一只冲浪板。他使出浑身力气想站到上面，却怎么也站不稳，一次次掉进海里，又重新爬起，像是与冲浪板过意不去，又像是与海浪做抗争。

这里风景一切如故，我的心里却有一种无以名状的空洞，总觉得缺少了什么，想和先生说，张开了嘴却又说不出来。这种感觉，像极了望不到尽头的大海和天空，虽然最终汇到一起，却又因距离太远而看不到真面目。

我走进对面的"猫空"，取出加西亚·马尔克斯的《霍乱时期的爱情》，坐在玻璃墙处，那只暹罗猫正伸着长长的四肢在蒲团上昏昏入睡。我把目光转回书本，很快沉浸其中。当我唏嘘于费尔明娜·达萨的一生，感念着她苦杏仁儿味道的爱情，时间却像沙漏一样流逝，夜色很快降临了。此时，蔚蓝海岸的广场亮起灯盏，散发出彩色的光波，映衬着永不停歇的海浪，慢慢地收服造访中每一颗不安定的心。

这时，不远处走来戴口罩的一家四口，十岁左右的小男孩跑在前面，"妈妈，快看，这灯塔好温暖啊！"

三

盛夏的午后，太阳炙烤着大地，柏油马路的尽头腾起一阵白色"烟雾"，有着海市蜃楼般的缥缈和虚无。这时，传来一阵刺耳的蝉鸣声，那么用力，像是凭着短暂的生命竭尽全力的鸣叫。

初唐诗人虞世南这么写蝉："垂绫饮清露，流响出疏桐。居高声自远，非是藉秋风。"

　　小时候，很喜欢夏天，不仅可以穿漂亮的裙子，还可以在下雨过后，去树林里捉"知了猴"。"知了猴"是蝉的幼虫，它在湿软的地下，用锯齿般的前足掘土出洞，攀爬树干或者棚架，次日早晨羽化为蝉。长大后，我离家求学工作，不仅捉"知了猴"成为遥远的记忆，封存在内心深处，就连对夏日的蝉也渐渐忽略，仿佛它已经与环境融为一体，再也没有什么不同。

　　前不久，一位艺术工作者朋友来访，我带她前往北戴河新区黄金海岸国家级自然保护区内的沙雕海洋乐园游玩。走进沙雕大世界，朋友就被造型各异的沙雕吸引，沙雕大佛、鉴真六渡、十八罗汉、清明上河图等作品让她叹为观止。说她很难想象，这些体形巨大，具有强烈视觉冲击力的人物都是由雕塑艺术家用沙和水，采取堆、挖、雕、掏制成。她一边欣赏，一边连连称赞，这可真是沙的文化啊，和传统的雕塑艺术不同，是自然景观与艺术的完美结合。

　　我不懂雕塑，却在她的热情之下，体会到了雕塑的魅力。后来，我们走上槐林健身步道，槐树的枝杈交错在一起，形成一个天然凉棚。北方地区最常见的植物就是槐树，它繁盛的树叶泛着一种灰绿，像是一张大网，竭尽全力吸收阳光，过滤掉酷热，让走在下面的人们感到舒适和凉爽。

　　突然一阵嘶鸣声穿透耳鼓，让我不禁打了一个激灵。"这夏天，可是蝉的世界。"朋友感叹道，接着，她转头向沙雕群的方向看了一眼，"你知道蝉的寓意吗？古人以为蝉是靠餐风饮露为生的，把蝉视为高洁的象征，并咏之颂之，或借此来寄托理想抱负，其实它代表着复活和永生。蝉是一种神圣的灵物，有着很高的地位，代表着纯洁、清高、通灵，它们无怨无悔地为下一代奉献自己的一生。"

　　我停下脚步聆听这震耳欲聋的"高歌"，那么专注和心无旁骛。蝉一定是大自然的歌者，表达自己，却让我这个听众站在那里，静静欣赏起来。

　　这时，朋友说起了她看过的一段话。据《山海经》记载，距今4600

年前，黄帝联合炎帝与蚩尤部族决战涿鹿，战后，黄帝曾到这里进行山海疗养，开启了健康养生之源。这之后，秦始皇东巡碣石，刻"碣石门辞"、建行宫，派方士入海求仙，寻长生之药。汉高祖金山嘴开军港，汉武帝碣石筑台，魏武帝赋《观沧海》……9个朝代28位帝王先后驻跸巡视，让这里逐渐成为千年养生圣地，百年夏都。

我被朋友的话所触动，在这历史悠久的文化厚重之地，虽历经沧海桑田，依旧碧海金沙，这不就是一只复活的蝉吗？

蝉只在夏天引吭高歌，沙雕也像蝉一样，更爱夏天的温度。但海的美景四季都在，一年又一年，她等待着来自全国各地的游客纷至沓来。

作者简介

宋雁龄　笔名羽子令。河北省公安作家协会会员。在豆瓣阅读网站发表长篇小说《又见槐花香》《夜伯劳》《淹死的鱼》《C位恋爱法则》等，短篇小说《味道》荣获河北省企业（行业）界员工第八届文学作品征文活动优秀奖。

天堂图书馆

王宇飞

　　"如果这个世上真有天堂，那它就该是图书馆的样子。"

　　第一次读到这句话，我猜想说这话的人想必是个书呆子——一查，果不其然，是阿根廷作家博尔赫斯。读书人爱屋及乌（哦不，是爱书及屋），给图书馆赋予了至高的意义。

　　近日，我随队参加走进北戴河新区主题创作采风活动，一天时间陆续参观了渔岛、沙雕、新区规划展馆、蔚蓝海岸、生命科学园和阿那亚，但留在我脑海里的始终还是那几家图书馆——书呆子后继有人，博尔赫斯可以含笑九泉矣。

　　作为书呆子传人的我认为：在某种意义上，一个人生命的高度，取决于其脚下书本的厚度；而一个城市的文化厚度，必定取决于其图书馆的高度。

　　什么是图书馆？我的建议是不要轻易下定义——王尔德说："定义一样东西，就意味着限制了它。"尤其在看完蔚蓝海岸猫的天空之城、北北假日航海图书馆和孤独图书馆之后，这种感觉愈加强烈。

猫的天空之城：斯人若彩虹，遇上方知有

　　很多人年轻时都有过开店的梦想，或是一间书店，或是一家咖啡

馆，因为视觉的文字和嗅觉的香味都可以让我们浮躁的心平静下来——今时今日，每个人都需要被温暖治愈。

有的人天生气质独特，一出现就会吸引某些人；有些图书馆也是如此，它的书香会轻易俘获好多人。

猫的天空之城，这家创立于温婉苏州，提倡"一家书店温暖一座城市"的全国知名连锁书店，创立起因竟是旅行爱好者徐涛夫妇为了存放他们的手绘地图——文青初心决定了文青基因，也吸引了大批文青慕名而来。

莫名想起十年前一次喝酒，一个开书店的朋友抱怨生意难做，醉眼迷离地问我，你爱看书又是学经济的，有啥办法没有？我说，要我做就两条路，一是换地址，把书店开在学校周边，卖教辅材料；二是开成网红店。他说啥叫网红店？我说，我仔细观察过，咱家店的客流量太少，人都不进怎么可能会买书？你要想做好，就得下决心改装修，让人外边看见想进店，进了店里想上楼，看了布置想拍照，临走想要买点啥……

步入蔚蓝海岸猫的天空之城，浓郁的咖啡香味扑面而来，十年前说的醉话立即浮上脑海——那位开书店的朋友早已转行，我所设想的网红书店却在这里得以实现。"猫空"的外部装修不算多亮眼，却很舒服，同时可以勾起路人的好奇——作为写字人，不得不承认"猫的天空之城"本身就是极好的文案。进到店里，小众杂志，一张卡片，一个本子，都是在大众书店不太容易见到的东西——想想也对，如果只是为了买书，读者完全可以网购，何必亲身过来？书店当然也卖书，据店员介绍，主要有四类书：旅行、艺术、绘本、文学。店员轻声说，每一本书都是她们亲自看过的，一致认为值得推荐才会上架。我指着头顶悬挂着打开的书，问：你们都看过值得推荐才会上架，那这些悬挂的书的标准是什么？店员笑笑，反问说，老师们都是作家，你们觉得呢？

四下踱步，遇见了一处明信片柜台，名字叫"寄给未来"。店员过来介绍，说我们主要出售自己设计的明信片，至今已有1000多种，"猫空"苏州总部有一面明信片墙，您可以给自己或亲友寄一份贺卡或者书信，放在写着不同年份的邮箱或标着日期的格子里，到了那一天，我们会帮您寄出去。

寄完书信，随着人流往外走。我想，跨界（或者叫混搭），或许是现在的时尚——这里不像书店却也在卖书，不是邮局却在寄出明信片，不是咖啡馆却在卖咖啡，不是景点却在引人驻足拍照、发朋友圈……

在"猫空"，我们与似乎已被遗忘的梦想有了一场意想不到的重逢，让我们感受到温暖、热爱和勇气，鼓励我们勇于尝试、敢于追寻。这些话，以前我会认为是鸡汤，但"猫空"落户北戴河新区，让我感觉梦想终究会照进现实，而现实迟早会帮助梦想熠熠发光。

"猫空"创始人徐涛在同名书籍《猫的天空之城》自序的最后写道："坚持做美好的事，让我们未完待续。"我想，我和这家书店的缘分也未完待续——至少因为那封寄出的书信吧。

北北假日航海图书馆（浪Bar）：关于航海，关于其他

上网查询得知，这家图书馆有着全世界丰富的航海类相关书籍——我心里的第一感受是：那又怎样？我又不看航海书。

走进阅览室，巨大的落地窗和舒适的沙发阅读区映入眼帘，这也太舒服了吧！紧靠着落地窗，捧上一杯浓郁的北北咖啡，随便翻上一本书，轻微的海风吹在脸上，耳边听着海浪的起伏和海鸥的鸣叫——读书，变成一件无比惬意和享受的乐事。

据店员介绍，航海图书馆是远洋蔚蓝海岸全新打造的帆船运动休闲娱乐空间，融合帆船服务、水手酒吧、航海教室、航海图书馆为一体，为帆船赛事、社团、会议提供配套服务的同时，满足观景、餐饮、阅读、酒吧的休闲需求。风帆般的仿生体造型，充满了律动与浪漫的元素，设计师运用帆船与风浪的共生关系衍生了一个精彩的空间故事。

合上书，我想，图书馆可以自行打造主题，比如关于航海，比如关于电影，也可以是无心插柳。

想起一张新闻图片，是东莞图书馆的留言卡："我来东莞十七年，

其中来图书馆看书有十二年。书能明理，对人百益无一害的唯书也。今年疫情让好多产业倒闭，农民工也无事可做了，选择了回乡。想起这些年的生活，最好的地方就是图书馆了。虽万般不舍，然生活所迫，余生永不忘你，东莞图书馆，愿你越办越兴旺。识惠东莞，识惠外来农民工。"写这则留言的是来东莞打工的湖北人吴桂春。图书馆对于他，是本职之外最重要的生活，甚至是唯一的娱乐方式。一旦要离开图书馆，那种不舍和不甘，让我们这些局外人都感同身受、唏嘘不已。

我还看过一个不可思议的数字，浙江省嘉兴市图书馆，一年办了5000场活动！我查了一下，嘉兴，人口三百多万，一年5000场活动，这么一算，人均要进图书馆2次，怎么可能？再仔细看这些活动内容我恍然大悟，比如给老年人开的系列课程，有一个是教他们使用智能手机，从怎么连接Wi-Fi教起。这些课程没什么高科技含量，也不需要什么名师，只是提供了一种贴心的服务，满足了特定群体的现实需求。

浮想联翩，观照现实。北戴河新区要打造为国家生命健康产业创新示范区，图书馆是最能体现城市文化功能的重要角色之一，是现代社会精神文明建设的重要标志，是城市文化建设的主要智力资源平台，它对保障我们的文化权利及受教育权利具有积极的现实意义，对城市环境、文化氛围和城市社区建设发挥着重要的作用。

孤独图书馆：长恨此身非我有，何时忘却营营

平心而论，阿那亚值得去的地方很多，比如阿那亚礼堂、沙丘美术馆、意大利餐厅等等，但最能代表阿那亚设计理念的或许就是孤独图书馆了——阿那亚，取自梵语"阿兰若"，意思是寂静的地方。所谓"梧高凤必至，花香蝶自来"，随着近些年的声名鹊起，阿那亚想要寂静已不大可能，而至今仍以"孤独"标签示人甚至谢绝拍照的一处所在便是孤独图书馆了。

孤独图书馆，又叫三联书店海边公益图书馆，位于阿那亚一处海滩上，距海几十米，建筑面积大约450米，共三层，朝海的超大落地窗，

让大海无障碍映入眼帘。步入阅览室，坐在从高到低阶梯状的任何一处座位，只要你抬头，大海随时在等你。

在阅览室二层驻足，瞥见一侧的冥想空间，一个年轻人坐在那里，低头沉默思索。我仔细观察，相比于阅览室的明亮和开放，这个区域是幽暗的、半封闭甚至是私密的。在这里，你可以清晰听到海浪的声音，却看不到海。

我想，在现在这个时代，人们看得太多却没时间仔细欣赏，写得太多却没时间认真思想——正像经历与阅历的区别：经历好比你趟过了戴河，而阅历就是你亲身知道了戴河有多深。我们似乎都以"技在手，能在身，思在脑，从容过生活"为目标，但实际能做到的又有几人？

阿那亚创始人马寅在讲到"跟阿那亚学服务客户"时问大家：文化艺术的作用是什么？我们想无非是陶冶下情操，娱乐下大众，最多是提高下审美之类。他的答案是：文化艺术可以打破认知的边界。我听到这个答案有种茅塞顿开的快感，似乎一下子想通了很多问题。如果这个世界没有了文艺，没有了感性，一切直来直去，一切按部就班，世界那该多无趣呀！我们喜欢某种东西，比如一部电影，一本书，甚至一个人，一定是因为熟悉加意外——熟悉，给我们亲切感；意外，给我们惊喜。

孤独图书馆，是个制造偶遇的好地方——于我有惊喜，也有尴尬。

我在书架上浏览，突然一个熟悉的书脊跃入眼帘——我不确定，再看作者，果然是我！那是我2012年出版的处女作，市面上已经售罄，因故没有再版，连我家里最早的校对版也被朋友强行拿走了，没想到却在这里偶遇一本。我小心翼翼捧着，没见过似的来回翻着。同行的一位作家朋友看我有些异样，凑过来问我，咋了？我低声说，居然在这看见我的书了。他也很诧异，反应也很快，掏出手机说，来，我给你拍一张，留个纪念。

我立即口头赞同，心里非常感激，把书摆在胸前，摆出自认为最帅的姿势，旁边一个声音——这里不许拍照哈！

店员不知道什么时候已走到我们跟前，语气虽然温柔，态度却很坚决。我这才想起不许拍照的规定，正想放弃，孰料那位作家朋友低声说，这是他写的书，拍照留个纪念嘛。店员犹豫一下，看了下那本书，低声说，只拍人和书，别拍图书馆内景哈。我答应一声，很是高兴，却听店员又嘀咕一句，那本书看的人不多。

孤独图书馆，是个制造偶遇的好地方——偶遇的不仅是知识，一本书，也会偶遇人。热播剧《流金岁月》中陈道明（饰演叶谨言）"偶遇"倪妮（饰演锁锁）就是在这。叶谨言的家里装满了书橱，泛黄的旧书随处可见。他坚持要做图书馆项目，说"图书馆，是神一样的存在"。他虽然亿万身家，却有一段读书人的告白："理想主义者，有时候是很孤独的。马尔克斯有句话，孤独前可能是迷茫，孤独后便是成长。我们一起成长吧。"他给锁锁推荐的第一本书，就是马尔克斯的《百年孤独》。

一天下来看了这么多图书馆，那么，图书馆到底是什么？在这个日趋注重消费体验的今天，图书馆早已超越了藏书、借书和看书，似乎越来越像办展览：选择一些片段，塑造某种感受，制造体验流程，确立内外边界，赋予行为意义。

有人说："三千年读史，不外功名利禄；九万里悟道，终归诗酒田园。"天堂图书馆，是我们在城市里的诗和远方，是最后坚守的诗酒田园。

作者简介

王宇飞　2015年，出版《青春》，开国内讲述公务员考试之先河，2017年完成网络小说《曹操传》，发表于"今日头条"。2018年，完成网络小说《问荆》，荣获"北京市影视出版创作基金重点奖励项目"称号。2020年，出版《大明风云录》，受到人民网、央广网和文旅中国等媒体报道。

贝壳王国随想

王　永

　　中秋节的前一天，在"贝壳王国"王文军主任的陪同下，我们参观了这座海洋文化博物馆。对于"贝壳王国"之前已有耳闻，这次进了博物馆，还是有大开眼界、别开生面之震撼。

　　"贝壳王国"位于北戴河新区戴河大街中段，集贝壳展览、科普、弘扬海洋文化和旅游于一体，是秦皇岛乃至环渤海地区的"旅游+文化+科普+生态+科技"的示范园区。这个博物馆，名副其实，堪称一个"博"字，这里展藏了来自太平洋、大西洋、印度洋及五大洲的五个纲（腹足纲、头足纲、掘足纲、双壳纲、多板纲）两万余种贝类标本，这里有在白垩纪末期灭绝的菊石化石，有来自奥陶纪的鹦鹉螺化石，有被称为美神维纳斯的梳子的栉棘骨螺，有状如古典瓷瓶的织锦芋螺，还有来自肯尼亚的夜光蝾螺；既有号称"海洋之王"的直径1米多的大砗磲，也有需用放大镜才能看清的小沙贝，真可谓林林总总，琳琅满目，蔚为大观。

　　通过参观，我知道并见到了"四大名螺"：鹦鹉螺、唐冠螺、凤尾螺、万宝螺，还知道了我们秦皇岛人常吃的海虹原来叫作贻贝。在这里，我看到了状如太阳光芒的鹦鹉螺化石的美丽缝合线。除了贝类之外，这里还有珊瑚，有硕大的珊瑚树，有状如舌头的石芝珊瑚；除常见的白色珊瑚之外，还有红色珊瑚——采自我国台湾的海域。

王文军主任表达了为了做好研学基地，让我们帮着为这些藏品寻找文化根脉的想法。于是，我开始搜索大脑内存，联想与展品相关的文艺作品。

首先想到的是北宋米芾的《珊瑚帖》。位列宋代书法四大家的米芾写到他新收的几件藏品，其中提到"珊瑚一枝"，珊瑚二字极为粗重，似乎格外得意，意犹未尽，又画了一枝三叉珊瑚架插在金座上，还在左上角用小字配了小诗一首："三只朱草出金沙，来自天支节相家。当日蒙恩预名表，愧无五色笔头花。"这里所谓的朱草就是指红珊瑚，意思是说，这三叉的红色珊瑚是金沙那地方的出产，是天支节相谢景温所赠，承蒙恩宠当日就想表白，非常惭愧的是，我不能妙笔生花。珊瑚产地"金沙"今天无法考证，应该是南海的岛礁吧，这与台湾海域产红珊瑚很是符合。《珊瑚帖》中的珊瑚插图也是米芾的唯一传世画迹，中国美术史家研究北宋文人画起源者，皆论及于此。

随后想到是《维纳斯的诞生》，这是意大利画家桑德罗·波提切利于公元1487年创作的画布蛋彩画。

画面所表现的是西西里岛的一个美丽的传说：一片漂亮的大贝壳漂浮在碧波荡漾的海面上，上面站着裸体的维纳斯，金发及腰，纯洁而美丽，翱翔于天上的风神轻轻地将贝壳吹到岸边，等候在岸边的春之女神正张开红色绣花斗篷，准备为维纳斯换上新装。维纳斯身材修长，容貌秀美，双眼凝视着远方，眼神充满着幻想、迷惘与哀伤。这体现了在佛罗伦萨流行 种新柏拉图主义的哲学思潮：美是不可能逐步完善或从非美中产生，美只能是自我完成。《维纳斯的诞生》得到丰子恺的高度赞誉："全画的优美与艳丽，实可谓达人间感情的极点了。"

位列四大名螺的鹦鹉螺，因其螺壳旋纹尖处朱红，状如鹦鹉嘴，而得其名。鹦鹉螺已经在地球上经历了数亿年的演变，但外形、习性等变化很小，被称作海洋中的"活化石"，在研究生物进化和古生物学等方面有很高的价值。其在中国久负盛名，宋代的"六一居士"欧阳修就写过一首《鹦鹉螺》："大哉沧海何茫茫，天地百宝皆中藏。牙须甲角争光铓，腥风怪雨洒幽荒。珊瑚玲珑巧缀装，珠宫贝阙烂煌煌。泥居壳屋细莫详，红螺行沙夜生光。负材自累遭刳肠，匹夫怀璧古所伤。浓沙剥蚀隐文章，磨以玉粉缘金黄，清尊旨酒列华堂。陇鸟回头思故乡，美人清歌蛾眉扬，一酹凛冽回春阳。物虽微远用则彰，一螺千金价谁量，岂若泥下追含浆。"末句虽有哀挽之意，但诗中也写到了"红螺行沙夜生光"的神秘，写出了"一螺千金"的名贵。古人不仅"磨以玉粉缘金黄"，还利用鹦鹉螺独特的结构制成储酒之器。唐代的诗仙李白的《襄阳歌》中有"鸬鹚杓，鹦鹉杯，百年三万六千日，一日须倾三百杯"的诗句。

鹦鹉杯又名海螺盏，也是用鹦鹉螺制作而成的纯天然的酒杯，螺壳外用铜边镶嵌，两侧装有铜质双耳，螺内自然形成的水车轮片状的齿，可以储存酒，构思精巧，造型独特。鹦鹉杯由于其回归自然的情趣，在我国古代尤其是唐宋时期颇得嗜酒者的喜爱。骆宾王写"凤凰楼上罢吹箫，鹦鹉杯中休劝酒"；卢照邻写"汉代金吾千骑来，翡翠屠苏鹦鹉杯"；陆游写"蒲萄锦覆桐孙古，鹦鹉螺斟玉瀣香"。值得一提的是，鹦鹉螺杯也是流行于19世纪欧洲贵族中的奢华装饰品。

不仅如此，在西方，鹦鹉螺也受到自然科学家的钟爱。数学家们专注于鹦鹉螺外壳切面所呈现优美的螺线，鹦鹉螺的螺线中暗含了斐波那契数列（这个自然数的数列从第3项开始，每一项都等于前两项之和），而斐波那契数列的相邻两项间比值无限接近黄金分割率。

鹦鹉螺在仿生科学上也占有一席之地，西方人模仿鹦鹉螺排水、吸水的上浮、下沉方式，制造出了世界上第一艘蓄电池潜艇和第一艘核潜艇，它们都被命名为"鹦鹉螺"号。在贝壳王国博物馆就能够看到美国在1954年造的世界第一艘核潜艇"鹦鹉螺"号的实物模型。然而我们要知道，以鹦鹉螺命名潜艇还是从文艺作品开始的，早在150年前，法国作家儒勒·凡尔纳创作了被誉为"科幻小说的鼻祖"的《海底两万里》，其中描绘了一艘奇怪的潜水艇，在海底航行了两万里的旅程，船长给它取名为"鹦鹉螺"号。如今这部小说已经成为中国中小学生的必读书。

说到贝壳，我们知道，它曾是我国古代的货币。从甲骨文"贝"字的造型看，当时最普遍的应该是有齿的海贝。《说文解字》中说："贝，海介虫也，居陆名猋，在水名蜬，象形。古者货贝而有宝龟，周而有泉，至秦废贝行钱。凡贝之属皆从贝。"古代中国文化以内陆中原为中心，贝壳得之不易，故物以稀为贵。贝币是周代流行货币，一直到秦始皇一统天下，统一了度量衡，才采用后世通行的方孔圆钱。

《说文解字》中"贝"下共有58个字，其中与财货相关的有55字，内容包括赏赐、商贸、货币、借贷、贫贱等，涉及范围相当广泛。《诗经·小雅》里就有这样的诗句："菁菁者莪，在彼中陵。既见君子，锡我百朋。"王国维《说珏朋》中解释："古制贝玉皆五枚为一系，二系一朋。"由此可知，"朋"也与钱相关，是古代货币的单位，五枚贝币一串，两串即为一"朋"。

相对于中国的黄土文明，西方可以说是蓝色的海洋文明，面对浩瀚的海洋，贝壳作为上帝赏赐的玩具，带给孩子们无限的欢乐和梦想。所以牛顿说："我不过就像是一个在海滨玩耍的小孩，为不时发现比寻常更为光滑的一块卵石或比寻常更为美丽的一片贝壳而沾沾自喜。"

美丽的贝壳以及贝壳里的珍珠也是西方艺术创新的灵感之源。比如"巴洛克"与"洛可可"——17、18世纪的两种新文艺风格，都与贝壳有关。巴洛克（Baroque）源于西班牙语及葡萄牙语的"变形的珍珠"（Barroco）。欧洲人最初用这个词指"缺乏古典主义均衡特性的作品"，后来词意由贬而褒，强调创新与变动。例如，源自珍珠及其母贝的灵感使贝尼尼在设计圣彼得大教堂主祭坛时，大胆地使用了螺旋形的造型，不断向上扭曲的巨柱，使它成为巴洛克艺术史上里程碑的作品。而"洛可可"（Rococo）这个词是从法语Rocaille和coquilles合并而来——Rocaille是一种混合贝壳与小石子制成的室内装饰物，而

coquilles则是贝壳。

贝壳迷人的光泽、变幻的色彩、精致的构造都是洛可可装饰艺术模拟、创造的根据。洛可可艺术繁丽、纤细、柔美、精致，大受宫廷和贵族的欢迎。

贝壳是一个庞大的王国，种类繁多，是海洋对人类的馈赠，是艺术创新的源泉，是中西文化与文明中的不可或缺的存在。而我们参观的"贝壳王国"，位于浩渺的渤海之滨，处于蓬勃发展的北戴河新区，希望它能利用区位优势，更好地成为研学基地、科普王国、学习乐园。

作者简介

王永　文艺学博士，现为燕山大学副教授，研究生导师。秦皇岛作家协会副主席。著有《通往诗学的交叉小径》，评论、诗歌、随笔、翻译见于各类报刊。曾获河北文艺评论奖文章类特等奖。

七里海之秋

王玉梅

　　人类有人类的规则和秩序，大自然也有大自然的规则和秩序。因为我们不懂得植物和动物们的语言，所以，我们不太清楚它们世界里规则和秩序的具体内容，但很多情况下，我们能够感受到这些。比如，一年四季；比如，随着飒爽秋风，哪些树木的绿色叶片第一批泛黄，哪些树木绿色的叶片需要再等上十天、二十天；再比如，一棵被安排在迎秋盛大仪式上的树木，哪些枝丫泛黄的叶片可以在空中跳出第一支翩然的舞蹈，哪些需要稍微晚一点上场，这在大自然里，都是有安排有次序有规矩的。一年四季，每个季节的转弯处，我总会因为发现了这些大自然的秘密而躁动起来。躁动起来最想做的事情，就是争分夺秒地和大自然更密切地接触。

　　又一个芦花飞舞的时节，我来北戴河新区看海。这次看的是七里海。七里海位于北戴河新区团林办事处范围内，水域长约5.5千米，宽约2.6千米，面积约15平方千米，水深1.7米左右。七里海为与渤海相连的潟湖，其名称最早见于《明史·地理志》，以水域宽七里而得名；《明史·地理志》和《永平府志》又将其记载为"古溟海"，这说明七里海大约系汉朝时内侵的海水后退所遗。七里海曾为淡水湖泊，当地人称其为"七里滩"，水中生长有莲藕、菱角、芦苇等。清光绪九年（公元1883年）湖水因上游发大水涨溢，冲开与大海相隔的沙坨峪，从而七里海同渤海连通变成了咸水湖。其通海处名"新开口"（又称"兴隆口"），为北戴河新区境内的三大主要海口之一，是这一带沿海重要的渔港，口宽80多米，水深4米左右。

在我看来，北戴河新区最大的幸运，就是它拥有那么长的海岸线，拥有一片连接一片的海。夏天，我经常光着脚丫，来到海边，沿着这漫长的海岸线走，激动时就跑，我永远也看不到海岸线的尽头，永远也逃不出这片海的掌心。海风或轻轻地吹，或增添些力度吹；海浪或轻轻地摇，或肆无忌惮地摇。说不清为什么，这片海，对不同身份各个年龄段的人来说，都有一份致命的吸引力。每到暑期，四面八方远远近近的人，都会抓紧一切休闲时间，争先恐后地来到这里。他们一到这里，就好像来到了童年，又好像来到了故园母亲的身旁，他们光着脚丫，提着鞋子，在沙滩上奔跑、嬉戏，在岸边逐浪、踩沙、捡小贝壳。当然，对于成年人来说，他们更多的是静，他们喜欢坐在海滩上，对着辽阔的大海陷入无限的神思，瞧这海浪，一波接着一波，永远不急不缓、不愠不躁地来来去去，荡涤着波浪的海水，连绵不绝，像是液态的高级蓝色丝绸。而那海浪的远处，更远处，无限远处，则永远是一望无垠的碧水。这样的大海，是会轻易把人镀上一份哲学气息的。海的辽阔无边，会让人超越时空，想到浩渺的宇宙，想到原乡的气息，想到苍茫的人生。

相比大人，孩子们则是一刻也清闲不下来的。他们见了这大海，一准会两眼发光。他们迫不及待地踩沙，哈，小脚丫怎么那么舒服？一路小跑着追逐浪花，这样会跟人逗趣的玩具怎么从没见过？在铲子等帮助下，尽可以在这里建起一座想象中的城堡了，这座大的是皇宫，皇宫里有四个大院子，最大最气派的给皇帝，最美最别致的一定要留给那位既美丽又善良的公主啦……大海打开了孩子们的想象世界，孩子们在海边作文作画，构想自己的童话故事。呀，突然一个巨浪拍过来，皇宫里浸满了水，公主精致的房间坍塌了下去，没关系没关系的，可爱的小公主，我再为你建一座更大更美的宫殿吧，这次，我还要在你宫殿外的院子里，给你建上一所大的游乐场，你可以在这里荡秋千，学着小孩子的样子滚滚滑梯，游乐场旁，是一个拥有上千种花的大花园，春天到来的时候，五颜六色的花争妍斗艳，你穿着比这些花朵还要艳丽无数倍的裙子，成为这座大花园里真正的公主。这样的想象和创作，当然独属稍稍大一些的孩子，在大海的帮助下，虚无的故事或是书画中的一页，悄悄延展为触手可及的真实。时光在他们沉浸的脸蛋上打上快乐的水印。那些比他们年龄小的多得孩子们拿着小铲，在想些什么呢？这我可就猜不出来了，他们这些真正哲学家的思想天空，也许只有我哪一天成为一名真正哲学家的时候才能够触及吧。

新区的这片海，虽然没有高大上的名片，没有奢华的人为建筑，多的只是沙滩上通向大海的木栈道，像彩色蘑菇一样绽放在海边的遮阳伞，固定船只的铁锚、锚绳。多的只是如洗的蓝天，洁白的云朵，如丝绸般润滑的海水，调皮永不知疲倦的海浪，还有时而在沙滩上休憩，时而在海浪上跳舞，时而在浅水中捉鱼虾的海鸥。风吹起来的时候，这里还有女人们摇摆起来的被浪花亲吻了的群衫，有她们随风飘起来的长的短的头发，有被妈妈牵着手的小孩子的惊叫，有女人对男人的撒娇，有男人对女人的宠爱，有卷入风中的小铲子挖在沙滩上的"沙沙沙"。如果再仔细些，还会发现夜晚偷偷钻出洞来赏景的虾兵蟹将们的足迹，一些随波逐流荡涤到海滩上的深色海菜……这些腻在北戴河新区海边的人，无论他们操着一口怎样的方言，他们与大海相融的神态，都是那么投入，那么丰富，那么幸福，仿佛这里的一粒沙，一朵浪，一片云，一个贝壳，都是和他们有着血缘关系的至亲，而他们纵情的这片海，亦不是一片地理和生态意义上的大海，而是凝聚着祖先们共同爱愿的故园。

当然，除去暑期的喧嚣，晚秋时节的七里海，最溺爱的是苇花。苇花那么霸道而幸福，看样子是在和海热恋。苇花，倘若只是一朵，我就会想到孕育它的母体的思想性，想到法国哲学家帕斯卡把人比作的一株最脆弱的会思索的芦苇，由此想到苇花便会是思想的花朵，空灵、剔透，闪烁着光，映衬于蓝天之下；苇花，倘若只是几行，我就会想到日本的俳句，想到《红楼梦》里黛玉的诗句，想到钢琴曲《水边的阿狄丽娜》；可是苇花，倘若一片，一大片，当我面对着它的时候，我的脑海里却只会呈现出一片空白，我会哑然失语，我会感觉我是随它而荡漾的风，一丝，一缕，温暖，精致，调皮，我随时会失踪，又随时会出现于某一枚苇花的微笑。或者，那个时候，我只剩下了耳朵，天际间便只有了苇花间的密语；或者，那个时候，我只剩下了眼睛，天际间便只有了苇花那银灰相间的色彩；或者，那个时候，我只剩下了手臂，天际间便只有了苇花那温暖的抚触。抚触，抚触，再抚触，咦，身边怎么那么多猫猫狗狗的小宠物？它们相互耳语着、低述着，声音轻柔，意境缠绵，呀，一个海市蜃楼的温柔乡，一个亦真亦幻的红楼梦！

因距海水的远近之差，苇花的性状、色泽也不尽相同。距离海水较近的，多受了海水、湿气的滋养，整棵芦苇是挺拔的，除苇根处的几枚叶片泛黄，多数苇叶依然以浅绿色为主，只在叶端略显些黄意，却不影响整片苇丛清雅的韵致。开在这样苇叶间的苇花，是最年轻的苇花，也是心气最旺盛的苇花，它们的花瓣均匀地向着四个方向散开，远远望去，青青苇丛，接蓝蓝海水，蓝绿相拥，相得益彰，生生在萧疏的秋中，制造出一番"别有洞天"的意趣来；而那些距离海水较远的芦苇，却做了秋季的迎合者，它们的叶片萎缩了，枯黄了，苇花也低垂下头，怎么看，这些苇花怎么像失恋的女人。

移步，沿着小石子路一走，海边林丛的景深便拉开了。时近晚秋，花多已谢，可海边依然是大片的绿色，这样，苇花的灰色便成了一种比对和点缀，秋的层次走向深重，更具高雅；能在晚秋中盎然挺立的植物，多有一种风骨，那些以攀附为生的纤弱植物此时多已枯萎，如此，自然中便显得多了几分生硬和空旷，而偏偏又是这些苇花，以翩翩风情，袅娜舞姿，意象化的抚慰和微笑，在疏远的古树下、绵长的石路旁、清冷的海水边，陡然增加了太多温暖的弧线和柔性的线条。这样，即便是秋风萧瑟，人置身此地，脑海中涌起的也不再是"风萧萧兮易水寒"的伤感，却是"人生何处不逢春"的激情。

因了苇花，北戴河新区的秋天，便真真的有别于内陆的秋天了。即便他依然身着正装，又有谁不能够透过苇花的优雅看到他满腹的风情？又有谁不能够透过苇花的颦眉看到他密织的思盼？

驻足远眺：密密丛林之中，清风阵阵；漫漫苇花之间，情韵涟涟。其间，谁家女子着彩衣，握苇花，对着相机镜头连摆造型？哪处车辆沿路呼啸而过，觅苇花之纵深，撷幽静之风情？

北新区海边，有一种茅藜草花和苇花相仿。它的花色似苇花，却更趋于白色；它的花型像极精修齐整的多个小柳枝镀了银色的雪，且布满了细长的绒绒线，这些绒绒线又同样修剪齐整地向着同一个方向伸开。并拢时，此花成了一把可爱的毛毛刷；风稍稍吹来，细长的毛毛线就向着同一个方向接连次第地打开，像是顺着人意表演节目的合欢花。茅藜草多生长在离海岸较远的路边，它们夹杂在枯木衰草之间，并不像芦苇一样大片地成气候地生长，可是，却总会吸引了行人的目光，使疾驰的车速骤减，使女人们纷纷现出靓丽的服饰和它们拍照留影。茅藜花儿飘飘，心儿也塞得满满，不妨多摆些姿势，让手臂划出更多的弧线去与青春相遇，让脸上绽放更多的笑容与甜美邂逅。手挽手，跳跃，让女人的意向更多地趋近于一只蝴蝶。入车，对视，相互嫣然一笑，这片茅藜花，便永远地种植在了女人的心田，且会接下来，在一些不为人知的时刻，触动着内心最柔软的琴弦。

想来，人生的最大诗情，不就是在茫茫自然之中，邂逅一簇滋养心灵的野花吗？

当然，苇花之所以荡漾如歌，茅藜草花之所以多情成诗，还得归功于北戴河新区的湿地，还得归功于滋养着它们的那片大海。

晚秋的海，倒是真真成了烘托花儿的绿叶了。它沉静着，似在思索，又似在回忆，它心静如水地做着大自然的背景色，再也不想涌现出一片热烈的波浪。人到中年，看透了世间纷争，习惯波澜不惊地处世，这海便自然迎合了我的审美。沉静的内涵最为丰富，当我对着大海驻足凝视的时候，自深邃的海水中，翻卷开一页一页唯美的散文。从那一页页散文的留白中走出的我，像是秋雨散文中对家乡的描述，既熟悉，又陌生。我面对着那个我，除了握手之外，就只有泪水了。握手是因为那个我对我永远的不弃，泪水是因为在一次次崭新原点的不断更换中，我疲惫的身影后，始终有一抹深情的微笑。

有的时候，相对于我而言，七里海所给予我的，绝对不仅仅是眼之所及的图画。此刻，那片片漫天挥洒的苇花，那开始南迁的鸟羽，那逐渐静谧下来的波纹，还有远处的渔田小镇，不正是以祥云的姿势，向大海敞开的温暖的情愫吗？而我，也终于将一份相守留在了这片碧水间，它在七里海的脉管里荡漾，一波，又一波，直到永远。

作者简介

王玉梅　河北省作家协会会员，秦皇岛市作家协会理事。出版个人散文集《我的名字叫月亮》。在《河北作家》《参花》《千高原》《南方农村报》等国家省级报刊发表散文作品百余篇。

小镇深秋

张　璐

　　秋，熬过了喧闹的夏，将微凉拥抱着这片土地。有的人来这里享受孤独，有的人到这里治愈孤独，喜欢静谧，就像那白色教堂喜欢在枝丫间躲藏，某个深秋，来到这座叫阿那亚的北方小镇，是偶然也是必然。

　　秋风似魔术师的手，轻轻一挥，一切都变成了另一番模样。云变淡了，并且飞得好高，顿时拉长了天与地的距离，眼前的海也变得更广阔、宏大；枫叶迫不及待地向我们展示她被染黄的头发，肆无忌惮地炫耀着她独有的美丽；刺槐林日渐稀疏，不规则的树杈交织，摆出一个个婀娜的身姿；路旁的苇草将头发舒展开来，任秋风肆意爱怜地揉过，飘逸而轻盈，"蒹葭苍苍，白露为霜，所谓伊人，在水一方"的画面突现，秋韵下的香草美人让人遐想不已。帕斯卡尔曾说"人是能思想的苇草"，我们如同苇草般纤细、脆弱，但也似苇草一样坚韧、耐得住寂寞。此刻，站在它们面前的我，微俯着头，我希望这是一个致敬的姿势。当那么多的姹紫嫣红巧笑嫣然退场，我愿意向一份冷峻低头，孤独，是一种力量。你看，它们坚守在秋与冬的边缘，哪怕风起四散，亦迟迟不愿退场，沉默地等待着霜雪的洗礼，坚定地企盼着，待来年，和暖的春风轻抚，抽芽、生长，再生新颜。秋意浓，雁南迁，秋意涂无际无边的苍凉底色，南飞雁是灵动的那一笔，于是，高空中的雁阵，吸引了我的目光，就像在欣赏一幅画，而每一幅画又都像一首婉约的诗篇。红顶白墙的房屋前是用一块块椭圆形石头砌成的矮墙，墙内开花墙外香，墙内的树叶落到了墙外，也足以引我驻足。这小屋这小院在秋的映衬下更添了几分韵味。让我忘了喧嚣尘世中的喜怒哀乐忘了烟火日常中的纷纷扰扰。

清晨，月光并未完全散去，朝阳迎着海平面渐升渐高。踱步到园坛前，被眼前的光景惊艳了。朝霞在月光的映衬下变得如同丝绢徐徐铺展，亮丽而清柔。柔光下的园坛中央有两棵树，相互独立又彼此依偎，抬眼看去，一处纯白色尖顶礼堂隐藏在枝叶之间。转过园坛，方可窥其全貌，洁白庄重，神秘神圣。带着些许好奇、些许神往，走上前去，想要迈上台阶，却又不忍让沉重的泥土沾染了它。这是一处叫阿那亚礼堂的地方，它庄重典雅，静默在这片海水洗过的沙滩上，与蔚蓝的大海遥遥相望，就这样，独自清澈，自顾不扰。秋阳是温暖的，不像夏日的阳光那般炙热，日光渐渐上移，斜射在礼堂中部，刹那间，我仿佛看见一位穿着白色婚纱、手捧一束鲜艳玫瑰花的女子站在礼堂最高处，原来《诗经》中"手如柔荑，肤如凝脂，领如蝤蛴，齿如瓠犀，螓首蛾眉，巧笑倩兮，美目盼兮"的俊俏女子真的存在，那明媚的笑意在脸上无处躲藏，心思安宁地在等待那个灵魂伴侣的出现，她才轻移莲步，缓缓而来，等一位儒雅的男子盛装走来，坚定上前，将天使带入凡间，从此，世间种种皆需共同历练。此时看来，那两棵树同样被赋予了爱意，她是他近旁的爱侣，"根，紧握在地下；叶，相处在云里"，"仿佛永远分离，却又终身相依"。回过神，太阳已经悄悄爬上了礼堂的顶端，时光啊，总会悄无声息地带来或带走些什么，对的不对的，应该的不应该的，遇见的遇不见的都在日渐消瘦的时光中如约而至，寂静的早晨、曼妙的幻想总会在某一时刻陡然消失。

阿那亚礼堂，峭拔干净，充满幻想。与阿那亚气息相闻的，是孤独图书馆。

喜欢书，钟情于漂亮的封面，热爱着充满灵性的文字，循着作者的足迹可以走遍世界的每个角落，轻轻地，不说话，偏安一隅，翻开扉页，开启一段与书之约。偏爱着大学的图书馆，哪怕是消磨时光也愿意在书海中忘乎所以，在这里，每本书都规整地按照类别处在自己的位置上，等待着被需要的人借了去。闻着墨香，走在两排高大的书架之间，寻一本自己想要的书，指尖划过每一本书的名字，仿佛能听到它们的低声呢喃，有时想看好久没有买到的书偶然出现也足以欣喜一整天。

这一刻，我的偏爱，在孤独图书馆。

喜欢安静，因为喜欢书。午后的孤独图书馆被和暖的秋阳晒过，书香浓郁。如果你来，在午后走进图书馆是个绝佳的选择。这里空间不大，却装得下你所有的喜好，这里装饰不豪华，却满足了你对阅读的所有期待。远远望去，一座灰色建筑与沙滩融为一体，颜色极为和谐。正面与大海相对，整块的落地玻璃窗里面就是那个令人艳羡的世界。带着一颗轻盈的心踏入馆内，原木质地的装修让整个图书馆充满了古典气息，阳光投射进光斑点点，书架、座椅、图书影影绰绰，每一个木头格子里都装满了光与海的味道，坐在高凳上或矮椅上捧一本书，让影子与文字相遇，仿佛是你在与作者对话。落地窗前，与海天同框，落眼处有文字闪耀，抬眼时是大海的碧浪清波，潮起潮落尽在眼前。书中的世界，眼前的世界，时空中的世界，巧妙融合，忘我，耽溺，在那时，才是对书对海对我所处的这个维度，最好的尊重，是属于我难得的享受。

图书馆孤零零地矗立海边，与大海为伴，它远离世俗，但又包容接纳着所有来这里的人。事实上它并不孤独，总有游人不远千里万里，出现在这里，有的慕名而来，在馆里安静地读书，享受孤独，有的只为了打卡，留下几张美照。图书馆一直在这里，像是一个等待，人来人往，孤独感瞬间消失，但绝不会有人大肆吵闹，大概是出于对文字的敬畏，看书的人或坐或立，沉静无声。如果你爱看书，在这里坐上一天，拿一本《冰心诗精编》，在一首一首小诗中邂逅一江春水、满天繁星。喜爱艺术的你也可以欣赏凡·高的手稿画作，文学名著还可以满足你对文学的炽热深情。作为文艺青年，看书的地点、方式有很多，之所以来孤独图书馆，不只是为了看书，而是享受在偌大的海滩上，有好书有美景的空间。坐在海的对面，任凭身旁人来人往，热闹是他们的，孤独是自己的，你只顾尽情地遨游于文字之间，目光所至皆是热爱。

天色渐晚，寒月笼罩下的图书馆多了些许凉意。

印象中，夜晚的海，是孤单的总和。万家灯光璀璨，海面也借着光亮了起来，可是又有哪一盏灯是为它而开呢？也只有遥远的灯塔笔直且单调地重复着光的闪烁，坚定又固执地执行命定的任务。渔船沿着海岸线孤独地站成一排，彼此贴近却并不交谈，只是等待着潮汐的到来，渔夫指挥着它们出海，去用鱼虾蟹填满空虚的船舱。海水拍打着礁石，轰轰作响，夜色里阔大无边的安静似乎是为了让远远近近一副副耳朵能听到每一滴海水打在礁石上的声音，整个夜晚愈显孤独。

可这里不同，如果说礼堂、孤独图书馆是闹中的静，那么夜晚的海边就是静中的闹。海水归于平静，游人渐渐稀少，秋天海边的风萧瑟凄清，却也不像冬天的那般寒冷刺骨，因而你会看到海岸跑道上夜跑人的矫健身姿，追逐着那轮寒月；海边的酒吧也让这无尽的夜多了些色彩，晚上过去也许还会碰到一场演出，在灯与酒的交织中暂时忘记生活中的失意、琐碎；在沙滩上举行的篝火晚会，像是给大海带来的礼物，热闹充斥着孤独，试图找到些平衡。在这里，你可以结识陌生却又有着某种情感共鸣的朋友，此行，治愈了自身的孤独。

我们几乎每天都在奔跑，却永远无法跑出一个怪圈，越怕什么，越会面对什么，其实跑到最后，你会发现这只是一个人的征程，就像《阿甘正传》一样，在我们的生命中，太多太多的人都不过是看客，在他们的眼中，你只是一个讲故事的人，有趣了，便多听一会儿，觉得无聊了，便离去，故事讲到最后，剩下的也只是自己。

处在闹世中的我们偶尔需要一个沉淀自己、沉淀情绪的空间，掬一段时光，诗意地栖居。诗意，一个让人羡慕的字眼，来到这座北方的小镇你就可以感受得到。朴实与雅致并不冲突，还能相互映衬，古朴、简洁的建筑风格是最豪华的布景，让衣食住行充满着艺术气息。纯粹与想象并存，欢歌与笑语相伴，在这里你可以无限放空自己，与自然深度融合，忘掉一切繁杂。面朝大海，它便吞噬了你满腹的坏情绪，你可以轻声低语，和它诉说种种经历。有海的地方总有诗句，不知是海激发了诗人的诗情，还是诗人独爱这海的开阔与安逸。

秋已深，夜阑珊，思绪久久不能回来，脑海里每一处景象都像初见般清晰。悄悄地，我把某些心事藏在了这片沙滩；静静地，我带走了这里的一粒沙、一片叶。爱这秋的凄清寂静，爱这小镇的古朴典雅，爱这礼堂的纯粹美好，爱这图书馆的孤独忧伤，爱这大海的清波荡漾。来见过了这里的秋，不知春夏时节又是怎样一番景象，此时，更期待着冬天小镇的模样。

当冬悄然而至，当雪散落凡间，当眼前的一切裹上白纱，那时，再来这海边的桃花源与乌托邦，你依然可以在这里享受孤独，亦可以到这里治愈孤独。

作者简介

张璐　秦皇岛市作家协会理事，作协文学评论部负责人，《海韵》杂志统筹编辑。

阿那亚的孤独

戴　蒙

北国风光不同于南方。

南方的风景精致，景别往往很小。而北国的风景则美在孤寂和壮阔。我曾流连于祁连山的空旷巍峨，也为林海雪原的静谧幽深感叹。都说中国人喜欢热闹，但我知道，每天为生活奔忙，为工作加快脚步追逐，陷身于错综复杂的人际关系，简直就像跌入一张密不透风的网，让你看得见亮，却又找不到光。与热闹相比，我们需要的，也许是孤独。

阿那亚的存在，就像是一个生活的缺口，一个都市青年的朝圣地，一个张嘴就能呼吸到冷风、弯腰就能捡到贝壳、闭眼就能聆听海浪的文艺麦加。它的孤独来自灵魂，而孤独又与无边的海紧密相连。

也像平整而一望无际的黄金海岸上矗立着的白色教堂，透着一股"千里""万里"的劲儿。

不知道什么时候，我迷恋上了文艺，也暗恋上了孤独。如果可以让文艺和孤独连接在一起，一定会碰撞出星光一样的美好。

阿那亚恰好就是这样一个地方，它除了蓝色的海和金色的沙，所有的建筑都是灰白色的。想起之前在浪Bar的墙上写着的话，用在阿那亚也好："这里远离都市，吹拂着让人心情舒畅的风，是和谐美妙的海边世界。"在阿那亚，你不用抬眼就能看到灰白与长天接壤，下一口呼吸就能感受到来自遥远梦境般清透的海风。坐在那张鲜红色的椅子上，拿出手机，拼上几句话，既有深度，也有感悟，在黄金时段把它发在朋友圈，即可获得无数点赞，甚至是几句"太文艺了"一般的赞叹。

当你离开阿那亚，坐上出租车，穿过那片野蛮生长的树、人烟稀少的路、没有被过度开发的荒野和杂乱无章的渔船，这里的见闻又将成为你的谈资，告诉全世界你曾经在这里，感受过独属于一个人的风景。所以，阿那亚为我带来的感觉到底是文艺还是孤独？我愿意站在一个文艺青年的位置，体味孤独。

阿那亚是梵语"Aranya"的音译，本意为"僻静处远离尘嚣的静谧之地"，这句梵语在一些地方也被译作"自修之地"。

修行往往是神秘的，像中世纪的炼金术士建在闹市区的地下室、日本修道者追求的清寂处所，甚至是王阳明谪居龙场悟道的那个山洞，都是别人找不到、想不到、寻不到的地方。而阿那亚为每个人提供了这样一个远在闹市之外的地方：只要你来，不问出处，不看道行，只要你能预约得上，你就能在这里寻找你所定义的"孤独"。

所以我这个都市青年又一次来了。每逢暑期，阿那亚的美，足以让整个华北的风光尽数暗淡，没有什么地方比这里更吸引我一次次走近。虽然报道里说每日客流量超过两万、酒店和民宿入住率高达95%，近5000间客房几乎每天满员；预约不到的世界上最孤独的图书馆，要排队两个小时才能进门，那排满演出的月下海岸和天南海北的"文艺青年"交织在一起，这里更像是一场孤独指引下的大众文艺复兴，每个人都在这里寻找孤独，然后在这里相遇。

所以，带着"孤独"标签的阿那亚海边图书馆，吸引了形形色色的灵魂，每个人都可以在这里寻找一个无人的角落，自顾自读读书，抬头看看海上浪来了又去，"哗哗"的涛声拍岸，不绝如缕。

阿那亚礼堂离孤独的图书馆最近，两处有石板路相连。走在中处，我不时拿起手机，想定格这一刻的踽踽独行。有游人出现在手机照片里，我竟然有些恍惚，我难道是想证明自己的不孤独？或者，我也留在了别人的底片上，那么是不是可以说，当我们捕捉孤独，却集体得了一个失败的结局？那么，最孤独的图书馆和阿那亚礼堂，是不是也因此多了我们这些知音，所以在这一刻，它们并不孤独。当然这些想法都是我的，我左看看右看看，似乎没有人在意我这个呆呆站立在那里忘了行动的男生。大家笑语喧哗，忙着打卡和拍照。是啊，难得逃离喧嚣后在阿那亚的社区空间里享受一个短暂的与世隔绝，哪怕是在地下车库用玻璃板围起来的舞台下面醉酒狂欢，也是让我难忘的欢乐时光。

很久前，相比于大桥两岸繁忙的出海口和素净小院里点起霓虹的大排档，这里曾是一个烂尾到无人问津的地方。附近没有商场、没有医院，甚至没有本地人，无论是离火车站还是北戴河或昌黎的城区都非常远，只有一片望不到头、杂草丛生的"黄金海岸"和卖不出去的楼盘。以前，这个地方的形容词可以是荒寒。

直到阿那亚度假社区破土动工，这个名字频频出现在眼前，我终于知道，那些匠心独具的人们，把孤独和文艺做了连接，大家看到了一张"文艺"名片，在解读每个人精神世界里孤独的内涵。

我有一个公众号，叫人间相簿。我在里面更新一些自己的随笔和拍下的照片，久而久之聚集了来自各地乐于欣赏和分享的小伙伴。当大家知道我是秦皇岛人后，很多人脱口而出："你那里有阿那亚！怪不得你能拍出那么美的照片。"然而，我拍的海可能只是在秦皇岛曾经的港口、在大蒲河大桥的桥头、在我家后面那个并不出名的滩涂，但大家张口喊出的，是阿那亚的名字。在年轻人的世界里，它已经成了秦皇岛的一个代名词，一张新名片。

今年四月份，受粉丝的"怂恿"，我组织了一次名为"海/笑"的线下活动：

北国风光

春惹柔肠

在北归的燕尾服下

大海笑开了花

枝头拍出了彩照

日落也牵手了云霞

在四月的某一天

想和你捧起温情也柔软的金沙

畅谈文学和眼睛里的画

这个活动和公众号本身的意义是一样的，想要让大家记录下眼前发生的人和事，让它变成你我共同的时光记忆，更是为了把热爱生活、能看见美、永远年轻的人们聚在一起。我想，我们应该相遇在静谧的蓝色里，在孤独的图书馆里邂逅精神上的不孤独。同时还要有一些场所，可以让我们流连。比如符合人们心境的一家美食小店、能在海边聊人生的咖啡馆、一场燥热又独特的地下演出……活动地点无须费神，当然是众望所归的阿那亚，因为阿那亚正是形式上和内涵上都和谐统一，符合活动主题的地方，没有之一。

四月的天气，海风还有点凉，但这并不影响前来拍照的人带走心仪的风景。

我庆幸生活在海边，海是地球上最大的生命，也是生命中最伟大的形式，我感觉得到她每次卷起浪花又重重拍下时的呼吸，我看得到寒冬褪去，浪花泛起，海从纯白色的高洁过渡到深蓝的静谧，脚下的金沙也被感染得温情柔软，就是这片黄金海岸。

走在金黄的沙滩上，晒着金色的太阳，抬头仰望蓝天白云，是一件多么令人惬意的事。如果身边有一个人，我们能一起走走，吹吹风，谈谈人生或者理想，就是安然的幸福吧。

站在海的面前，我们能穿越上百万年，直面这最原始的美与冲动，在沙滩、在柏油路、在枝丫横斜处寻找春的消息。不管你是真的文艺青年，还是只是追随文艺而来的手机拍客，都能用快门记忆下此刻的孤独和明媚，伴随着海浪声，诉说着一个新鲜又透亮的春天。走在金黄松软的黄金海岸，不知不觉就踏上一块深红色的木板，然后是第二块、第三块，直到吱吱呀呀走进那个最孤独的图书馆。那里面的木地板吸足了海上的气息，一定会缓缓释放给每一个路过这里的人。木头的缝隙里，一定隐藏着一些属于海的密语。

如果你率先到的地方是孤独的图书馆，那么出了图书馆沿着海岸走上三百步，就是那座纯白色的教堂，叫阿那亚礼堂。它与图书馆一灰一白相互凝望，组成了阿那亚的精神高地。与图书馆不同，教堂最热闹的地方在于门口长长的石阶，总是有络绎不绝的游客来拍照打卡。教堂里面用很不易察觉的音量播放着宗教音乐，里面排满了长椅，能看到海的两排已经坐了不少人。有幸坐在那里，让我生出一种神圣感。我想，即便不是信徒，看着那海天交接处不时划过的几艘白帆，"净化"这个词也会慢慢在内心浮现出来，就像一朵盛开的睡莲。背景音乐还是如溪水般若即若离地响着，伴着我走出教堂，阳光闪现，悄悄驱散了我心中的暗夜。

据说，我的浏览路径不对，大多数人来阿那亚，标准化的浏览路线是，早晨去孤独图书馆占个好位置，趁着日上三竿，赶到教堂边来一组自拍，下午在沙丘美术馆打卡艺术展，傍晚去海风酒吧或者阿那亚DDC，最好和小众乐队拍上几张合影。晚上回宾馆后，配上现代主义、布尔乔亚的批判或自己编写的文字发个朋友圈，第二天就可以翻看铺天盖地的点赞了。

但对于沙丘美术馆，我觉得如果只是草草地打卡，实在是太浪费艺术家的心思了。沙丘美术馆出自OPEN建筑事务所，设计灵感来源于洞穴和孩童沙滩挖沙，像极了人类最原始的居住形态，完美地与自然融为一体。这也与艺术的本源不谋而合：艺术本就是原始的，灵感本就属于自然。徜徉在展馆中，借着天窗、洞口射进来的自然光源，欣赏着人与自然各自雕琢却浑然一体的艺术品，必然会引发你的一些思量。

走出沙丘美术馆，在数不清的咖啡馆和酒吧，一个人可以追求舌尖上的爽快，当然也可以约志同道合的朋友一起，认认真真地聊一餐饭的时间。我呢，随心而为，走走停停，乐得歇个脚，就随时找个地方，戴上耳机，享受一个人的清静。

音乐、摄影和文学，它们密不可分，唇齿相依。我相信你真的爱上一个，就会爱上另外两个。爱上阿那亚的那种感觉，一定就会爱上它们三个。夜幕降临，阿那亚的海滩星光闪闪，静谧无言。也许这时候，图书馆才真的回归了孤独的本质。这时候的阿那亚，最热闹的地方，是街区。游人吃完了晚饭，可能会寻找心仪的建筑继续打卡，也可能早就买好了live house的门票，推开门走进去，那些表演的人，名字可能从不曾听说，但却能让你领略到只可意会无法言传的美妙，在一场忘我的狂欢后与孤独挥手告别。

毕竟，作为游客的我只能短暂停留，好在，阿那亚以它的宽展抚慰着我的心灵，让我内心的压力得到了释放。在这里，一张和海形成鲜明对比的红色椅子、一捧被浪卷起的沙、一块被海风侵蚀的木地板，都能够与你产生一种情感上的连接。这就像麦加大清真寺十千米外的一块青砖，填补着你内心缺失已久的仪式感。所以，阿那亚当之无愧地成了孤独与文艺的代名词，成了北京后现代主义的后花园和都市青年心中的文艺麦加。

作为一个本地人，我一年中总要约上朋友去阿那亚走一走，拍拍照片，就算什么也不做，什么也不说，心境也似乎清明了许多，我总是能够在那里找到生活的另一种答案。

在图书馆寻上一本好书，在教堂里培育那朵睡莲，追随喜欢的艺人或独立乐队享受一次精神和肉体双重的朝圣，在海滩上看一看归帆点点。"来到阿那亚，本身就已经足够浪漫。"我的朋友说。

作者简介

戴蒙　本名王鹏。秦皇岛市作家协会会员，秦皇岛作家公众号编辑。中国爬宠领域文化传播者，Damon的雨林公众号、人间相簿公众号主编。

· 浪 Bar ·

与海有关的风景

李　冰

请到渔港品炸鱼

处暑一过，就到开渔的时候了。沿着海岸线向下走，我们去渔港。难得的晴天，像是奖赏。太阳刚刚冒头的时候，退潮了，赶海是一件特别有意思的事。

潮水退去很远，比操场还大的一片海滩晾在眼前。人们提着小桶三三两两地出现了，一个一个深深浅浅的脚印留在那儿，低洼的地方，还有些水，闪着光。

天是蓝的，海是蓝的，空气也是蓝的。退潮后的海滩硬硬的，比浮土路好走。看到馒头一样鼓起来的地方，弯腰抠一下，就有海蛴吐着大肉舌头蹦出来。在手心里，它收回舌头。硬硬的棕灰色的壳很光滑。

脚踩过的地方，黄蛤喷着水，一拱身子，跑到沙滩上来。它们像淘气的孩子一般，翻着滚着笑着闹着。出来一个，又出来一个，从沙里翻出来的黄蛤又大又多。放在桶里，加点水，让它们吐净沙子，白煮蘸三合油吃，肉又厚又清鲜。

几只海鸥偶尔飞过，又箭一样向海面俯冲下去。

港里的船越造越大，30多米的木船，要仰着头用目光去抚摸它簇新的船舷。纬导装在船上，方向更加清晰。

站在海边望向对面，各种游乐设施五颜六色，夸张地挤进眼帘，浴场的景致触手可及。海面上，不时有摩托艇扬起一道道水柱，打个旋儿，又"突突"地响着绝尘而去。早前听说过一句话，说"望山跑死马"，那些清晰可见的山峰，让人生出近在咫尺的错觉，走到脚疼，它仍然在云天外。海边却恰恰相反，沿着海岸线前行，往往会缩短行程。

几个女人站在石头上，伸臂仰头，长发招展成旗帜，摆拍造型。美颜相机功能强大，虽然不能说是如花美眷，却也看不到脸上的似水流年。对于她们，来到海边，是回来，对于我，是从未离开。海在我的每一个细胞里荡动，我在它的每一缕腥咸里成长。

我和几个朋友走进一家饭店，里外三进，很宽敞。时近中午，大厅座无虚席，我们被带到雅间落座。面前的桌子上放着梭子蟹，个个顶盖肥。皮皮虾的黄子呈一个"王"字，规规矩矩趴在盘子里。八爪鱼炖肉，红烧，色泽浓烈。牡蛎清蒸，小杂鱼炖酱。有人拿起一只蟹，递到我面前，正如他所说，满壳蟹黄，是很久都没尝过的味道。这个时候，螃蟹肉是甜的，清蒸最好。酱炖海杂鱼吃得就是一个咸香，下饭菜，简直是有舍我其谁的气势。红烧八爪鱼有个诀窍，鱼打理好，千万不要用热油滚，八爪鱼的嫩，最怕热油。如果用韭菜炒，也要注意这一点。油热，放葱花爆香，加适量五香粉，滴入几滴老抽，添水烧开，再把八爪鱼放入，如此做出的鱼，口感最佳。

美味带我回到多年前。姥爷也曾经这样掰了蟹壳递给我，把小鱼串在树枝上，烤了给我吃。

下海的号子响了，被海风和阳光镀成紫黑脸庞的艄公站在船上。他总是不急不慌的样子，一个字一个字落地有声，像个帐下拥立着千军万马的将军。闭着眼睛，他也知道海上到什么时辰起着什么样的变化。这是他自己说的。

拖网，收获的鱼虾螃蟹活蹦乱跳。

在渔村，一年四季都有不同的鱼作为主力。传说，春天的楞巴鱼是受了皇封的。海中众鱼去天庭聆听各自命运，它错把"一年一尺"误听成了"一年一死"，它死在产籽之后万物繁茂的入夏时节。到了暑中，鳎目尖接棒成功，成为了餐桌上的"美味担当"。鳎目尖怎么做都好吃，但是如果你来，我会带着去尝一尝的，正是一道炸小鱼——干炸鳎目尖。

村里人把它叫"狗舌头"，我的朋友在广州，他把这种鱼称作"龙舌鱼"。看看这名字也就知道，南北差异，一个接地气儿，一个高大上。但是何必在乎它的名字呢，鱼肉才是我们应该关注的。

这种鱼只有中间一根刺，肉嫩而香，营养丰富，是老人和小孩子也可以接受的美味选择。做的时候，先把上面一层皮揭掉，再去掉内脏，加盐腌渍一个小时左右。打一个鸡蛋在里面，放一些面粉，在鱼身上薄薄裹一层。起锅热油，等到用筷子蘸一下油，可以冒出小泡泡时，夹鱼入锅，炸到金黄捞出。撒上一些椒盐，万事大吉。

我想，你在吃到这个小炸鱼之后，一定会闭上眼睛，满足地长吁一口气，啊，美味需要仔细回味。绝对没有鱼腥味，香得让你的味蕾被点燃。来吧来吧，快来品尝开渔季的海鲜，我在新区的渔港等你！

和大海一同醒来

转个弯，绕过树林，海，在眼前铺展开来，壮阔，坦荡，托举着阳光的金芒。天也伸展得无际无涯，干净透彻，连一痕云絮也不见。在视野尽头，天与海无限贴近，那一条条渔船，小小的，像个注脚，解释着造物主的神奇。仰头，天空蓝得如丝如缎绵柔静谧。俯首，海水蓝得波翻浪涌跳荡活泼。

我拥有一片海，是多么幸运。它在眼前，也在心间。小时候，我叫它七里海，现在，我对大巴车司机说，我到国际滑沙活动中心。这是一条熟悉的路，每一次走近，是为了还乡。每一次回来，是同样的抵达。

如果有前世，那么我的灵魂，一定早被涂抹成了蓝色。所有的出发与追寻，憧憬与遥望，都是在这一波又一波的涛声中开始和延伸。那浩瀚无边的海，给了我最初的梦想，那绵延不绝的海岸线，常常让我想到，远等在远方的更远处，目力难及。这时，总有一个柔和的声音在我耳边重复，走吧，迈开双腿，但行路，别问前程。

海，让我知道了辽远，也懂得了博大；也是海，让我知道，一条船，所能做的，就是挂起风帆，乘风破浪，勇往直前。真庆幸，我是海边长大的孩子。小时候，妈妈从来没有讲，大海就是我的故乡。哪里需要强调呢，鼻端，是腥咸的海的气息；眼前，是铺张的海的色泽。早晨走在沙滩上，听潮水轻轻拍打海岸。夜晚，梦里回荡的，是拉网时艄公粗犷的吆喝。海赋予我的，都悄然无声地镌刻在骨子里，它教我学会宽广，也学着接纳和包容。

去看海，要穿过一片树林。那些树木，真像是土地对海的眷顾，是依护，也是陪伴。有人说：我要接近天空，于是，山脉耸起。我想说，土地要呵护海洋，于是林木蓊郁。根与根在地下缠绕，枝与叶在空中牵连。那些绿色的成千上万只叶子的小船，从枝条上出发，向四季深处奋进。林木的血液是温暖的，海的气息，却有着水的微凉，那么，就这样相偎依着吧。让太阳和星星睡在海的怀里，让它们闪闪发光，颤动金碧辉煌的梦。让这些树木倔强地守护在海的近旁，即便在冬天，也像战士一样。

一座座沙丘，连绵起伏，高低错落，像一道金色的屏障，横亘在海与村庄之间，与海唇齿相依。它们既有山的厚重与雄浑，又有沙的细腻与柔和。风的足迹，留在沙上，多像海浪层叠的波纹呀。海里有沙，沙上有海，沙，是神给予海的馈赠。还不懂事的时候，听姥爷讲，我们这个村子的土地，本来在大海里，是"八仙"之一的韩湘子向龙王借来的。韩湘子答应龙王，一年归还一线，所以，沙丘是一年比一年离村子更近一些的。听了姥爷的话，不免有些害怕，原来海水每年都要离我们近一线，村子不是会被吞没吗？转念一想，又释然，一年才还一线，要还清，总要等个几百几千年，怕什么？那时候，我还不知道，有一个成语，叫沧海桑田。姥爷把这些沙丘喊作沙坨峪，它给了我们许多乐趣。

海边长大的孩子，有几个没在沙坨峪上打过滚儿呢。

此刻，拿过一块滑沙板，来一次有惊无险的体验。一冲而下，惊呼余音未尽，近旁的树、草、花，已经扑过来迎接。在茸茸的草地上躺一会儿吧，撒个欢儿，离开了日常，放任自己忘形一次。再去近旁的游乐设施上玩玩吧，伴着惊叫而起的，是飞扬的欢声与笑语。

在海上，坐坐摩托艇也好，风驰电掣，向更远处飞去。它没有翅膀，却可以让你在海浪上，练习飞翔。也可以乘坐游艇，任微风轻拂，听海浪用翡翠的语言交谈，看雪花般的海鸥，栖落在船舷上，飞去又回来，让我们可以这样，与天空对话。夏天的海浪，是最温柔的，即使是刮东风，浪头也不像冬天翻腾得那么狂暴。快换上泳装，泡个海水浴，盛夏的燥热有什么可怕，遇到清凉的海水，眨眼不见。赤脚在水中站一会儿吧，由着浪花不断拍打小腿，脚下的沙，被淘洗着，人倒像是越陷越深了，忙不迭地倒换倒换脚，又不禁哑然失笑，小浪花，沙窝子，能够把我陷下去多少呢。那么多来自天南地北的人们，在这一刻，成了彼此的朋友。在海上打个水仗，你掬一捧水甩过来，我扬起一朵水花拍过去，追来跑去，嬉笑欢畅。玩玩水球，你扔给我，我传给你，孩子的笑声，老人的笑脸，年轻人的笑闹，这些闪动在人们脸上的，才是最美丽的风光。

躺在沙滩上的摇椅里，遮阳伞撒下一圈清凉，于是可以安稳地做个梦。把自己埋在沙里的那个，正体味着别样舒爽。弯腰捡拾贝壳的人们，遇到精美的，忍不住向同伴展示，像得了个艺术品。我仍然迷恋于把一个螺壳贴近耳朵，在空空的回声里，倾听海神秘的低语。背着房子到处流浪的寄居蟹，总是在惶惶急急奔走。海星有漂亮的五角，披覆橘色的光彩，不知道是谁给它涂了那么亮丽的颜色。说了这么多，海上的鱼虾怎么能不提一提呢，就着夜色与灯火，开怀畅饮，持螯而醉，与家人、与爱人、与友人，乐而忘返。

然后，在晨光里，和大海一同醒来。让温声细语，伴着浪花，软软地，低回。

贝壳里的海

走进贝壳王国，让我大吃一惊！那么多形形色色的贝壳给我带来的震撼一时难以说清，有惊奇惊讶，更多是惊艳。我在海边长大，这让我既见识到了海的丰富，也被视野限制了认知。我接触的贝种类太少了，但曾经，我以为那些就是全部。带着这样的孤陋寡闻，我走进了贝壳王国。当琳琅满目的贝壳络绎不绝地出现，我的眼睛明显不够用了，担心错过，又不免遗漏，真是眼花缭乱，目不暇接。

贝壳，如今被放在玻璃展柜里，在灯下，熠熠闪光，它们像一件件修整打磨过的工艺品，风采各自不同。奇异的形状，斑斓的花纹，绚丽的色泽，让目光忍不住想要抚摸。它们好像一下子推开了大海的波澜壮阔，让我看到了海底世界的贝类，它们，是一个如此庞大的群体！我看着眼前各具特色的贝壳，贴近标牌读不同的名字和介绍，想，这些名字，原本都属于一个个鲜活的生命。此刻只有空壳，在纪念它们曾经活过的痕迹，或者，它们需要这些纪念吗？是我们需要这些以了解这庞大的、神奇的、无所不包的世界。那么，管中窥豹，我们又能了解多少？

我费尽心机不停默诵，也没记住几个名字，据说芋螺科的贝都有毒，有些毒对脊椎动物有效，另外一些，只能借助毒素，猎取小虫类的无脊椎动物。别致芋螺外壳淡黄色，上面有螺旋排列的深色斑点，顶部镶满花纹，像冰激凌。它的壳厚重，难免行动迟缓，开口又窄，所以是食虫的。同样是芋螺科，杀手芋螺的开口就相对开阔，螺体轻薄，行动迅速，这么巧妙的设计，当然是为了生存，它食鱼。仅仅只是芋螺科，就是一个大家族。鸡心螺、僧袍芋螺、海之荣光芋螺、寺町芋螺、花冠芋螺、蝴蝶芋螺、贵妃芋螺、大理石芋螺……不知道是谁给它们起了这些别致的名字，有的可以理解，有的就难以琢磨。比如鸡心芋螺，是因为形如鸡的心脏而得名。寺町芋螺，我理解着，是因为它的主要产地在台湾屏东县东港外海，所以因为产地而得名。至于贵妃芋螺，就让我百思不得其解，既没有看到它过分漂亮高贵，也没觉得它有杨玉环的丰满，但是，怎么就叫成贵妃了呢？

还想说说鸡心芋螺，它的这个分支就有五百种左右，别看个头不大，却是藏毒高手。据说每颗鸡心芋螺体内都有一百多种化合物，小小的身体，简直是一个隐秘毒素仓库。那么多化合物，要如何相安无事地共存在一副柔软的贝肉内呢？更让人悚然而惊的是，一只鸡心芋螺的毒素，足以杀死十个人。更有人把鸡心芋螺的一种叫作"雪茄螺"，这个名字的由来，不是因为形体，而是说，被它蜇到后，只剩下抽一支雪茄的时间来施救。华丽光洁的外壳，美得如此无辜，难免吸引人伸出手去，却何曾想到，接下来，也许就是危及生命的伤害。

海洋，森林，草原，每个地方，都是一个复杂又简单的生态圈子，多么神秘奇妙的自然，那些共同生活在同一个地域的生物，彼此相融，又互相牵制，各自生存，又和谐统一。这不能不让我感叹，大自然如此博大，又是多么包容。

不要以为我只看到了芋螺，这才是贝壳王国的一个小小的不值一提的分支。其他如管螺科的贝壳，单独看，个个都像细而扭曲的管子，它们生活在海底的礁石或树枝上，喜欢纠缠在一起抱团生长。我看到的是劳斯管螺，它们抱住了一根树枝，整体看去，那淡黄的颜色，婉约的造型，倒像是古代女子头上戴的发簪。坚螺科有很多被叫作蜗牛的贝，我并不觉得它们状似草地上的蜗牛，倒是不少拟阿勇螺科的小螺，偏有些我常见的蜗牛的样子。长鼻螺科有一种马丁氏长鼻螺，头部伸出长长的尖刺，跟牙签的样子差不多。还有一种短鼻螺，竟然也在长鼻螺科，要是它自己会说话，一定忍不住笑出声来。女王凤凰螺形如王冠，果然高贵又典雅。柯露千手螺美得妖娆，看着它，似乎可以听到幽渺的音乐遥遥地响起，让人忍不住想要欣赏它曼妙起舞。玫瑰泡螺精致得很，那么小巧玲珑，粉色、深褐、白色螺带缠绕，所谓匠心独运，它一定是得到了神的偏爱，才如此巧夺天工。而且，让我心仪的是，它以植食为主，是一个素食主义者。这种螺外壳轻薄，做成一对耳坠，该有出乎意料的美。我的朋友精挑细选，购了一对螺，打算拿回家加工成耳坠，她是一个有着蕙质兰心的姑娘。

人家说，这个世界上没有两片相同的叶子，当然也没有两种相同的贝壳。即便它们同属于一个谱系，也是千差万别，各有特色。如果一粒砂里有一个世界，那么每一个贝壳里，都装着一个独一无二的海洋。

小时候，在海边跑，我常常捡到各种各样的贝。有的住在浅海处，退潮的时候，沙滩一览无余，我不断踩来踩去，黄蛤会扭着拱着身子跑上来。还有把自己窝进沙里的海脐，它自作聪明以为掩藏得不错，其实总是鼓起个小馒头。还有一种小海螺，贴近耳边，可以听到壳里潮声涨落发出的声响，老人家说，那是海的声音。正是在贝壳王国，我第一次知道了它们的学名，海脐叫作扁玉螺，它的表兄弟表姐妹不少。那种可以听海的小家伙叫条纹鬘螺，不说你也知道，它也是一大家子成员。我熟悉常见的还有大海螺、竹节蛏、白蛤、文蛤、花蛤、毛蚶、牡蛎。我在馆内展厅看到了海虹，早前，一到冬天，总是能在海滩上捡到好多，馆长说，它的名字是贻贝。现在见到最多的是扇贝，可以海上养殖，口感嫩鲜，壳也是涂了色一般，很漂亮。

我有时候会想，那些贝，会用什么目光看向海洋和海上的渔人？人们用于捕捞的船装置越来越发达，捕捞工具越来越精良，对于海洋生物，真不是好消息。有人说，海底是很辽阔的，海底也很拥挤，每种生物都要占有一席之地。现在它们怎么样了呢？

贝壳王国是一本奇妙的认知贝类的大百科全书，要想认识各种贝，不必行万里路，到这里就好！我想，它们一定会让每一个走进来的人生出珍爱之心，对这个世界，对所有生命。

爱上度假村

在城市里，越来越适应快节奏的生活，匆匆的脚步，挤过喧嚣的人流车流，在路上买份早点，忙不迭三口两口吃掉。为了效益，为了成绩，为了各种各样的理由，每个人都恨不得插上翅膀才好。不知何时，慢下来，竟然成了奢侈。于是画漫画的老树先生说："特想有一个小院，种上一架吊瓜。猫儿一旁做梦，我坐下面喝茶。"何止是老树先生呢，在红尘深处跋涉久了，尘沙满面的你我，谁不想拥有这样一处院落，拥有这样一段惬意闲暇的时光？

想想吧，离开城市数步，寻一处静谧院子，一转眼，画上的一切，就出现在眼前。一架吊瓜正在泼辣地长，冒叶也好，开花也好，结瓜也好，喜欢的是这瓜棚豆架下的和风与暖阳。猫儿在这小院子里，活得那叫一个随意，想跑就跑，想跳就跳，想晒太阳就蜷在椅子的软垫上，闭上眼睛。那个难得清闲的人，品茗也罢，读书也罢，插花做手工，也是多么舒服的时光。如果你也和老树先生一样，在匆匆忙忙的奔波之后，想要停下脚步卸下疲惫，那么，来北戴河新区吧。

走进各个度假村，你就会不知不觉放松下来，目光顷刻被一处处特色院落吸引。信步而行，任洁净平坦的街道引着脚步随走随停。路边垂柳扶风，长长的柳丝拂过肩头，杨树叶子哗啦哗啦响，像是爱吵爱笑的孩子。三三两两行人擦肩而过，有的轻言细语，有的笑语喧哗，都是一副闲庭信步的样子，难得这放缓的节奏，让呼吸也不由地舒畅。

那么多高的低的错落有致的房子，有的青砖碧瓦，有的画栋雕梁，有的朴拙本色，像一个个个性鲜明的人，每一个，都不想忽略，都害怕会错过。不过去看看，怎么能够知道，那么多形象各异的门，掩藏着的，是怎样候君光临的场景与热情？

听听这些地方的名字吧，在"北戴河蔚蓝海岸小镇"，你怎么能不被"猫的天空之城"吸引？你怎么会拒绝去"浪Bar"欣赏海天一色的美景？在"阿那亚滨海旅游度假综合体社区"，你怎么能拒绝看看"沙丘美术馆"的展览，又怎么会忘记与一场戏剧来一次相约？走进"阿尔卡迪亚滨海度假酒店"是享受，逛逛"渔岛海洋温泉度假区"，你就会流连忘返。"沙雕海洋乐园"会让你在另类的雕塑前惊叹。

北戴河新区的风景太多太多。在"猫的天空之城"，我不能不为他们的创意折服。这是一个概念图书馆，分为两层，一层以咖啡和文具、纪念品为主，贩卖各种奇思妙想的小玩意；二层以书店和儿童区为主，是一个休息看书的好去处。另一个书店，就是令我时常想起的孤独的图书馆。它们都与书有关，主题却各自不同。在孤独的图书馆，抬头就可以见海，闻着海水的气息，听着拍岸的涛声，读一本闲书也好，闭上眼睛遐想也好。在这里，可以做一些可以让自己慢下来静下来的事情，晚了，就睡在度假村里。贴心的服务，为你准备的可不只是房间，还有温情与惬意。

忘不了在蔚蓝海岸看到的那些房舍。还没走进去，鼻子已经被唤醒，空气中浮动着似有若无的香。眼前看到的绿色是草地，又似乎是瓜棚豆角架，是各种各样的菜蔬。花开得刚刚好，一只黄蝴蝶在这一朵与那一朵之间游移。水声潺潺，那银亮的水流却躲在繁茂的绿中，一星一点地闪烁。几间房子在花与果的掩映下若隐若现，里边一定摆放着原木的长桌，贝壳的灯罩，熏香，珠帘。若果如此，定是为我才出现的吧。

在这些度假区不只是可以坐在桌旁休息，啜一杯茶，闲聊几句，还可以去纪念品店欣赏各种饰品、艺术品。我被珍珠项链、耳饰、手链的精美的设计折服，把它们拿到手里，舍不得放下。那就试戴一下吧，喜欢，就携一件回家。遇到眼缘，是一件多么令人喜悦的事儿。

找到了一处海边的小院子，想吃什么，可以自己动手采摘，豆角、黄瓜、茄子、西红柿、韭菜，不必多，难得新鲜。厨房里一口大锅，一捆柴，鱼放进去，香腾起来。小伙子笑着说，我们吃的鱼，都是刚从渔港提来的。蛋是从院落旁边的鸡窝里取的。走地鸡，土鸡蛋，就做了个最简单的炒大葱。葱在房间那头儿的畦里，拣粗壮高挺的拔三棵两棵，几刀下去，入锅。好食材，不需要要浓油赤酱的打扰，素简地做出来，不会破坏它的味道，既方便又美味。

饭桌放在瓜架下，三五好友围坐，红酒入杯，浓香入口。很久没有沉迷于吃饭这件事，米饭糯香，菜蔬清爽，肉嫩而不腻。在此，不必大声呼吁"光盘行动"，一双双筷子像是长了眼睛，连片菜叶子也不愿意放过。黄瓜洗一洗，蘸酱吃，得的是它清香的本味儿。

在北戴河新区，不论走近哪个地方，都难免会让人眼前一亮。景美，饭食美，人心更美。"偷得浮生半日闲"，对自己好一些，喘口气，才有力气去继续追逐。

还记得那句话吗？略微改动一下，给北戴河新区的各个景点做个注解，刚刚好。"春有百花秋有月，夏季赶海冬品雪。若无闲事挂心头，便是人间好时节。"

作者简介

李冰　河北省作家协会会员，秦皇岛市作家协会理事。长期从事文学创作，有文字发表于各文学报刊。

光阴的故事

栾向军

去南戴河采风于我是一件非常特别的事情，这个世界的有趣之处就在于经常会有一些让人感觉特别的事情莫名其妙就发生了，因为奇怪于自己身份的变化，我，居然以游客身份走进了曾经声息相闻的地方。

出门在外，几次有人问我是哪里人，我都说自己是南戴河人，人家又问南戴河在哪里，我只好问：知道大名鼎鼎的北戴河么？南戴河就在北戴河的对面，它们中间隔着一条清幽幽的戴河。

我是地道的抚宁人，南戴河曾经是抚宁的一部分，当年，它相当于抚宁改革开放的前沿特区。我已经在那里工作了太多年。

20世纪90年代工作的时候自己还是个毛头小子，搞工程设计，至今街面上还有几座楼是出自我的手。那时的南戴河很多地方还是荒滩，城区也远远没有形成规模。后来我又从事工程项目管理，参与的就更多了，说不清有多少楼堂馆所、高楼大厦经过我们的努力而落地，更说不清有多少条道路绿化、美化、亮化工程背后流淌着我们的汗水。

这些年，我们就像一群辛勤的工蚁，在那片荒滩上低着头爬上爬下，忙来忙去，一直也没有时间停下来歇歇脚，或者抬起头看看天空，看看这块土地上究竟发生了什么。

一次和朋友们喝多了酒，不胜酒力的我竟然昏昏沉沉地睡去，一直到傍晚才在临海听涛公寓的十四层楼上醒来。隔窗而望，前进路上车水马龙，人来人往，道路两边绿树婆娑，芳草依依，繁花似锦。一个又一个现代化建筑群如雨后春笋般拔地而起，楼房鳞次栉比，错落有致。醉眼蒙眬中，温暖的夕阳下，我们的南戴河异彩纷呈。

城的北面，仍然还有着大片田野和村庄，千家万户结束了一天的劳作，等待着夜晚的降临。时不时地也可以看到一些新的楼盘崭露头角，散落在一望无际的青纱帐里，那里将是我们未来的发展空间。

南面则是灰蓝色的大海，洁白细密的海浪层层叠叠，一刻不停地冲刷着曲曲折折的海岸线，那天的海面风平浪静，波澜不兴，就像一位脾气不定的母亲，经过多少年的忙忙碌碌，在这可爱的暮色中终于难得地安静了。她的目光如此温柔，呼吸如此安宁，仿佛正张开臂膀，拥抱着这个刚刚诞生不久的小城。

我忽然想起一个从来没用过的词汇，绝世双姝，是的，南戴河已经和那天下闻名的北戴河不相上下，她们同样亭亭玉立，明眸善睐，同样曼妙地侧坐在美丽的渤海之滨，此情此景，又怎不令我感慨万千。

闭着眼睛，我也能告诉你哪是宁海大道，哪是金海道、林海道、前进路、避暑花园、滨海花园、望海家园、滨海湾、夏都海岸，数万人口整体搬迁过来的长白机械厂，沿着洋河而建的规模庞大的首钢住宅群，数不清的宾馆、医院、疗养院……仙螺岛就像一个红色的巨人站在深邃的波涛之中，风吹浪打，屹立不朽，它是无数的赶海人眼中自然而然的灯塔，而再往西去，是方兴未艾的二小区（第二城区）、三小区（国际娱乐中心）、一眼望不到头的清香四溢的槐花海……

你让我去这样的地方采风吗？

然而车子沿着新修的公路不断地疾驰，周围人声嘈杂，我终于从回忆中猛醒，也终于发现了自己的意识偏差。

从后来的参观介绍中，我清晰无误地了解到，北戴河新区的整体规划中将建立条块分明的四区两轴，南戴河是其中的四区之一，除了南戴河，还有中心城区、赤洋口片区、七里海片区，从东到西为产业创新轴，从南到北为区域联动轴，建立一个立足沿海，辐射京津冀的美丽富足的现代化新区。

"东临碣石，以观沧海，水何澹澹，山岛竦峙……"这是魏武帝曹操的《观沧海》，我一向喜欢，他的诗词文风清健，言之灼灼，文意纵横，气魄宏大，千百年过去，碣石东望，早已经沧海桑田，地覆天翻。这一片热土方圆数百里，地势平坦，自然资源丰富，人心积极向上，它的周围，秦皇岛，唐山，辽宁，天津，北京，三面环绕；它的南面，则是一望无际的渤海湾，公路、铁路畅通，空运、海运便捷，这里拥有着现代化建设的一切条件。阳光，沙滩，海水，森林，湖泊，风景秀美，终年气候宜人，在这里建设一座新城，是怎样的一番事业，又是怎样的一篇雄文！

从大地图上看，过去的南戴河要作为一个最基础的老城区，发挥居住休闲娱乐功能。中心城区是体现管理和配套服务。七里海是一片原生态的海滨，将来要做成休闲度假区。而赤洋口区似乎是要承托新区和昌黎、抚宁腹地区域联系的重要职能。这样的规划分工非常明确。

官方的统计是，到2020年，新区已经基本完成了各类服务配套设施和绿化、道路工程建设，初步形成了功能合理、配套完善的核心区服务区域，吸引了一大批国内外医疗机构和高端生物产业项目入驻。新区内政通人和，到处一派欣欣向荣。

我还了解到，2016年，北戴河区、北戴河新区、北戴河空港区域联合成立了北戴河生命健康产业创新示范区，这是一个国家级的定位。按照这个规划，到2030年，生命健康产业创新示范区建设将全面完成，形成国际知名的"医、药、养、健、游"五位一体健康产业集群。

而这后面还有一个更加宏大的官方政策背景，那就是京津冀一体化。秦皇岛作为京津的"后花园"、河北省的旅游示范区、整个华北的休闲宜居之地，承担着疏解北京的非首都职能，平衡区域经济的重担，而北戴河新区作为这样一个高规格的定位明确的开发区必然奋勇当先。它将大力发展医疗、生命健康、教育、文化、旅游等产业，影响和带动整个京津冀的战略布局。

　　而今天，这里的决策者和建设者们要做的，正是要把这些政策和文件变成现实，于是就有了我们身边异彩纷呈的北戴河新区。

　　战略发展目标总是那样的雄心勃勃，无论是渔岛、沙雕大世界，还是正在建设中的蔚蓝海岸、阿那亚、生命健康产业园、新区规划展览馆，都为我们具体又形象地展示了这样的变化。

　　这些地方代表的是一种全新的滨海休闲模式，在那些洒满阳光的海滩上、丛林里、温泉浴场中，我看到了游人的笑意盎然，乐享其中。作为旅游项目，那里体现的不只是过去那种一日游、休闲游、购物游，而是旅居、闲适，是养生，是度假，是真正慢节奏的生活。

　　我相信，那里的开发者和建设者希望打造的，正是一片可以让所有人身心都能够放松下来的地方，只有身心放松了，才能更好地体会到归属于人本身的东西。我突然想到，一辈子很短，我们不只是要工作，要努力，也要清醒地知道自己应该怎样平衡身心，怎样平衡事业和家庭，享受生活带给我们的一切。

　　一个同学在新区工作，那天一起吃饭，他问我是否知道秦皇岛最贵的房子在哪里。我猜应该是北戴河到海港区一线的海湾那里吧，听说很多大房地产公司争先恐后地去那里拿地建房，配套设施齐全，绿化条件也好，然而他说都不是，最贵的房子居然是阿那亚，房价要五六万一平，他的话让我震惊。作为一个比较资深的建筑人，我是大概知道建筑开发成本的，过多的溢价背后，它一定是有着太多宜居的考量，换句话说，房子的价格一定不只是在建筑本身。

　　孤独的图书馆、孤独的教堂这些都是常听朋友说起的，它们就在阿那亚南面的海滩上，也是我们这次的参观项目之一。一路走下来，无论是建筑本身还是它与周围环境的融合都很有特点，颇有些新时代的代表性。除此之外，我们还参观了阿那亚里面的一个现代雕塑艺术博物馆，一个电影院，看到了里面成熟的现代化商业街区，便捷的自主交通网络，大片的住宅楼群、别墅群，更重要的，我们看到了络绎不绝的年轻的外来人群，看到了他（她）们如何以自己的方式在这里生活、休闲、消费。

时代在变化，房地产开发的模式也变了。之前我们看过的规模同样庞大的蔚蓝海岸项目也是这样的模式。

长长的观海长廊，设施完善的游泳海滩，新建的五星级酒店，颇有后现代风格的咖啡屋、图书馆、影院、儿童乐园，它们和阿那亚都是在追求和提供理想的生活方式。

我一直在关注房价的走势，对任泽平先生关于判断房价的理论颇为认同。房地产短期看金融，中期看土地，长期看人口，全国各地的房价，大多数时候都是遵循着这样的规律。它一定跟经济发展水平，跟土地供应，跟长期的人口走势是密不可分的，同样的，新区的经济在起步，土地供应量充足，不断有外来人口接踵而来，房价自然也会受到市场的热捧。

我不是经济学者，只是推测一下高房价因何而来。我们需要跟上这样的节奏。北戴河新区，这片土地承载着太多人的希望，承载着太多群体的未来，它前景广阔，任重道远，一定会越来越繁华，越来越美丽，越来越美好。

生命健康产业园给了我此行最大的惊喜。

潘纳茜医院由泰国某医疗集团投资建设，是河北省第一家外资医院。医院通过互联网平台，广泛集中了泰国、德国、日本、韩国，以及国内众多医疗专家和技术，旅游医疗，私人订制，家庭服务，他们提供的是一种全新的诊疗模式，而这样的模式，随着经济社会的发展、生活水平的提高，必将给我们周围的人群带来全新的医疗健康体验，能不能接受、谁能够受益，带给了我们新的选择。

而源自古巴的普拉德拉国际肿瘤医院对普通人来说更加陌生，干细胞治疗技术离我们显得那样遥远，我也只是在股市中看到他们大显身手，没想到他们竟早已经在这里安家落户。医疗大楼里看不到平常医院里的人声嘈杂、人头涌动，有的只是安安静静的多个诊室、实验室，宽敞明亮得让人以为是某个高级宾馆的病房，我一度怀疑这样的运营状况是否正常，而通过对方的介绍，原来通过互联网，通过代表着人类最新治疗理念的干细胞治疗技术，大多数治疗已经不再需要患者住院，不需要输液、吃药，而是以注射干细胞、调动人体机能的方式挽救人的健康。面对这样的治疗方式，我们不得不承认时代的进步，不得不更改对现代医疗的很多看法，科学并不遥远，它们就像院子里蓬勃生长的美丽的花草，那样的真实而亲切，触手可及。

这些年，年岁既长，我的心也懒散了许多，不知不觉地，喜欢上了摄影。节假日里，工作之余，总是忍不住就近欣赏一番美丽的滨海风光。新区这一带的自然环境优美，有很多让人流连的地方。

几十千米的沿海防护林每到春来鹅黄嫩绿，继而槐花盛开，清香宜人，夏季郁郁葱葱，林下绿草如茵，林中百鸟鸣唱，秋冬则万木萧萧，冰雪皑皑，也有着美妙的北国肃杀之景。行走在林荫道上，光斑点点，光影错落，无论何时，都让人不自主地心生欢喜。

洋河入海处水面开阔，波光粼粼，鸥鹭时时往来，渔人船舶无数。两岸高低错落，楼宇林立，倒影幢幢，碰上风和日丽的日子，天光水色，上下一体，真是风情无限。而我最喜欢的，仍然是那些槐木打造的渔船，看那满船的贝笼，红色的浮筒，夕阳下金色的散发着浓浓海腥味的船舷，那些永远淳朴的被海风吹得鳌黑的笑脸。近些年，海里的船越发多了、大了，又有许多人干脆换成了现代的铁船，添了很多娱乐休闲用的橡胶摩托艇，大家的日子着实是好过了许多，欢声笑语中，我体会得到他们内心的笃定和从容。

七里海是个我平时很少接触的自然生态区，它是华北最大的潟湖，更难得的是直到今天，七里海一带还保留着水乡渔村的原生态之美。有一次在七里海的边上和朋友吃了一顿便饭，给我留下了深刻的印象。湖有湖的姿态，海便要有海的风采，虽然只有"七里"，又怎能负海之名？日出月落，烟波浩渺，千帆竞发，红旗招展，万头涌动，一片繁荣景象。我最大的遗憾，当然是由于忙忙碌碌，始终没有机会深度领略它的精彩，其实我的内心里一直还惦念着它，假以时日，我一定要再去拍拍它的海滩、海浪，拍拍那些赶海人最美丽的一面。

沿着新修的沿海公路走过，国际娱乐中心，黄金海岸，翡翠岛，国际滑沙中心，渔岛，圣蓝海底世界，几大主题景区，各种休闲娱乐项目，一字排开，琳琅满目。它们真的已经抱成团，连成片，形成了一个巨大的景区长廊，让无数的男女老少、中外游客流连忘返。每逢节假日，这条崭新宽阔的滨海公路上总是显得有些拥挤，我们的新区，我们的家乡，变得越来越热闹起来了。

新区的宣传片中说1959年国内曾经拍过一部电影，片名叫作《沙漠追匪记》，据说其中的沙漠取景地却不是遥远的大西北而就在新区大海边的翡翠岛，六十年过去，它早已经不是影像里的大沙漠了。我去过那里，碧海无边，绿树团团，园中沙山漫漫，风景不错。

作者简介
栾向军　高级工程师，秦皇岛市作家协会会员，秦皇岛市摄影家协会会员。

·沙丘美术馆·

我生命中的那一簇槐花啊

一 笑

一

今年的气候反常，进到阳历五月中旬了，天气依然寒冷，让人的心不由地蜷缩在季节的某一个角落簌簌战栗。有的时候，自然的一切会不会像一个充满感知的人一样呢？在它的生存过程中，能够感知天气的冷暖，能够触摸风雪的无情，能够体会人间的沧桑。

每一年的五月，我都在期盼着七里海边的槐花绽放。真的，在那纯洁如天使家园的白色里，蕴藏着我的感激，我的泪水，我的迷醉，我的爱，我知道那里是我灵魂栖息的乐园，是我抚平岁月痕迹的所在，也是最终埋葬我的地方。

我渴望着那一片美丽的洁白，能够在我的心里永远地驻足，在我的生命里永远地支撑。是的，我知道这依然是我的幻想。在今天的世界上，一切的一切总是那么容易改变，包括气候，包括世事，包括情感。唯一不能够改变的，是我对槐花的依恋和不舍。

槐花呀，在如此的寒冷中，你们是否依然？

当我的怀念透过俗世的尘土抵达你们身边的时候，你们是否还能够记起那个一身疲惫的游子沧桑的面孔？是否还能够记起我洒在你每一簇花朵之间的笑声？

我承认，太多的俗尘已经迷失了我的心性，但在我的灵魂里，早已经播种下你们清纯的靓影，早已经镌刻了你们对我的呵护，即便是偶然的迷离，我永远是你们最忠诚的崇拜者。

那天，在灰暗的街道的一角，我突然看到一簇白色的身影。啊，城市的槐花开了，在漫天尘埃的浸染中，她依然是那么耀眼。那么，我的槐花呢？那属于我的天国仙子呢？是否也会在寒冷的海风浸洗中，披一身白色的裙裾，展开超群脱俗的美丽身姿呢？

二

我，一个沉浸在幻想里面的人，虽然满身伤痕，虽然心疼阵阵。但灵魂的疲惫总是让我渴望找到一份缥缈的爱的营地作片刻的栖息。

我知道这不能够，我知道没有一个人能够永远地收留携带伤痕的灵魂，这使我的幻想总是在枯萎与繁茂的更替中挣扎。但，我知道槐花能够，她们知道我的心思，知道我的快乐之源，她们手里攥着解读我心灵的密码。正像神的手里攥着我们生命的密码一样。

很多时候，我相信这样一个现实，在我迷惘无助的时候，总是大自然无私地接纳了我，包容了我，让我得以喘息，得以恢复。当我的泪水默默地洒向自然的时候，她们神一样地包容融化了我所有的疼痛。我知道，槐花就是这样，她永远与我同在，她永远不会抛弃我，她永远宽容我的缺点和不足，接纳我的痛苦与幸福，原谅我的快乐与爱。她并不需要任何的回报。

在现实的风雨中，她总是在倾听着我的倾诉，不厌烦地倾听着。她总是原谅我对她的情感，或轻松的，或赖皮的，或不舍的，或无理的。我知道这样的倾听是深入灵魂的那种。

神说，在宇宙里没有巧合，神在所有的路途上。我知道我的槐花做到了这一切，她是心甘情愿地做到了这一切，是毫无抱怨地做到了这一切。我好想说句感谢之类的话，但我怕错误地理解了她所有的努力。

三

很小的时候，整天在槐林里嬉戏玩耍，一直以为槐林是自然形成的，后来才知道，家乡的槐林，是为了防御海风海沙的侵蚀才栽种的。沿着曲曲折折的海岸线排列开来，形成了一道坚强而美丽的屏障。

那些直接面对大海的槐树，由于整天经受着海风的冲击，整个树冠都发生了变化，面海的一面，齐刷刷地没有一根枝条，所有的枝条都向着背风的一面延伸生长，形成了海岸独特的"旗树"景观。

如此我懂得，槐花，既有她柔弱的一面，也有她坚强的一面，她们将坚强化为抵御一切不幸的力量，而将温柔，留给她们所爱的人。

在我看来，人世间，她们才是最懂得爱的。只不过是，她们将温情转化成花朵的形态，转化成美丽的身姿，转化成一种柔情一种宽厚，并且无私地对待每一个接近她们爱她们呵护她们的痴情人。

其实槐花也是贫穷年代渡过饥荒的一种代粮食品，每年槐花开放的时候，也正是农村青黄不接的时候，家家的粮仓里没有了米，地里的野菜也开花变老了，这时候，我们一帮放学的孩子就挎了柳筐，跑到海边采摘槐花。将大把大把的槐花撸下来塞到嘴里。

槐花吃到嘴里虽然满口生香，但是不能够多吃，虽然那时候我们并不知道其中含有什么样的毒素，但吃多的时候就会出现扁桃体肿大的症状。所以，我们将槐花采摘回来，母亲先是将槐花用热水焯一下，然后掺和上玉米面或白薯面，蒸窝头吃。

这样，一直等到槐花落了的时候，沙滩上仿佛铺了一层白色的花毯，我们就将落花扫到一块儿，装袋子储存，留待冬天季节，或直接煮食喂猪，或粉碎了变成面粉状掺了其他面粉，来弥补当时粮食的匮乏。

在我童年的记忆里，槐花有一种清香的甜腻在其中，虽不浓烈，但经久不去，即便是落了、枯萎了，那种清香依然阵阵扑鼻。

那一年去一个山村旅游，农家饭里就有一种"槐花糕"的主食，精细的制作虽然使吃起来顺畅多了，但再没有了童年时候惊喜的感觉。

有一句诗说，"曾经沧海难为水，除却巫山不是云"，虽然这样比喻不太恰当，但深入生命的记忆，走入灵魂的人或事，是永远不可能由其他事物和人来取代的，它会在你的生命里潜伏、孕育、回味、思念、痛苦，会搅扰得你的心酸酸的，伤伤的，苦苦的，痛痛的，甜甜的，直到你的生命结束的那一天。但如果真的有来生，如果你相信有来生，那么你也会相信这样的记忆和感觉也会像真爱一样，带到永世的轮回。

四

槐花开了。

不为季节所动的槐花，冒着五月的寒冷，绽开了她们娇媚的笑颜。这其中，是不是有一个秘密的约定？当然我不会告诉你，因为大爱是不应该轻易说出口的，它只能够是一个心灵的默契，是一个会心的微笑，是一个瞬间的灵犀，是一个分别的挥手，是一个百劫千劫的等待。

那天中午去阿那亚的时候，突然悔悟了去年因为忙碌的失约。但听到赏花的游人发出爽朗的笑声的时候，又体会了只身的孤单。有的时候，孤单真的是人生之旅的一种磨难，当一个人渴望被理解被重视被爱的时候，内心的空落总是不言而喻的。但孤单往往又是一种享受，如果你的宿命注定了你孤单的命运，那么，就应该好好珍惜和拥有它，因为任何的喧嚣和浮躁都不可能代替自己的选择，并且成为你一生的珍贵。我渴望的是心灵的契约和相守，其他的，并不是我的诉求。

其实，槐花是一种朴素的花，她们的白不像梨花那样笼罩着一种娇艳的光泽；也不像苹果花那样以绿叶作为衬托。槐花，正像一位你心仪的女子，娇而不艳，华而不贵，美而不媚，洁而不俗，但却有一种内在的高贵在内心，却有一片深切的关心在其中。往往，她会使人情不自禁地将一份感激、一份依恋、一份亲切幻化成无限的向往，渴望她成为你永远的拥有。

阳光真好，她点亮我内心短暂的阴霾；海风真好，她抚平了我终日的疲惫；养蜂人真好，容我在他小小帐篷里作片刻的小憩……

我生命中的那一簇槐花呀，你真好，我用一生去寻觅，终于在理想的追索中盛开了你纯真的洁白，点亮了我岁月的色彩。我生命中的那一簇槐花呀，你真美，我用全部去依恋，终于在灵魂的深处绽开了你灿烂的笑颜，成为我梦中的固守……

作者简介

一笑　原名肖沛昀。河北省作家协会会员，《昌黎文化研究》执行主编。著有诗集《大太阳》《一棵会思索的芦苇》及随笔集《调味生活》，诗歌、随笔见于《当代》《绿风》《天津文学》《诗神》等报刊。

印象北戴河新区

李文斌

莫奈是印象派画家。他曾说："太阳落下去得那么快，我追不上它。"我觉得他真是我的知音，我也想说："面对北戴河新区，它的美那么辽阔，我的文字笨拙，更是追不上它。"

与我有关的戴河故事

我不迷恋，亦不执着，时间流淌的纹路，但我相信一个故事，却有着比百步穿杨还厉害的劲道。

我在昌黎一个叫刘古泊的村子里长大。第一次远行是20多年前我上大学的时候。所以，我才有大把大把的时光和那个村子混熟，尤其是村里唯一的沙河。这条河流经好多个村子，我们村是其中之一。自古改河道若干次，但还是没绕出村子。它带来大量细细的沙土。抓一把当风扬起，会看见很多金星星闪着光。细砂土慢慢聚积，渐渐成了一块块好地。嘿，种花生那是绝了，种红薯也不错。那些地因靠近沙河，所以统称沙河沿儿。四五岁的时候沙河沿儿是一个遥远的存在，也是我到过的最远的地方。走一次膝盖疼一次。

少年时，我几乎每天去那里割草、捉鱼、摸虾、扎蛤蟆……感觉也没那么远。六年级时，我写过一篇《沙河》的作文。老师说，沙河只是饮马河的一部分。饮马河因唐太宗李世民在此饮过马而得名。饮马河向东汇入戴河，流向大海。大海于我又是陌生的词汇，再一次让我感觉距离的遥远。

全班就一个同学去过黄金海岸，看过大海，语文老师让她去讲台上讲述关于海的故事，她几乎收获了我们的集体仰视。从此，大海成为我们的向往，那里面装着我们七彩的梦。

好好学习吧，等你们长大了，或许就能在那个海边买个房子，天天去海边。我们语文老师这样对我们说。这成了一粒鼓舞的种子埋在我心底。日后，每一次来黄金海岸，面对大海心里都会开出欢欣的花儿来。

1987年，大街小巷都响着张雨生的歌："如果大海能够带走我的哀愁，就像带走每条河流。"青春闲愁的我，面对蔚蓝的海，风吹丝绸般动荡，浮光跃金，天光云影共蹁跹。我常常想，哦，原来就是这片大海带走了沙河，那些儿时的岁月也随之漂向更远的海天尽头了吗？父母经常在河边劳作，我经常嬉戏、割草、徘徊……岁月悠悠，如今父亲已经安心地躺在沙河沿儿。如果人的灵魂可以自由游荡，也会顺水来到海边或者去向比海更遥远的地方吧！成年不能时时刻刻回到家乡的沙河。如今，北戴河新区成了沙河的家。所以我将这片海当成我心灵的庇护所。累了、烦了在细细的沙滩上踩踩，朝向远方眺望，浪花朵朵，海风阵阵，它带走了我的忧愁，也带走了童年的河流。

"泡温泉"的圆与缺

温泉水滑洗凝脂，本该是帝王家的享受，如今归入寻常百姓家。

"泡温泉"这个词，我不陌生。从小就听说，谁谁去李念坨泡温泉了，温泉是地下冒出来的热水，洗一次一毛钱。但只是听说而已，李念坨距离我家五里地，倒是不远，走也能走去。可我家没有这份闲钱，我家一年的结余就几块钱，盐都得省着吃。想去泡温泉要花那一毛钱"巨款"，那除非是做梦去。越是得不到的，越是眼馋，眼馋了很多年。我觉得我妈也很羡慕那些能泡温泉的人。只不过她是大人，善于隐藏眼馋而已。

所以，近几年，渔岛开业了……渔岛火了……渔岛有大型优惠活动了……各种消息不胫而走，人们去渔岛泡温泉的热情高涨。我多么渴望带上老妈去泡一次温泉，让她也享受享受这曾经心心念念的美好，弥补年轻时受穷受苦时的种种缺憾。真的，她完全可以由着性子来，一天泡不够，还可以在渔岛配套宾馆里住几晚，泡上个三天、四天都没问题，现在我能出得起这份钱。牛奶温泉、红酒温泉、硫黄温泉……变着花样地泡，让她在水汽氤氲中美容养生。亦真亦幻，宛如在云雾中做神仙，感叹今夕何夕。

盛开的温泉花园，浪漫温馨到了极点。一片椰岛风情环抱着室内的温泉池，温泉池环抱一汪顺滑温暖、富含微量元素与养生因子的泉水，这水又环抱着泡温泉的人，音韵袅袅，香风阵阵，泡一次足以让人魂牵梦萦一辈子。

室外的温泉池，更添了几分神奇，可以泡着温泉，看大海，看风云翕张吞吐时光。身子是暖的，但头发却能被海风吹得欢快地飘起来。人生若此，夫复何求？这也是享受人生应有的样子。

还有普罗旺斯香草园，未到其园，先闻其香，因为有风成全，风因为有香更显得缠绵。香因了风才有飘逸的格调。薰衣草那一大片梦幻紫，感觉很轻、很轻。几乎害怕自己搅动空气，让其消散飞升。徜徉在薰衣草园中，人情愿做一个小孩，让梦的精灵统治，在薰衣草的香气中安眠。我还可以给我妈买薰衣草的枕头，薰衣草的香水、精油。只要我妈喜欢，我都能买给她。

当然，我还可以带她看好莱坞的表演秀，演员能骑着摩托飞来飞去，看客们提着一颗心看着，几乎能惊掉下巴。但一切特技都有惊无险，吸引眼球而已。我会絮絮叨叨，各种碎碎念，把这些提前告诉她，不让她那有点心脏病的心为演员的安全担心。我可以带她吃各种海鲜，有刺的我可以替她挑刺，有壳的我可以替她剥壳，她眼睛有点白内障也没关系。腿脚不灵便，也不要紧，我可以用轮椅推着她……

我多么希望她和我们一起去渔岛玩……我费尽唇舌，三番五次地说啊、说啊……最后，我都觉得自己说厌烦了。我妈还是不忘初心，坚决地说："不去！怎么说都不去！"

说不好是她不愿意接受新鲜事物，还是心疼钱。她总说，人老了，生活要少点折腾，天天一样儿才好。富裕时，更要想穷困时，钱不好挣但好花云云。我软磨硬泡各种说辞，都不行。最终只能赌气加生闷气，甩甩手不管她了，收拾好旅行包领着欢天喜地的孩子出门去。临走也有负罪感，觉得应该带上她。

在渔岛的温泉浴池里，水质顺滑酥软，水温暖和安适，我们就像春天清晨的山雀梳洗自己的羽毛，雀跃着心情，知足一切皆圆满，难得神仙般地享受，也可以随时获得，哪怕是冰天雪地的冬天也可以，这可是古代帝王也难以企及的享受高度，生为现在的秦皇岛人，真是有福！但，某个闭眼放松的时刻，一个念头总是倏忽而来，我妈要是也能来这儿多好。我们下次来这儿，一定拉着她来。

"妈，咱不说温泉，妈，摩托车手能凌空飞起，帅得青山小朋友的嘴久久合不上，昨天晚上做梦竟喊起来，让他骑摩托车也飞起来吧！妈，你该到现场去看看……"我又一次絮叨。我妈依然坚持初心，说："不去！……"

让伤口疼成一道光——印象沙丘美术馆

谁没有在暗夜里哭泣，让伤口疼成一道光，谁就不足以说人生。我想沙丘美术馆的设计者也是这样想的。

从北戴河新区采风回来，我做了一个奇幻的梦，梦见各路天神在天空割据一方，然后敲敲打打各色云彩，把整片天空变成云上雕塑艺术展览馆。我仰望这样的天空，不能言语，贪婪地想把各种美都吸入心底。我觉得身体在变轻，真个是"我欲乘风归去"。有个声音在盘旋、碰撞、回响："云想衣裳、云想衣裳、云想衣裳……"是诗仙李白吗？正要追寻，忽而就醒了。但梦中情景在心中停留回味良久。真美！

我知道这是我看了北戴河新区沙丘美术馆感觉到了巧夺天工之美，受到疼痛与光的冲击，进而延伸到梦里。展出的雕塑各有不同，他们的相同点是每个完美的形体背后，都有伤痕，做旧侵蚀出伤口的孔洞，难以愈合，最终闪现出水晶般的光泽。突兀，真是突兀，夸张变形，与完美不和谐，那伤口就那样大张旗鼓地裸露着、呻吟着，不仅展示疼痛，也凝练水晶般的光泽。完美的事物总显得虚浮，伤口的疼痛，能让记忆滑过时间时出现卡顿。疗伤需要时间，时间会让一切消失，但忍过伤痛的神经会活得更久长一些。

沙丘美术馆悄悄地隐没于沙丘之下，由一个个异形白色洞穴组成，仿佛桃花源一样，里面豁然开朗，别有洞天。它更像一个大海推给人类的秘密，否则，它就不会故意将自己隐藏在沙丘里，大海永恒，沙丘随海赋形。这个洞穴仿佛也愿意将自己捧给大海，作为艺术的献祭。用艺术来诠释沧海桑田的记忆。每个展厅几乎都有朝向不同、不规则的天窗，在一天之内有自然光。一个个幽深的洞口，足以调动你的好奇心。雕塑给每个人岁月侵蚀的沧桑感，地上铺满蓝色的沙子，美术馆随处有空洞和透明的玻璃窗，让你和大自然形成隔而不隔的效果。幸运的沙丘在无声地呐喊，沙丘能变迁但艺术不能。人与自然的平衡就像沙丘与大海一样。艺术和人通过心灵来沟通。思索、沉默都是力量与美在拉扯。人性借艺术之名显形成雕塑，也可以流动成音乐伴着涛声起伏。在这里，人心净化之后，面对着大海只想顶礼膜拜。

读书的灵魂不孤独——海边的图书馆与礼堂

长空云锦轻，碧海白鸥鸣。于此读书、冥想更接近温暖的灵魂。

亲爱的，今天是你的生日，我了解你爱书、爱猫、爱海，所以我送你浩瀚的书海，我送你猫的轻灵、海的阔达，但这一切不足以表达我对你的爱与感激……天空之城书店老板对老板娘如是说。

在猫的天空之城这座书店里，我听友人讲这座书店的缘起。我脑补画面，始终觉得店老板和老板娘的面目模糊，但这种奢侈的浪漫弥散在空气里，清晰如大海的涛声，如面前猫的蓝色瞳仁，真的好分明。

轻轻地、轻轻地如猫的脚步，时光匆匆，光影斑驳，雀跃着一颗心。静静地、静静地，拿一本书，沐浴文字之光，在阅读中，让书香和心香交互碰撞、交融，人生若此，怎一个"美"字了得！真想一辈子就永恒拉长成海边看书这一刻。

在猫的天空之城，是可以点咖啡饮料的，也有简餐，泡上一天也有吃有喝，就着大海送残阳，何等惬意。这里完全是生活变慢，贴近精神的感觉。离海咫尺，离幸福的本质更近。如果有人烦躁，会望海息心。跳脱出日常，看一本书，时间长了，闭上眼睛，眼皮隔绝光线，心中寂寂，耳边唯有涛声，宛如心曲奏响，自我倾听，低吟浅唱在自我的世界中回响。个中安然只有身在其中的人才懂。

除了猫的天空之城海边书店还有孤独图书馆。

孤独图书馆是极简风格，甚至楼梯外装几乎都没有，就是简单略深的沙滩色。阳光会透过细窄的风道，洒下光斑慢慢游弋。书上心间，这就是时光存在的方式，慢慢渗透在时间缝隙里。坐在每个座位上的人，一抬眼都能看见大海。大浪淘沙，涛声阵阵，因为有大落地玻璃窗做画框，海得以风景画的形式呈现在人们的眼前。

阿那亚礼堂与孤独图书馆是不远的邻居，那是凝神思考的地方。白天读书，夜晚思考。它是海上的教堂，对着星辰大海，去关注心灵升华、安静沉思，不求精致和浪漫，但求精神的富足与安详，灵魂皈依的场所全都是素白色，干净纯粹。

所以，新区的海边是文艺的、浪漫的、任由精神飞翔又栖息的地方。安顿身心的海边有映照笑容，篝火的明亮；也有照亮泪水，摇曳的星光，这一切都向海而生。

其实再美的风景也是风景，让我迷恋的是深爱新区的那些人。这里的人天天乐乐呵呵的，尽管忙忙碌碌的。邻居老大爷，天天开个三轮车，带个摩托艇去海里打鱼。然后，把打上来的鱼以很低的价钱，半卖半送地给大伙尝个新鲜。

他说，就是个玩，就是个意思，闲着难受。

我家吃过他打上来的燕鱼，新鲜得很。他曾经是个汽车设计师，走遍大半个中国，最终，因为喜欢这片海而定居于此。于是天天看他白天鼓捣他的三轮车和打鱼的设备，晚上去出海。当你眺望远方时，说不定会看见他的摩托艇。像这样爱着海的人很多，那些平时省吃俭用但买最贵的潜水装备的潜水员，那些每天打卡海边的晨跑爱好者，那些海里游泳、海边垂钓者……就连海边捡垃圾的环卫工人也说："每天在这里工作，让大海变干净，真美气！"……他们生于斯，长于斯，大海就是故乡。他们一旦离开这里，就会随随时想着是否海上浓雾起，那就是乡愁在蒸腾。

北戴河新区不仅是众多网红打卡地，他们美则美矣，且听风吟，且看海阔，乐此不疲。这里更是普通老百姓的康养胜地，它真的很接地气儿。据说，北戴河新区的某科研机构正在研究，将人年轻时的血液保存起来。若干年后可以用它作载体，进行干细胞培养移植，以期待应对各种老年病。

生逢灿烂盛世，与北戴河新区比邻而居，何其幸也！

作者简介

李文斌　河北省作家协会会员，河北文学院2014—2016年度签约作家。作品散见《长城》《天津文学》《东方少年》等杂志。

海的序章

叶 子

大海，是我决意留在这个城市、义无反顾做一个异乡人的唯一理由。每个季节轮换，每个晨昏交替，每时每刻，海把时间羽化得处处弥散，又无影无形。一万个瞬间，又似一个瞬间，呈现出相异也相同的风情。看不够、读不够的海，持续吸引着我，使我成为一个不折不扣的海的朝圣者。

走进北戴河新区，当然也会走近天光与海色。不放弃每一次接近海的机会，是我对海忠诚的表达。于是，那些细碎的过往，微妙的时光，随着与海的再次相会，一一涌现。

海 的 情 绪

从梦中醒来，看到透过窗帘的一缕阳光，意识到自己又睡了一个惬意的懒觉。昨晚，和朋友相聚的笑语还萦绕在耳畔，茶的清香还遗留在唇齿之间，屋里柔和的光线，应和着我的心情，慵懒而放松，是我喜欢的闲适。

推开窗，海的气息扑面而来，初冬的风已透出凛冽的寒意，尤其是近海的高楼，强劲的风便是这里的常客了。喜欢被海风吹。春天，喜欢海风带来的温暖讯息；夏天，喜欢海风吹来的暧昧潮湿；秋天，喜欢海风裹携着清冽的微凉；冬天，喜欢海风粗犷的抚慰。

远处的海，在阳光下波光粼粼，泛着诱人的光华，离码头不远的海域，几艘轮船、点点白帆似归来的游子，徜徉在母亲的怀抱，若静若动，享受母亲无私的关怀。我是幸运的，可以临窗看海，与海默然相对。因为知道自己的幸运，所以愈加珍惜这机缘。每个晨昏起始，每次欢喜落寞，每回得意失意，我都会与海分享，向她倾诉我的快乐忧愁，诉说我的兴奋平和，这仿佛成了生命中的一部分，不可分割，不可或缺。我知道，今生今世，与海有约。

通往海边的路，熟悉得不能再熟悉，数不清走过多少次了，每次的心情，似乎都很相同，那就是迫切。这个冬日，这个周末，我依然迫切地想去看看那片海，想让自己的心灵和身体做一次朝拜式的近海之旅。

我知道，这吹在脸上的风，是大海送给我的礼物；我知道，这彻骨的寒意，是大海迎接我的目光；我知道，在我抬头之际，海就会出现在眼前；我知道……尽管我知道，尽管一切了然于心，但我，还是抑制不住内心的驿动，不禁在心里低语：海，我来了！

记得多年前，读过杨锦的诗《冬日，不要忘了到海边走走》：

不要总是在八月去看海

不要总是在人如潮涌的季节去看海

如果你喜欢海，就该记住

冬天，不要忘了到海边走走

这轻轻的语言，提醒我的心灵：冬天，不要忘了到海边走走。于是，从那时起，我便有了冬天到海边走走的习惯。海在包容万象的同时，也有自己的情绪。既然今生与海有缘，就让我与海体己地相处吧。

冬天北方的海边，没有海南沙滩迤逦的南国风情，更没有碧海银沙的诱惑，有的只是静时的深邃旷远，动时的呼啸怒吼。如果接受海的温柔，就一定要理解海的暴躁；如果领略了海的妩媚与坦荡，就不该责备海的愤怒与咆哮。站在沙滩上，让海风透彻地吹着身体，用我的身影和双臂拥抱大海，以我深深浅浅的脚步，在赤裸的沙滩上书写对海永恒的眷恋。即使是深夜，即使是晚秋，即使是寒冬，我都愿意到海边走走，听海在欢乐人潮散去后的悄悄独语，洞悉海的欢歌与哭泣。

海风中，海浪在舞蹈，那是海孤独的身影；海风中，海浪在咆哮，那是海寂寞的语言；沙滩上，反扣的小船，那是海渴望的归依。悲怆、灰暗、阴沉的颜色，那便是天地混沌一体的冬之海。不管有没有雪，有没有暴风，有没有远航的船，我都会来看一看冬天寂寞的海，像看望久别的朋友一样，给海一点儿微小的安慰，不让冬日的海在孤独中感到忧伤，让海知道，有那么一个朋友，四季都揣着对海的关怀与向往。

当我像一个任性的孩子奔跑在沙滩上，海就似宽容的妈妈，轻拍海岸的浪声，是对孩子无微不至的提醒；当我如妈妈般怀着爱的心情来看海，海就像淘气的孩子，浪花痒痒地舔着我的脚丫，撒着娇，我不禁低下身体，触摸那一波一波涌来的潮水……海的情绪，不断在我心底书写着新奇与神秘，吸引着我一次又一次到海边走走。

我愿意，做一个海的痴情守望者。人在旅途，步履匆匆，谁是谁生命中的过客？谁又是谁生命中的轮回？不管岁月如何更替，时空如何转变，我愿意守望着这片海，点亮一盏守望之灯，在夜的深处，在寒冬的凛冽中，在精神的高原上，让灵魂在海边舞蹈，让生命超越一切尘世的浮华，感受生命之快乐，感知生命的凝重与多彩，抚慰心灵的创伤，纪念逝去的美好，寻找失落的梦想。

也许，我对海微不足道的关怀，无以抵挡海的苍茫与辽阔，但我只是卑微地希望——欢乐人潮散去后的海，不会孤独和忧伤。

初 冬 的 海

清晨，沿着滨海栈道一路向西，身旁大海相伴，北归的鸟儿在头顶盘旋，海浪声伴着闲闲的脚步，初升的太阳把身前的影子拉得很长，没有丝毫寂寞的感觉。初冬了，平日熙熙攘攘的海边已变得清寂，但我喜欢这种空旷，冷清却不萧瑟，贪婪地享受着蓝天大海、晨曦候鸟的陪伴。就这样走下去，简单地走下去，不思不想。

空气是新鲜的清洌，从鼻腔直到腹肺，整个人像刚刚被这清冷沐浴过一样，自内而外散发着朝气，没有丝毫瑟缩，这种通透的感觉，有多久没体会过了？一直混沌在自己的世界里，麻木地行走在每天的时光中，倏然清醒时，却发现这一年又要稍纵即逝了，没有总结，不愿回顾，只想倒空。在这个清晨，面向大海，倾心所有。

海面泛着微微的亮光，那海水是有灵性的，一波一波地向沙滩涌来，不急不缓。那节奏，是低语倾诉，也是按捺不住的欢唱。即使这海水知道，下一刻，可能会被冻成凝固的姿态，也仍然执着地奔向沙滩，海水清楚，不能错过与沙滩的每一次相拥，而它也相信，终会有来年冰雪消融的一天。当你面对大海时，会发现压抑的不快、积累的沉闷，已经不知所踪，甚至让你沾沾自喜的小快乐，也在心底不留痕迹。能放下的，都会放下，不能放下的，也悄悄躲了起来，怕被这海风涤去，再没时机占据你的脑海。

多年来，习惯了海的陪伴。喜欢海浪拍岸的雄浑之声，海浪涌来，以昂扬的气势拍击岸边的岩石，那浩瀚之气，那无以抵挡的声势，破空而来，全力一击，浪花飞溅，在空中化为精灵的舞蹈，闪着晶莹的亮光，之后再回归大海。即使是海浪击岸退去，也尽显着恢宏的气象，全无英雄末路之感。喜欢海风的吹拂之力，秋去冬来，海风变得愈加强劲，这种时候，人们往往不愿到海边，那些偶尔冒出的"去海边吹吹风"的小资念头，不是真正喜欢海的人具有的。一个对海有感情的人，同样喜欢那凛冽的海风。迎风而立，临海而歌，那透彻的快感，你可体会过？站在海边，任海风把头发吹得如菊花般绽放，任海风把衣衫吹得像面包般鼓胀，在耳边呼啸而过的，是海风的呐喊，脸上感觉到的，是海风的凌厉，那是有性情的风，那是豪迈的风，那是不折不扣的风！

记得上学的时候，每个早晨我都会从学校跑步到海边，站在朝阳初升的海滩上，尽情享受晨阳的抚慰。这时的海边，静静的，走在松软的沙滩上，看着自己深深浅浅的脚印，听着海浪"哗哗"地低唱，新的一天，便在笑容满面的清晨开始了。那些时光，基本是无忧的，即使有心事，面对大海时，纷扰心神的事情也会变得渺小，只会专注于海的韵致，专注于心灵与海的交流。

最喜欢的是，小雨的时候，去海边走走，打着伞，让雨水和着海水舔着脚丫，耳边是雨滴和伞协奏的天籁，脸上是潮湿的微风轻拂，清凉惬意。通常，这种时候，我总会和姐姐一起享受，说着闺蜜的知心话，发着"少年不识愁滋味"的牢骚，听着喜欢的歌……那份舒适与温馨，是刻在记忆板上最甜美的回忆。

慢慢地，疏离了海，一年去海边的次数，越来越少。借口很多，忙事业、忙生活、忙这忙那，唯独没有留时间"忙心灵"。终于，在这个初冬，让自己回到了海边，涤荡尽心底的尘埃，深呼吸。

这世间，每种事物都有自己的生存之态，金骏眉不会因为自己的浓郁而羡慕龙井的清澈；铁观音不会因为自己的馥郁之气而模仿普洱的浅淡之香；沙滩不会因自己的安稳而追求海的灵动；初冬的海，不会因为清寂而放弃对严寒的向往。同样，我，只是我，不会因为遭遇寒冬，而拒绝对春天的畅想。

初冬的海，在我身边，以它特有的寒冷、特有的风情、特有的性格陪伴我。

一个人的海

一年的最后一天，难得没有事情追着。于是，给自己放了半天假，算是对一年忙碌的犒劳。总是羡慕从前慢，但当节奏真的放缓下来的时候，还真有点儿无所适从。清理了一下有些茫然的头绪，我想去海边。

说走就走，一路向南。路上车少人稀，喜欢这清寂。降央卓玛低沉、浑厚的女中音在车里回荡："那一日闭目在经殿香雾中，蓦然听见是你诵经中的真言；那一夜摇动所有的经筒，不为超度只为触摸你的指尖；那一年磕长头匍匐在山路，不为觐见只为贴着你的温暖；那一世转山转水转佛塔，不为来世只为途中与你相见……"设了单曲循环，只听这首歌，喜欢。

沿着海边慢慢行驶，偶尔有车驶过。近处栈道上三三两两的人在走，远处海岸线悠长蜿蜒，恰好的安静，恰好的空寂，一切都是刚刚好。把车停好，我没动，静静地坐着，享受这久违的安闲。多久了，没有这样闲适过，久远得寻不到蛛丝马迹，似乎总被埋没在繁复的事情里，浮躁着不得安宁。我是那么浅薄笨拙，无法从琐碎中脱离出来，不能许自己一段幽微的岁月，寄放这颗名缰利锁的心，只能任其在浊世狂涛中载浮载沉。而此时，就在岁末的这个下午，我终于下决心放纵一回，不去惦记家里的老小，不去关注没完没了的工作，不去寻找朋友的陪伴，只是自己，一个人，私密地和大海约个会。

这片海并不陌生，这里曾留下我青春飞扬的脚印，曾记得我大起大落的悲欣，曾浓妆过我无所顾忌的浪漫，也淡抹了我细水长流的深情。今天，我又姗姗而来，只带着一颗娴静的心。

天空微濛，阳光有些吝啬，风虽不那么强劲，却也凛冽，悄无声息地侵入骨血却又若无其事。我裹紧大衣，走向松软的沙滩。海面波光粼粼，银光此起彼伏，散发着萧冬无尽的寒意。站在那里，任海风把我的头发吹起，像寒冬安驻在树头的鸟巢，一意孤行地睡在风里。我的心，无比澄明素静，没有犹疑不决的纷扰，没有悱恻缠绵的怀想，没有如丝如缕的牵绊，没有患得患失的过往，只有当下。

我，站在风里，是如此飒爽快意，是如此淋漓酣畅。海水平缓起伏，款款地涌上沙滩又优雅地退去，像在等待一个久违的朋友，不需要太多语言，只要看着对方的眼神，便知彼此的心意。目光看向远方，几艘航船点缀在海面，无比开阔寂寥。我什么都不想，只是静静地看着眼前的一切，感知海的无涯无边，感知风的无色无源，感知岁月更迭的无声无畏，感知低温而热烈地活着的我的渺小……

回到车上，《那一天》又在耳畔响起，把刚拍的海的照片发到微信同学群里，我说："可还记着这片海？"很快有同学回复："和从前一样！"我说："我替你们看过了。"同学们你一言我一语地热烈回复着。是啊，到了怀旧的年纪，谁能不慨叹，谁能不回首，又有谁能不伤感，但是无悔。

不算明媚的阳光柔和地洒在大地上，我意犹未尽地驶在沿海公路上，索性又把车子停在路边，随手拿出放在车里的一本书看了起来，感觉如此惬意。这样的体会，得未曾有。你分明就在我身边，我感觉到你温情的目光注视着我，我感觉到你温暖的大手抚触我的脸庞，我甚至感觉得到你温热的呼吸在我发际荡漾。其实，你离我那么远，远得非我视力所及；可是，却又那么近，近得能听得到你心跳的声音。我的心充满感恩，充满暖意，没有一丝一毫的孤单和清冷。是的，我真切地知道，不论我在哪里，你都在我心里，陪伴着我，懂我的悲喜和冷暖。

这本名叫《幸福是杯下午茶》的书还在我手里，我许了自己这么一杯名叫幸福的下午茶，一个人独享。这杯异乎寻常的下午茶显得那么珍贵奢华，是浮世抽离出来的云水禅心，是前世承诺过的握手相许。不言，不语。此刻，心海如澜。想起在杭州的那个下午，独自游荡在熙熙攘攘的街头，耳边突然响起江美琪的歌——《亲爱的你怎么不在我身边》，我呆立在那里，这首十几年前的老歌，是我八年来不曾更换过的手机铃声，下意识地摸手机，它不声不响。我仿若他乡遇故知，惊诧而欢喜，眼眸间有潮湿的暖。那个下午，这场蓦然的邂逅，带给我无可名状的隐秘欢欣。就如这个下午，我一个人与海的约。

是啊，亲爱的，你怎么不在我身边？我多想与你一起共饮这杯名叫幸福的下午茶。隔海相望，隔着一个传说的距离，握着韶华，握着风霜，山叠云重，心却仍未肯老去。怎么能甘心就此老去呢？你懂得，我所求无多，只愿在一天忙碌之后，回到家里，和你一起吃碗热气腾腾的鸡蛋面。

我发动车子驶离海边，驶在岁月纵深的纹路里。行至那座偏僻甚至荒凉的塞外小城，行至山脚下的那个下午，行至下午那一瞬间的不经意，就是那一瞬间的不经意，绽放出了世间的绝美。这绝美，散发着迷人的芬芳，氤氲在绵长柔软的时光里，自成传奇。捧着这盏下午茶，暖意在指尖悄悄盛放，虔诚地独自静饮，纪念岁月深处这一抹微澜。

海 的 月 夜

冬夜，静朗。驱车到海边，只因喜欢冬天的海，只是想去海边走走。下车，却与海的月夜蓦然邂逅。给了我结结实实的喜悦。

清晨，浓雾弥漫，天像没睡醒的样子，混沌未开。而此时，劲风凛冽，吹尽一切尘埃，天际如洗，澄明静谧。走向海边，风吹起短发，吹起衣袂。肆无忌惮地钻进鼻腔，洞贯腹腑，整个人都变得清明起来，要与这劲风融为一体了，却又在不经意间游离于外。站在风里，似要屈服于风而瑟瑟发抖，忽而又挺直脊背迎风而立，是谁给了我迎向寒风的力量和勇气？

从小在风里长大，在风中奔跑，西西伯利亚吹来的风自有万钧之力。记着被风吹红的脸蛋，记着风中飘扬的长发，那落在风里的串串笑声，还回荡在耳际，而我，已走过山迭云重，走过江来河往。

劲风下，海浪像一群桀骜不羁的烈马，随着风势奔腾而来，又席卷而去，放荡嚣张。扑上沙滩的海水，泛起层层白沫，似裙裾的蕾丝，蜿蜒妩媚又自有骨力。白浪呼啸，海风刺骨，不禁裹紧大衣，而指端，缱绻着你的温度。

仰头，与一轮圆月撞了满怀。那轮月啊，宁静美好，高不可攀，刹那间倾了我的江山。清月高悬，几颗星星钉在天际，寂寞空灵。没有"海上生明月"的悠然温婉，是荡气回肠的高冷狂野。让我的心间，也渐渐升腾起一种未曾有过的情怀，坚定饱满。

曾无数次来过海边，曾无数次见过海的夜，但遇见这样海的月夜，还是命里的第一次。月色澄澈流泻，洒在海面，洒在路上，洒在掉落了叶子的树梢，仿若一双温柔的手，抚触北方寒冬的萧瑟。给线条硬朗的建筑物蒙一层薄纱，给深邃的海面洒一把银光，给我披上一袭锦衣，在风中独舞，影徒随我身，我舞影零乱，是痴了，还是醉了？

想起月下的宏村，想起月沼那一泓水，还有那杯销魂的桂花酒，袅袅于唇的香气犹在，白鲢的心事犹在，此时，在山高水远的海边月夜，人如是，情如是，景叠合。没有面北思君的凄冷，没有饮尽风雪的萧然。月色如银，涤尽心间杂念，心无旁骛地守着身边人，缘分一如参禅，顺遂心意间。

月色中回到车里，顺着沿海公路向南，在蔚蓝海岸泊了车。很奇怪，短短的时间，不远的距离，这里的风已收梢。海面不再白浪翻腾，海水像一匹温顺的马儿，款款而来，徐徐而去，宁静优雅。天空铺陈开来一张宣纸，是谁挥毫画上了这轮圆月？笔锋由浓转淡，画出月的清影，那将满未满的边缘，可是走笔搁一半？心间纵有千军万马，面对这轮清月，也会变得安静清宁起来。我不敢瞬目，怕眨眼间，失了那轮月、那颗星而心神黯然。

沿着海边走，没有一个人来打扰这清静，有种荒村野桥寻世外古道之感。月色被一张大网从海上打捞起来，洒在发间，洒在身上，洒在鼻山眼水。而我，想执一柄岁月的银勺，舀起这月色，藏进衣襟，记住执子之手的逍遥。只待春来，把这月色种于土地，开出一丛艳丽的花儿，等藤蔓越过悬崖峭壁来攀。

月色不独属于我，而我却独享月色。走在海边，走在风里，走在月色里，我像一个精灵，悄悄享受着上天恩赐予我的这个夜晚。揣着一颗纯净的心，守住一个甜美的秘密，只愿以后所有的日子都温柔相待。

坐在车里，不再有古往今来的怀想，只是感知夜的无际无边，风的无色无源，海的无限无垠，月的无浊无声，还有不言不语的陪伴。月色下，我想变成一尾银狐，缠绵进隔山隔水的你的梦里。

作者简介

叶子　河北省作家协会会员，河北省散文协会会员，秦皇岛市作家协会理事。作品散见于《散文百家》《当代人》《开发区文学》等报刊，并被收入多种年选。

时光里的阅读

向 北

一

光线从窗帘缝隙中投射进来，带着些许温暖。这是初春的早上，房间里有点冷，我赖在床上不愿起身。

窗外传来李健的《传奇》，悠扬而略带感伤的旋律总能与我的心性契合，每一个音符落向的远处是一个可以让人思念过往的地方。实际上，这首歌不知道听过多少次，我沉浸其中，能远远地离开现实的羁绊。我可以忘却，可以还原，可以在人情冷暖中感知爱的分量。

一首老歌像是被岁月犁过的湖面，留下了一道长长的波痕，我愿意这样形容，是因为那份由来已久的幸福感正在被一种细微的意味繁复着，涟漪一般地扩张。

倘若此时让记忆隐逝，那涟漪又片刻旋成回浪，与窗外的声响丝丝叠加，愈发泛起曼妙的春色。是的，这春来一天有一天的消息。关心云的变幻，关心草的枯荣，关心潮的消长。每关心一次，我内心担负的就会轻了一分，减了一寸。

其实，我并非留恋蔚蓝海岸的新奇，却总是会被天边渲染的晨光、轻波漾起的涟漪、鸟翼回旋的气浪所打动。而夜晚，窗外的海水凝结成暗流的镜面，反衬着月的清辉。只有静，未闻鸟语，未闻虫鸣。只有

199

静，未见浪起，未见枝动。我自可以忘却过去和现在，忘却牵念和憧憬，忘却忧伤和感喟。我只把心托付于香草的清风里，寄情于迷醉的星光中。

怎能忘！若你恋花的美，这里多的是斑斓的锦毯；若你恋鸟的歌，这里多的是婉转的乐音；若你恋人的好，那些挥手的邻居、微笑的路人、甜蜜的爱人，会如此轻易地拥你入怀，让你深醉于湿润的幸福里。于是，带一本书，走几里路，躺在软草中寻梦去吧，蔚蓝海岸，成为我梦想栖息的地方，也是我无法释怀的另一种乡愁。

今夜，我独坐在浪Bar之中，只想让自己沉静下来。

我在橘色的台灯下读书，在昏沉的房间里写字，或者靠在松软的沙发上养神。此情此境，与任何人都不沟通，我只想用文字描述这些天的变化，但逝去的部分已经难以确定下来。我希望身心得以平和，这样，我的感怀才能得以安定，才能让此时与彼时的我，完整地保留在这个春天里。

合上书，就这样安静地坐着，感受窗外潮起时传来的律动。这律动细碎而持久，时而，与散淡的心思暗合；时而，把琐碎的事件藏匿一处，然后就有了守望的意绪。

记忆像是一道虚掩的门，我们走过的路径就遗失在循环往复中，如同一棵不断生长的树，暗自增加年轮，却始终无法充盈心灵的幅度。唯我已期待许久，渴望许久，努力许久，用一颗诚挚的心去迎接不可预见的未来。

春天总有它的不同，当我双手合拢时，那些祈福的言语就被压进厚重的册页里。那么，从现在放眼望去，窗外的世界必将是春暖花开、树木葱茏。而我也愿意收起旅行者的脚步，就坐在树下，聆听时间滴落的声音。

二

我搬到南戴河居住大概十年之久。在居住的那段时间，我写下很多文字，它在我的生命里镌刻下来，我把这里视作回忆中的一个栖息地。譬如，我时常会想起站在阳台上看风景，我享受这份观赏带来的愉悦，它使焦躁的心渐渐地安稳下来。

那段日子留有一种奇妙的滋味，丝丝缕缕的光阴酿成一杯红酒，我以自己的方式与往事干杯。现在，我亦常在阳台上看风景，只是和那时的心境完全不同。

有时，我会在阳台上想着一些人和一些事。更多时，我会在这里阅读一两本书，一直看到天色微暗，对面楼宇的灯火一盏一盏地跑进房间里来。

从房间到楼下必定经过一个露台，冬天下雪的时候，露台会积下厚厚的雪，踩上去，就留下一排清晰的脚印，等回来的时候，还会踩着脚印走回房间。有几次会遇到邻居，也只是擦肩而过，像是又扯开了缝。

下楼，过露台，再下楼。或者上楼，过露台，再上楼。不怎么长的一段路仿佛要走很久。常常在想，我怎么就忘不掉呢？不是刻意去想，记忆的水墨旋即浮现于眼前。搬家的时候，是一个很热的中午，我站在被阳光晒软的露台上，眼望着，觉得还是远，那露台，一直在延伸，孤独的样子，把一再品味的苦涩重温一遍。

我在南戴河居住的这段时间里，能够完整地察觉到内心的变化，诗情与理性，激越与沉静，悲悯与淡泊，不再突兀和冲撞，而是积淀出一个圆融的情感世界。

这段时间休假，睡足了起身，去"猫空"和朋友聊天。"猫空"很安静，淡雅的格调，低垂的光线，舒缓的音乐，稳稳地把四周的嘈杂收拢起来。

渐渐地，我在旋律中开始走神儿，目光飘过的窗外，是一条滨海的街市。我像是在寻找什么，一个熟悉的人，还是一件难忘的事，从我眼前一闪而过，倏地深入时光的远处。人真是奇怪，身居斗室，思想却可以驰骋千里，当我想追回此前的心事，接续的反而是一些零落漏空的片段，有离去，也有重返，隐隐地浮现于眼前。

有一次，我从桥上走过，要去见某个人。我记得是在暖和的下午，海水闪着跳动的光线在桥下轻快地流动。我不由自主地停下脚步，双手扶在栏杆上。我看到了天空飘动的云，还看到一些人和事，都与我有关。实际上，我并不能真切地身临过去，思绪像风从指尖穿过，我待在这样的空档里，这只是自己抒写的一段时光而已。

我要见的人还没有来，接下去等待的时间也变得明朗，成为一次记忆的旅行。我想，在以后所经历的日子会沉浸在过去的光阴里吗？若然如此，我是否会想起这一天？然而，时间之河走得有多湍急，都是成长的不可抗拒，它使我在个人的生命里，淘到了最为圆润、最为安妥的那一粒沙，教我学会了与不一样的人相处。另外，我还学会在生活中找到一个释放自己的匣子，在里面装进更加琐碎的记忆，以及忧伤。

从海面上折射的光亮，时隐时现，风吹乍皱，一个波长又一个波长散开，像光阴的覆没，像季节的更替。

我站在桥上，看远方的天光是没有变的，看桥下的海水是没有变的，隔岸的楼宇、浅滩的芦苇、过往的人群，这一切从遥远的记忆里奔涌流动，把空荡的海面丰富起来，让那早已不复存在的光阴悄悄地袭近，如同我的身影投在海面上，清爽得像个孩童。

实际上，我对此行知之甚少。我来，并没有什么期许，也许会遇到情趣相投的人，也许还会选择离开。但这个下午，忽然变得很重要了，此前我经历那么长的等待，才摆到通往过去的渡口，因为路程的漫长，有曲折，仍隐蔽，需要用心方能体悟得出。

世上有很多东西，总是失去之后才懂得珍惜。就像今天下午，当我结束了一切的忙碌，在桥上逗留的单程时段，岁月在桥下如同潮水一般不复回返。我很可能依然流连在这样的缺失里，所期待的，只在未来的日子里才得以实现，或许在这个等待的情分之间，将一切原有的想象都描走了样。

如今我总算弄清楚了。看起来，在很多的事件里，注定是一种必然，像一张符咒，像手臂的刺青，像遇见想要交往的人。

回去的时候，当我从环海路一直西进，折转视线，夕阳的余晖把川流不息的人影拖长，就像世事纷杂的潮水一般，在我眼前泛起超出寻常的意象，我仿佛看到一条闪着星光的鱼，游进过去的境遇里百感交集。

三

深夜，独自躺在阿那亚海滩上仰望苍穹，唯见一轮明月散发清辉，弥漫着旧梦重温的味道。这孤单的上弦月，投影在波涛之上，浮动着远胜于忧伤的光芒，像马头琴弓弦间流淌的牧歌，随着海浪的起伏画下一条波动的曲线，一端连着心事，另一端系着远方。

较已往的心境略有不同，我在等待的日常里，把自己的情绪收紧，连笑也不再大声，或许我并不希望有谁会真正地靠近，这样我就可以永远地等下去。

世上绝美的风景，或仰止险峰，或潜伏深谷，从不肯坦然与世人相见，如同两叶漂泊的扁舟，需要不懈地追索，需要缘分的垂青，才有可能于汪洋惊涛中相逢，留下一个没有吟唱的梦。

实际上我并不确定能等多久，我已经等了那么长时间，为自己，也为一份奔逐的企盼。原先我是开心的，现在有些慌乱，不是怀疑什么，是不知道自己积聚多么久远的固执。

今年夏天，雨频繁光顾，一时把暑热冲刷得无处遁形。我不喜欢雨，闷在家里，心绪也是懒懒的。隔着紧闭的玻璃窗向外望去，急骤而至的雨撒着欢地倾泻下来，拍打着室外的每一片树叶，在柏油路上溅起朵朵雨花。哗哗作响的雨下得很狂野，聚汇得太多太深，茫茫一片，任打落的树叶在积水上翻卷。

这样的天气，仍有人艰难地行进，对他们而言，暴雨根本不会阻挡出行的热情，雨天只是若干个日子里的一段插曲，没什么特别的。

印象里我所经历的夏天，不曾遇到这么多水汽淋漓的日子。外面更密的雨脚，水中更多的涟漪，路上更稠的泥泞，只觉得心里也开始渗透出难以晾干的潮湿。我在雨中凝望什么，又期待什么。当记忆躺在夜色的臂弯里，似乎只有断断续续地咀嚼，或许已经无味，不过雨季真的来了吗？

周末，陪北京来的朋友到阿那亚走走，站上露台，我俩俯瞰绿树丛中的红顶白墙和遥无际涯的碧海。他说："还是喜欢这里。"我问："为什么不留下来呢？""人不过是浮萍的旅行。"他回过头，目光温和地看着我。我点点头，心里却一片冰凉。他在北京写剧本，离群索居，很难得出来一聚，我没有争辩是不想扫他的兴。

隔天，我俩去海滩的露天广场，观看一场免费的消夏舞会，所有的节目都沾染着夏天的色彩，阳光是金色的，音乐是热力的，我也忍不住走入舞池，并且很快在手舞足蹈中忘记了一切。后来，又去了海边，他跳下去游泳。我就坐在沙滩上，看他在海水中像鱼一样翻腾，不断地有人在我身边来来回回，忽然就有些伤感，下午他即将返回北京。跳开此境看现实，很多人对你生活的闯入和离开都是一种必然，从不动声色开始，到悄无声息结束。

送他走之后，我在站牌下等车，离我最近的人也仿佛在最远处，她打电话，声音低低的。雨说下就下起来了，也好，骄阳化身为雨，还有什么可抱怨的？

几把雨伞在路的弯处闪现，我则靠在站台的扶栏上，天是阴的，心是沉的，雨才不管这些，谁又能料到雨何时走？这样的氛围让我感觉到夏天的另一种况味。

回到住处，我将湿淋淋的衣服换下来，洗净挂在阳台的晾衣架上，从下摆坠落的几滴水珠还有雨的气息，把它拧干，再看一眼夜色，明日还会下雨吗？会吗？想起白天的雨下得蹊跷，它让我在企望舒放的状态里，突然醒悟到自己原本身陷畏怯而毫无察觉，那浓得化不开的眷恋啊，就像冲不出雨水的包围一样。

有人说："如果曾经有一个人为了你而等待，不管是三年还是三个月，请不要轻率地选择拒绝。这世间的缘分并不像空气那样廉价，再平凡不过的相遇与相识，亦是前世的修行在今生的回报。在亲情以外，没有谁能够轻易地为一个人付出一段寂寞的等待。"

等待是一个人寂寞的旅行。我还在等待，因为不甘心。不甘心的还有后半夜又下起的雨，想必要一直下到天明了。但愿，我们的情感纯净如这片蓝海，不羼杂，不声张，唯有暗流涌动。但愿，我们的情谊久长如这片蓝海，不暴涨，不枯竭，唯有息脉相通。

今夜，我在雨中端坐，外界的一切都成了想象。听着时钟滴答滴答一分一秒地流逝，稍许，外面的世界亦将还复素日的喧闹了，会让人把昨夜的雨忘记，却又不能完全忘记，平添一份淡淡的忧郁，留在心里的某个地方。

在夜雨中对窗而立，冰冷的玻璃窗被房间里的热气罩成一片迷蒙。伸手划去窗上的雾气，我的视线在黯淡的灯光下能看见的景物很少，却似乎可以看得更长远、更深彻。"只饮半瓢水，共享一片云。不恋江上月，惟念伞下人。"无论怎样，我比任何人都愿意坚守心灵的麦田，我将于茫茫人海中等待知会我意。

得之，我幸；不得，我命。

四

傍晚望着窗外的星子，开始有些担心，明日的天气不会搁浅我看海的心情吧？在我，一贯奉行认真与执着，计划好的事、承诺过的话，但凡有一丝牵绊，便会寝食难安，除非付诸行动，心才会安稳下来。

还好，天遂人愿。

这片海留给我太多静寂的印象，我坐在岸边的礁石上，坐在天光与海色之间，海浪追逐着我赤裸的双脚，清凉从汗毛孔一下子钻到身体里。涌动的思绪如同海底的暗流悄无声息地鼓胀。偶尔，也有片刻的恍惚，觉得自己生命中的某些东西，在波浪的起落中失之交臂。

放眼望去海水全无波澜，柔和的蓝色融扩了胸襟，静静地展现浩渺的一角。天空自然是悄无声息的，对岸的拥吻也是柔情蜜意的，风在游走，光在浮动，同行的几个孩童在踏浪中欢叫，差不多这是我听到的唯一的喧闹，却又轻易地在思绪中丢失、飘散。

海，湛蓝，不同的只是心境，把敏感的心隐藏，生活也就简单多了。原想这一次可以很坦然地面对，很从容地享受，但此刻生命历经的沧桑感一下子喷薄而出，如同海底深处迂回的暗流，不经意旋出海面，惊涛骇浪般宣泄着情感。

如若浪是海的声音，那么暗流就是海的心语，它迸发、超越、叛逆，源源不断扑向海岸。岸，使它幻想拥抱阳光的希冀，其实它很难真正逾越至岸，它低估了潮汐的力量，绵延的沙滩阻挡了它的脚步，除了怅然回退，就只有等待，这一等，怕要等待千年。

暗流的激情对于广袤的大海来说只是片刻的涟漪，放纵过后，旋即归复平静。然而，前进中的理想和回退中的遗憾，或者说是一次今世爱和来生缘的轮回，唯有暗流上演得如此悲壮。人生即如此，假如不去攀登，又怎知无限风光在险峰？而上了高峰，却见风景委于山底，总不能亲近。看来，注定要不断地来来回回，才能追寻那片只属于你的美景。

天光骤然暗下来，大颗的雨滴打在伞布上，窸窸窣窣的，像是失意人的低泣。雨中的世界，清冷中略带几分沉醉，沉醉中藏匿几分不安，像是从海底从暗礁从枝叶间渗透出来，由内而外，延绵不绝。远处海上生烟，近旁树枝缠霭。

其实，我并非恋那海的烟波、恋那鸥的流连，更不是来等这场绵雨。原本，我只想在自然的意境当中换取片刻的安宁，我的内心并未期许太多。而现在，我的双脚竟迈出轻松的节奏，我的呼吸也因这放逐而吐纳自如，一如这雍容大度的海，包藏着暗流永不停歇地碰撞和翻涌，铺排着澄澈宁静的浪波，轻轻地拍打着岸的烦嚣和落寞。

我从海边归来，裹着一身的潮气。房间里正好暖和，逐散着由内而外的寒冷，这是一种再亲切不过的愉悦。这愉悦如同窗外那弯弦月熨开的光晕，令人产生无限的遐想。

有一刻觉得，在月辉之下听一首歌、想一件事或者念一个人，就会把自己看得很低，一直低到尘埃里去了。细想白天，一个人去海边，为听浪语，为访夏虫，为等夕阳，而那恰巧赶赴的雨，能让我撑一把伞、走几里路，不关心水电费、孩子的奶粉钱，不关心工作的压力、未完成的文案，不关心自己要走多远、想停在哪一站，于心于情都是难得的缓冲。

时间有生有逝，月华有泻有隐，我对过往的留恋，也只是对青春时光的挣扎罢了，可能我对自己的年龄越发地顾忌，该想着记录些什么。或许，我就从来没有对逝去的青春认过输，这是我内心最真实的感受。我只希冀以后的每一个日子，都会有温暖流淌和一份看风景的心情。

五

每次我来拜访翡翠岛，总有万般感受如潮涌来。而当我提笔时，心里会有一些踌躇。我怕笔力不足，会减退了它的光彩；我怕感受不深，会辜负了它的美意；我怕悟性不够，会负重了它的轻灵。但我却不能不写，能够把诸事放空，让繁杂得以纯粹，让精神得以愉悦，翡翠岛就是这样一个神奇之地。

一边是海，一边是沙漠，自然天成的吻痕，在这脱尽尘埃的绝美秀逸中，静定！不期然地浸透了你的性情。远远地望去，日夜的风，把沙脊塑成平适的波纹，上面几行深陷的脚印蜿蜒而上，踩出一条飘逸的曲线，再没有比这耀眼的沙丘更生发亲近的欲望了。

然而在沙丘上行走是需要消耗太多气力的，刚刚踩实，稍一向上蹬劲，脚底就松软地下滑，不用多久，已经气喘吁吁。温柔的沙粒，在脚下铺展、向上延伸，不磕绊你，不阻碍你，只在与你的长相厮磨中，深情款款地降伏了你的力气。

脚下忽然坚实，眼前豁然开阔，身心悠然迷醉，任带着一脉水气和花香的风，一缕一缕，消解着先前的焦躁和乏累，吸附着之后的黏稠。

人立在沙丘顶端举目四望，那澄净的海波，那簇拥的槐林，那绵延的沙堤，搭建出无比圣洁的气韵，搭建出无与伦比的胜景。几匹骆驼胫蹄没在恣蔓的黄沙里，从容地咬嚼，零星的黄花在风中动荡。随行的孩子们满眼皆是新奇，他们欢呼着、雀跃着，开心地在沙地上奔跑，累了就仰卧着看天空的流云，或者反扑着拥抱细沙的温软。孩子们在钢筋铁骨的城市生活得太久了，这样那样的事情多着呢，谁会关心天上星斗和地下泥土里的消息？谁肯承认双肩背负的是轻松和愉悦？

翻过沙丘，是一片繁茂的槐树林。那林子，树木丛生，百草丰茂，极具自然本色。如今槐花盛开，得造天香，越发地野性天成起来。林子怀抱着一潭碧水，清音恍若琴师抚弦，叫世人不忍惊扰。当微风吹起，四野里团簇的树冠在空中暗会，离散的树木或温婉中外露娇羞，或昂首中内敛雅趣，枝叶连理随着风向，根盘交错贴着地温，彼此间，绝无排挤之心，绝无妒忌之念。

临水而栖，于枝影扶疏中凝思，于花语香醪中沉醉，身适复神定，屏息寻芳，都展现了自然之灵睿，心思之细腻，情感之淡引礴出。看吧，叶子上的夜露也是极晶亮的，仿佛是谁遗落了腕上的佛珠，竟端的悟出山水之外的性情来了。人原本是大自然的宠儿，生于斯，长于斯，隐于斯，不容置疑该与那青山绿水相伴、与那鸟啼虫吟相依、与那醉星朗月相邀、与那金沙碧海相恋。纳芳菲之气，饮清流之水，抱林木之葱，守芳草之菲，悲欢当歌，福泽千年。

绵绵沙漠，滔滔江海，一静一动，如冰与火的舞蹈，深得天地造化、日月垂青，给浮华以宁静，借清冽以滤心，还急迫以安稳。你还能想象出比翡翠岛之行更适情更适性的拜访吗？

六

三万平方米的面积、八大独立展区、跨越四亿年的展品，在北戴河新区被冠以一个共同的名字——贝壳王国。

我一贯对某某王国之类的名字抱有偏见，仿佛正要进入的是一个幼稚园，或者游乐场。而贝壳在我的认知中也似乎太过于平常，花蛤、蛏子、海螺、扇贝、海虹，还有生蚝和鲍鱼，如果一一细分，光我吃过的贝类就有几十种之多。除了颜色、形状、花纹以及大小的不同，我想象不出小小的贝壳有多少这样大面积展出的必要，直到我踏进贝壳王国科普博物馆。

如果因为自己的偏见而错过这次邂逅，我会一直以为我对大海的深情足以覆盖地球上的整片汪洋。毕竟，我出生在海边渔村，对海的熟悉早已深入骨髓。然而，当馆藏的五万余件贝壳展品以波涛汹涌的态势一浪高过一浪地拍打进眼底，我终于不得不为自己的浅薄而羞愧。世间万物皆有灵性，小小的贝壳里也藏有古老的历史，等待我，路过并聆听。

在贝壳王国，我变成一个拾贝的孩子。

来自四亿年前的菊石只能以化石的姿态在展厅的橱窗中沉睡。伸手触摸它的躯体，几亿年沧海桑田的巨变无情地被时间淬炼，坚如磐石。菊石曾经是活跃在海洋里的最常见的无脊椎动物，背着自己打造的沉重蜗居，慵懒地栖息在海底，偶尔闲适地浮游，用章鱼一样发达的触手，捕捉那些不请自来的海洋猎物。它一定有过称霸的辉煌，从古生代泥盆纪初期开始，菊石就驻扎在海底，按部就班繁衍了三亿多年，直到和恐龙同时灭绝于中生代白垩纪末期。

于是无可奈何的菊石带着永远的世界谜题，把自己凝炼成沉默的化石，看地球上海洋变成高山，而高山却没入深渊。

对于菊石灭绝一亿年以后才出现的人类来说，菊石留给我们的最大馈赠就是通过它繁衍的庞大族群化石标本，将几亿年前的地质年代划分精确到50万年之间。别小看50万年的精确意义，地球在宇宙中已经存在了46亿年之久。

如果宇宙起源于一次大爆炸，那地球形成至今的时间也不过才是眨眼的一瞬。据说时间要在四维以上的空间才有明确的意义，而在我们人类生活的三维空间中，时间只是一个看似公平的障眼法，它可以让想念与遗忘、欢喜和悲伤承载相同的时长。但经历过的人都知道，痛苦实在难挨，走得最快的总是最美的时光。自在的菊石，没能熬过漫长的黑暗，徒留古化石的尊严。

古，《说文》云"从十从口"，代表无数代口口相传的久远。我指尖轻触的菊石，自然当得起一个"古"字。可是随着讲解员步入下一个展厅，鹦鹉螺的出现，重新丰富了我对"古"的理解。惊讶吧，菊石是从鹦鹉螺进化而来的，而鹦鹉螺至今仍旧从容地盘桓在热带印度洋和西太平洋海域。

这样说来，古，不但是寂灭后的口口相传，更是持续不断的繁衍生息。都说先天八卦是伏羲氏仰观天象、俯查地法及鸟兽草木之状而作，那么"乾"卦所云"天行健，君子以自强不息"未尝不是源自鹦鹉螺的启迪。20世纪50年代，美国命名世界上第一艘核潜艇为"鹦鹉螺号"，除了纪念核潜艇结构原理得益于鹦鹉螺壳体的启发外，我想鹦鹉螺恒久的生命力在战火纷飞的世界里一定更被人类敬畏。

展厅里微启双壳琼脂玉华的砗磲不足一米长，在砗磲家族中肯定排不上大个儿。据说世界上最大的砗磲接近两米，如果一个人张开两臂的长度与身高相等，那么两米长的大砗磲，哪怕我用力张开双臂，也无法摸到它的边缘。因此作为海洋里最大的双壳贝类，砗磲被称"海洋之王"，实至名归。

砗磲一名始于汉代，因外壳表面有一道道呈放射状的沟槽，状如古代车辙，故称"车渠"，后人因其坚硬如石，在车渠旁加石字而成"砗磲"。我在海南游玩时买过一串砗磲，108颗润白如玉的珠子，配上几个黑玛瑙点缀，白得胜雪，黑色如墨，没来由地，想到了阴阳与太极。其实砗磲的价值早在商代已被认可，据《淮南子》记载，周文王姬昌的大臣就是用大贝砗磲讨好贪婪无度的商纣王，才换回被囚禁在羑里长达七年之久的文王。

朋友笃信佛法，对我手上的砗磲垂涎良久。大方如我，竟一直不肯割爱。我相信一见钟情的缘分，只有开始，没有结束。朋友说砗磲因其圣洁无瑕而位列佛教七宝，但我总觉得砗磲的价值还远不止如此。当年被它赎回的周文王，在因于羑里的岁月里把伏羲氏的先天八卦推演成文王的后天八卦，并逐步演绎成流传至今的周易六十四卦。而周易历经后世几千年的注释与推演，已经成功渗透进每个中国人生活甚至生命里，连孔圣人都曾感叹，假如早一些研究《周易》，人生就无大过了。

有趣的是，这种中国人世代相传耳濡目染的哲学智慧，对外国人来说，只能望洋兴叹。连大科学家爱因斯坦都曾不无遗憾地承认中国古代科学家了不起，是因为他们自幼学习《周易》，掌握了一套西方科学家不曾掌握的打开宇宙迷宫之门的钥匙。我十分确信，这把宇宙迷宫的钥匙，一定散发着砗磲玉化后温润如君子的光芒。

流连在贝壳王国的五万余件展品中，仿佛置若浩瀚神秘的海洋星空，如果我能够公平地给予每颗星辰以一秒钟的尊重，将会用掉整整14个小时的时间。所以这一次参观注定不能记住每一颗星，也无法拾起每一颗贝，我在海洋与星空之间穿梭往来，挥一挥衣袖，抖落记忆的尘埃。随之抖落的，还有一颗最小的螺，须得依靠放大镜才能观测到，不足一毫米大小的拟沼螺。

佛说，一粒沙里有三千大千世界。别看拟沼螺渺如沙粒，照样是海洋世界的一员，比我对地球上的汪洋拥有更多话语权。我在这粒来自山东海域的拟沼螺前停留的时间比贵重的砗磲还要长，想记下它在放大镜里努力散发出珐琅彩华光的样子。

"苔花如米小，也学牡丹开。"其实苔花从未攀比牡丹，拟沼螺也不会在意砗磲，我们总是把自己的狭隘加诸这个世界，妄图区分大小和贵贱。所以佛说，其大无外，其小无内，浩瀚的宇宙和悬浮的尘埃在本质上并没有什么不同，皆是相由心生。

离开的时候，我没能忍住诱惑，在商品区挑选了一对黄宝螺带回家。像是被丘比特的箭射中一样，五万多件贝壳展品中，我对它情有独钟。黄宝螺在橱窗里一字排开，非常奢侈地组成一支队伍，数了数共十一枚。正当我痴迷于它散发的黄油色珐琅彩气质而踯躅不前时，讲解员介绍说它是中国最早的古货币，也称"货贝"。于是我突然参透，我对它的钟情已经跨越了千年。

河南濮阳西水坡，曾出土一个至今仍被考古界争议是否为颛顼墓的墓葬群，内有由无数货贝堆叠成的中国最早的"左青龙右白虎"的天象标识。中国人自古就有对龙的图腾崇拜，这条来自六千多年前的货贝龙，自然当得起中华第一龙。而我，恰好属龙。

总觉得如果把这对黄宝螺加工成饰品戴在身上，以后在宇宙时空中穿梭，会多出一份从容自在。可是会不会太奢侈了呢？一时竟然拿不定主意。

作者简介

向北 河北省散文协会理事，河北省作家协会会员。在《河北作家》《散文百家》《当代人》《河北日报》等省级以上报纸杂志发表散文作品百余篇。诗歌《祖山之恋》荣获河北省人民广播电台举办的《秦皇诗韵》大型诗文诵读活动诗文征集一等奖。

下一个路口与她相见

毛　蕊

一

深秋，最美的季节。

窗外银杏树的金色叶子，稀稀落落地飘着，打开窗户，把小米放在宽敞的外台上，这是两只喜鹊和一只灰鹊与我的约会地。它们饱食之后啄两下玻璃，像是致谢并再见，然后起飞。也是这时候，听到外面有人说，计划暑假去南戴河，结果没成，到现在一直不开心。或许这是说自家孩子或是自己。窗外另一个声音由远至近，宣传车让居民踊跃打疫苗加强针。

这是2021年11月，旅居北京。

南戴河这三个字挥之不去。坐下来，为南戴河写一篇字，就是一篇顺着思绪溜达的字。

落笔之时，思绪穿越到1991年8月。当年的我领着儿子排在蜿蜒的队伍里进入南戴河西游记宫参观，参观这个词肯定不准确。当小男孩被鬼森森的一个场景吓哭不敢往前走时，我知道他幼小的心灵，开始融入了充满新奇的他者的世界。接下来，我们在一个棚子搭建的饭铺吃了鱼香肉丝和饼，喝的汤里有海蛎黄也有沙子。我们还玩了套圈、靶向射击，尽管什么收获也没有。还看了皮影戏和耍猴。街上电驴子和板车超多。当地人狡黠又迫切地想把游客的钱落袋为安。

最后走到海边。那里人潮堪比海潮。女人的泳装多数是棉布制作，经纬缝纫着皱褶，走出海水带出一溜水柱。男人们的泳裤则多数是很厚的、遇水则垮坠的尼龙。他们几乎都含着胸，快步跑到换衣服的伞下。那会所有人都不敢赤裸裸地盯着别人。但偷偷看比盯着看表情更难看，不是难看，是猥琐，哈哈。

这是我和儿子第一次的南戴河之旅。当疗养院的车来接我俩时，司机问孩子，到海边旅游好不好？比北京好不好？他点头回答时表情满是兴奋。现在我猜想，至少那时期到访南戴河的所有人，外部世界观大过内心的小世界，包括我。实际上，这时候的南戴河开发了7年，旅游开放了3年整，很年轻。

当年的南戴河的确就是一片三面环水、数间秫秸黄泥糊落成简陋房的贫瘠洼地。不多的村民半农半渔。春借，秋还，冬挨饿，夏天当然好过些——"没有吃的，就到海边捡螃蟹，抓鱼充饥"。如今有37年开发史的南戴河，也就是我所指的老牌南戴河，特指南戴河海滨旅游度假区——东起戴河口，西至洋河桥，东南隔戴河与北戴河海滨浪涌浪，波连波，毗邻相望。为什么原本广大的南戴河范畴，如今浓缩成了一颗珍珠？因为早在2006年12月，河北省政府批准设立了北戴河新区，原来广义上南戴河的大片区域被划走。时至2015年7月，抚宁撤县建区，原归属抚宁县的南戴河海滨旅游度假区（南戴河街道办事处），也划归北戴河新区了。犹如个性已然定型的俊朗青年，忽然过继给亲戚家当顶梁柱，南戴河，从此，尤其在外人眼里，身份和称呼有些复杂了。

二

世界那么大，我要去看看。中学女教师顾少强写在辞职信上的这10个字，代表了太多年轻人的心声。但是，当他们得知女教师不但哪也没去，还选择了定居成都、结婚、开客栈谋生以后，内心充满失望。潜意识里，太多的人，希望跟着这个敢放壮语的姑娘走走转转，开阔眼界，释放压力，谁承想最终她还是与平庸为伍。

李甲就是这样。他下班后对媳妇不二说，这女的太没劲了，辞了职哪也没去，可惜了原来的职业。又说，我有7天年休假，你也想法倒腾出几天假，咱们离开北京出去透透气。不二问，去哪？任何地方，任何地方，只要它在我现在的世界之外。这句出自法国大诗人波德莱尔的名句，适合所有想像蜥蜴那样到太阳底下获取能量的人。

她们选择了北戴河新区。

查距离，查天气，查防疫要求，确定行程，订住处。订住处耗费时间最多。不二咨询了去过的同事，同事建议不要到那种圈起来的新型度假社区去，不仅开销贵，整体还是自闭的形式，除了环境不一样，跟你在小区隔离着没啥区别。当然，这种度假区里会有时尚又文艺的风景和小品装置，以及社区活动，你又认为这些很重要的话另当别论。

于是，权衡利弊，李甲在Airbnb平台上预定了6天海景度假公寓里的品质民宿。停车免费，大海近在百米。房间宽敞，还能做饭，用品齐全，虽然他们只煮了两次方便面。每晚价格甚至低于北京求职旅店的一张沙发。

像所有专业又文艺的年轻人一样，他们在行李箱包里放上笔记本电脑，方便处理工作。放上一本书，虽然后来发现只看了序言和后记，但带书出门如同带着护身符，看和带是两码事。带了黄皮小本，但是记了一天手账就忽略了。沙滩鞋之外带了跑步鞋。这是明智之举。

清晨，窗外的海浴场还没多少人影，他们俩就起床下电梯，先看一下安静停着的爱车，出大门，大门口让扫健康码戴口罩测体温的小喇叭从不停歇。然后，一个向右，先到渔港码头看一会禁渔期静默的渔船和密集耸立的桅杆，看一会另一侧人工礁石的惊涛拍岸和为起航做准备的小型游轮。再沿着环海路跑直线至最东面的戴河入海口，这里海钓的人已经开始站位，咬着烧饼，不急不躁。打太极拳的群体也开始热身。沙滩上，为婚纱摄影搭建的飞机、跑车、游轮模型正准备沐浴第一缕阳光。

另一个向左，沿渔港道慢跑着，有时候会看到匆忙过马路的猫咪和沿路张望的狗狗。想着它们应该都是有人照顾的自由战士。因为这条路一侧是大片的村居，多数是二三层的小楼，至少一半有人居住，且挂着民宿旅店饭店商店招牌。心想，这种区域要么被大财团买下拆迁，拆迁补偿势必十分昂贵，要么就整体改造成水系环流的新民俗新文化渔村，总之现在的样子有些没精打采，而右侧一片被公益招贴画遮挡着的烂尾别墅，不仅无精打采，一定还有一言难尽的玄妙故事。

左转的这个人几分钟后到路的尽头，也许会过马路进听涛公园转一圈，经过贝壳博物馆，再沿着戴河大街或期间的某条林荫路边跑边看建筑和院落。最后俩人在天马广场的飞马碑座前见面。擦去细汗，做完放松运动，并肩在满街林立的餐馆中找心仪的早餐。但多数时间还是买两个茶叶蛋，回到客房煮咖啡喝牛奶吃面包，这是他们不想改变的饮食习惯。感谢房东配备非常好用的咖啡机。

不知不觉，俩人在晨跑中，完成了对城市规划五要素，即边界、道路、区域、节点和标志的探查。

三

李甲是北京地铁建设公司的平面广告设计师，不二是北京国际会展中心的职员。从他们所学专业的角度看，新区棋盘式横平竖直的网格道路，开放性好。易于分流，怎么走怎么顺。尤其是环海路的设计，是每一位踏上这片区域游客的必经之途。这条路包容陌生人的擦肩而过，也包容熟人间的邂逅偶遇。而天马广场则是区域节点，最方便人们约见和聚集。广场上的飞马碑雕，曾经是南戴河旅游区的历史象征，甚至是过去抚宁县如今抚宁区的历史象征，承载着难以磨灭的奋斗精神和记忆。

当他们寻找标志性建筑物时多少有些惶惑。高楼间或林立，色彩雅致不俗，但哪座建筑也难当地标。直到把目光投向大海，对，那是一座充满情味的岛礁——仙螺岛。

仙螺岛建成于20世纪的1998年。全岛总面积10000平方米，游客必须乘坐1038米的索道莅临。岛上人文设施依据海螺仙子的民间传说构建。海螺仙子、三道关、七星石、石猴观海、风车群、巨龙出海等造型之下，含游戏、登塔观光、蹦极健身、休闲餐饮等功能业态。内外装饰色彩对撞。在远离海岸的波光、帆影、白云、鸥群中，把目光投向大海和远岸一线的两个仙螺阁，竟有今夕何夕之惑。

暑期或没受疫情影响的节假日，上仙螺岛需要排队购票。此前几天，李甲和不二克服了拖延症，除了在海里戏水，岸上挖沙，还去了山海关古城，排队吃了百年老店四条包子。去北戴河碧螺塔公园拍照，去秦皇岛港开埠地西港花园拜谒历史。为了拍照片，不二带着的拽地露肩纱裙，在这种不同寻常的环境中，恰到好处有了用武之地。

走出阿那亚最孤独图书馆和蔚蓝海岸猫的天空之城图书馆，不二对李甲说，即便是开发商为了卖房子设计的"点"，我没说是噱头啊，书店也是一座城的灵魂和内涵，它吸引眼球并抓心。李甲道，我看了写手为这些楼盘做的唯美推文和视频后，唯一的感受就是，书店成了纯粹附着在房地产上的文艺符号，成了所谓精致生活的点缀，也是另一种呈现方式。

不二反驳，此理不通，这种社区式度假营地，愉悦感官，甚至仅仅充当"道具"的非食用物质，比如书店，比如户内外小品设施，绝对占一个人"此行意义"的六成。新区完全是开放给最广大游客的，而不是圈成所谓私属海滩再打包卖给消费者。唯一遗憾的，难道不正是公共空间中缺少这些精致生活的点缀吗？缺少而不是没有。对于很多年轻人来说，在海边玩几个小时并不充实，还需要更多精神的注入才显得满足。

李甲和不二所不知道的是，这片海是有人文底蕴和艺术传承的。早些，赫赫有名的作家、诗人、画家、书法家、雕塑家欣然提笔撰文留墨。再早些，上海电视台拍摄的专题片《南戴河1993》获得年度特等奖，还有中国唱片公司发行了《南戴河组歌》专辑。知道一首《槐花海》是谁唱得最动听吗？知道了会非常吃惊。

这里连续举办过十二届艺术节。现在因为几易其手盛名消隐的南戴河娱乐中心，曾凭借荷花大剧院，牢牢占据时年旅游演艺平台之首。当然，这毕竟是过去式了。但过去式为这块沃土奠定了良好的文艺基础。

时光的消逝带不走这里的沙软潮平和天蓝水清，但印象中的南戴河几乎所有能变的都变了，显然变得越来越花多树翠，环境精致。街区建筑精致优雅，有自由的欢快仪式和庆典，有温馨含蓄治愈系的灯光，有蛋糕和玫瑰，有窗下闲适的咖啡桌椅，有乐意驻足的最美橱窗，有街头艺术家以其擅长，营造气氛，收取报酬而不被驱赶……我相信，我和所有惦念这片海的人，都在期盼着在下一年、下一季、下一个路口与她相见，再见，直到地老天荒。

作者简介

毛蕊　媒体人，河北省作家协会会员，新浪网、磨铁中文网签约作家。近些年专注于法制文学和现代城市题材写作。中短篇小说散见《长城》《啄木鸟》《青年文学》《天津文学》《北京文学》《地火》《河北作家》等杂志。22万字的精选随笔集《串味折子》两版发行。

风景这边独好

梅　雪

渔　岛

一个有海的地方是幸福的，海给了生活在这片土地上的人们以开阔平和的气度。

如果说一面湖是一片土地的眼睛，那么，一片海就是一片土地的胸怀。它波澜不惊纳百川于内，早上托起太阳，晚上捧出月亮和星辰。它从来不用雕梁画栋装扮美丽，不用曲槛回廊杜撰神秘。它一直是坦诚的，迎风沐雨，因而它也是略显粗粝的。这一点，海面上驶过的渔船知道，来自遥远的异国他乡的巨轮知道，那拍着翅膀翩然飞过的海鸥也知道。它不动声色，却用自己的气息影响着生活在这里的人们——胸怀坦荡，有着温厚而又谦和的性情。有时候难免显得粗枝大叶，却也因而更显豪爽。

住在这里的人与海之间是没有什么距离的，尤其是在渔岛浴场。你不必走出房间，就可以望见它一片无涯的蓝，那俨然是窗外的风景。俯仰之间，声息相闻。早上或者傍晚，放一曲舒缓的《D大调卡农》，伴和着风自海上来，日出点染着云彩，日落为天空配一袭玫瑰灰，涛声轻盈得仿佛是天鹅绒，一丝丝一段段拂过耳边。

但它又不仅仅是风景，心情好的时候，要去海边转转，心情不好的时候，抬起脚去海边走走，也就得了抚慰。它更像是街坊，是朋友，是声息相通的那个人。它波澜壮阔时，会让你想到"浪淘尽，千古风流人物"；它无波无澜时，又会让你听到海浪温柔的呼吸，会让你默然地怀想起过去，关照内心。碰上敏感些的人，也会很文艺地感念，多少才子佳人悲欢离合，多少英雄豪杰金戈铁马，都成了历史深处的烟云。难免于此发些思古之幽情，长叹一声，之后更加珍惜握在手中的当下。

渔岛温泉海洋乐园，四季都有看不完的美景，是一个适合小住和游览的好地方。景区内滑沙滑草、水上乐园、露天温泉，还有旅馆、酒店。海上有快艇，有游船，有直伸到海中的栈道和平台。

回头看看，数千年的光阴都已流转，多少生命来过又去了，真想问问"海月何年初照人"，只有那些沙丘，默默地昂昂然雄踞于天地之间，似乎在讲述着当年韩湘子找龙王借沙拦截泛滥海水的故事。走在曲曲弯弯小路上的，是来看风景的人，海浪击打着粗圆柱石，哗哗的回声讲述着千古不变的爱与哀愁。

这里是许多游人慕名而来的地方，也是所有来过的人心仪不已乐而忘返的地方。冬刚刚收拾起它凌厉的西北风，海边的人就渐渐多了。晨起，出现在温泉浴场内的，大多是难得得了些休息时间的男人和女人。到了傍晚，海边的饭店呀酒店呀，处处灯火辉煌，宾朋满座推杯换盏，窗外的海在夜色中宁静如同处子，浪涛拍岸的声音是亲暖的喁喁细语。景区内远远近近的灯火亮如璀璨星河，给海镶了一道光波漾漾的流苏。偶尔有人在浴场的一头晃动手里的灯盏，像流星般耀亮了天际，也耀亮了夜色中平静的海面。在海岸边的小广场，阿姨们和着还微有些凉的海风跳起了广场舞。海边的春日，比季节来得要早。

我想，海边那些高高低低的灯盏，是可以把它们的目光转向不同方向的，这足以点亮海上的夜，为晚归的船只指引回港的方向，也时时吸引着夜行人的目光。浴场内的夜色，被踩着路灯光走来的人们重新撩起，笑语喧哗伴和着拍动水花的轻响，与星月交相辉映，连晚风也显得更加舒缓了。

有了海，就得了它的眷顾。即使是在三伏天，不论白天多么燥热难耐，一到薄暮时分，海风就会携着水面的清凉走遍每一个角落，为人们送去贴心贴肺的清凉。

海的美四时不同，就算是在同一天里，时间不同，看到的海上美景亦自不同。风和景明，站在海边向远处望，湛蓝的大海与蔚蓝的天空浑然一体。丝丝缕缕的白云缥缈，轻纱一般地信手缠绵在天与海之间。设若有云浓重地镶在天边，那么，你就会看到不同一般的海，它会显得宁静又有些微的灰郁。大大小小的船只停留的地方太远，只成了一个小小的黑色的点。如果有亮烈的阳光洒落到海面上，就成了碎碎的银光点点，在每一片浪花上跳跃。有船开过去的时候，海面会被犁开一道道水光激滟。海风轻柔，略带着些海上湿湿的水的气息拂面而来。

脚下的沙滩细软，光着脚丫走一走，是既舒服又可以健身的。孩子们在沙滩上专心地打造自己的王国，捉只小寄居蟹能玩上半天，捡个奇形怪状的贝壳也可以大呼小叫着欢喜。这里很适合在周末时带孩子来走动走动，既可以让他们轻松游玩，又可以认识许多不同种类的游鱼和海洋生物，真可谓一举两得。游目骋怀，只觉天宽海阔，心底坦荡。生活中偶有的磕碰和烦恼，都可以忽略不计。

海不言不语，只能听见时光摩挲指间轻悄的微响，是时光，把它打磨成了一块温润的老玉，贴心贴肺，却又波澜不惊。渔岛温泉海洋乐园，就这样有了触手可及的温度。

蔚 蓝 海 岸

一路走来，如果入目的风景大多稳健、雄性，有沧桑感，那么，蔚蓝海湾则时尚、温婉，像一个着了盛装的女子。

从长长的海边的长路拐下去，走几步，就来到了度假村。它被层层叠叠的绿包围，到处一片静谧。在路旁宽敞的地方，有人在打网球，力度的体现，让人感觉魅力无穷。近旁的楼群高低错落，在蓝色天幕的衬

于晨光中沉稳，再风华者容枕眠眠，而后醒来于夜晚的梦际。

· 观景台 ·

托下，有种疏落的美。

在景区内，最先扑入眼帘的，是一条曲曲弯弯的道路。坐在观光车上一路前行，可以见到错杂其间的各种花草与树林。走进别墅区，由光滑的石块铺成的小路，浅灰色的矮墙，以及矮墙下的暗影拼贴成的风景，让人不由自主出神。四周花木扶疏，风卷流云，暗香浮动，置身其间，好像是在一幅色彩鲜亮的水彩画中徜徉，又觉得连自己也是鲜亮的，成了这风景的一部分。甚至于一些小细节，也足以让人心生温暖——连路灯也别具一格，瘦长的，亭亭玉立。地灯的光亮起来，软软的，恍然都是落入凡尘的星。

夜比白昼更绮丽、丰实、光灿
而这里的寒冷如酒，封藏着诗和美
甚至虚空也懂手谈
邀来满天忘言的繁星
过去驻足不去，未来不来
我是"现在"的臣仆，也是帝皇

就是这样静如隔世，就是这样的，让你沉溺其中。你或者渺小如同沙尘，却也可以独断而成帝皇。你只是你自己。在一片海面前，你可以只属于自己。这是一个可以做回自己的空间，这是一个可以做回自己的时间。

沙滩上的雕塑各具特色，被一枚大个子红苹果吸引。在蓝天黄沙碧海之畔，这枚苹果红得如同火焰，让任何目光都无法忽略。苹果上塑着一个小男孩，赤着身子，坐在一截赭色而略显粗糙的短树枝上，他的头略低，双目微阖，手放在腿上，似乎正在倾听海浪的声音，或者也是在倾听周遭人们的欢语。

向前走几步，就是入海栈桥。长长的木桥，引着我们的脚步，走到海上，每一朵浪花都在脚下盛开，呼吸间尽是海腥咸的气息，骨头里感到了凉意，我还是不肯把衣服搭到裸露的胳膊上去。难得的亲近呀！

前面的大房子上边写着"浪Bar"，全名是"北北假日·BSC航海基地"，一楼有专业的航海类书籍可以翻阅，我却更倾心于楼上的风景。在这里吹吹不远不近的海风，换一个角度看看海景，拉近距离是草色凝碧，花色缤纷，入眼亦入心。那一刻，朋友拍下的照片，仿如人间仙境。我不由地哼唱着"我愿变成一颗恒星，守护海底的蜂鸣……我向你奔赴而来，你就是星辰大海"。星辰与大海相配，有了诗一般的韵味。

金色的沙滩在眼前铺展，蓝色的海洋亮如丝绸。往里走，也有公园可以游逛。有人靠在躺椅上晒太阳，有人闲聊。在初夏时节，这里会陆陆续续涌来许多爱海的人。男的女的老的少的，互不相扰，各自眼中有各自不同性格的海。

海岸的整体氛围轻松而又令人愉悦，连坐在海滩上打电话的人，都散发着自由的气息。连坐在石台上闭目假寐的人都在呈现着安静的恬然。树影婆娑，深绿的浅绿的鹅黄的叶片，在风中抖动着，它们在商量着，共同呵护好这片阳光海滩。

海里的波涛倒似乎走到哪里都一样，有着几分野性，藏不住那几分不羁，把千百年来单调的潮涨潮落，变奏出了不同的旋律。海上有帆船翩然，像巨大的翅膀，悠然而过。在蓝色的海面上，营造着一种活力十足的气氛。这里的一切像是我们在梦里憧憬过的日常生活，又像是在日常生活里偶尔出神时看到的梦境。在海的另一边，摩托艇一路狂飙猛进，势不可当，船后飞起了一道道白亮的水柱。在海上看海，水都变成深沉的暗黑色了，深不可测。

在蔚蓝海岸的随便一棵树下环顾四周，一切都是色彩斑斓的，你像是冒失地闯进了一处儿童们用彩色积木搭建的城堡。它美得简直不可理喻，它美得风情万种。

阿那亚度假村

已经来过北戴河新区很多次了，我从不选择春夏秋冬，只要写作遇到瓶颈，我就收拾一个简单的行囊扔在车上，然后一路东行。我试图躲开窗外的车水马龙，躲开缠绕于脑海的千头万绪。放空自己，让清晰的思路，重新回到我的笔端。

一踏上行程，就把这些纷扰忘掉了。六七月间，不是这里的旅游旺季，风轻柔，阳光也不烈，很顺利地找到了之前已经联系好的房子。价钱还好，房子幽深，安静，适于安置我的身体，以及灵魂。虽然只是一个匆匆过客，也可以在放下行囊的一刻，选择一段慢生活。我这样想着，不由笑了。

沿着脚下曲曲弯弯的小路前行，在楼群外的林子里走走。转回头看它，素净的墙体、幽深的长窗，有一种遗世独立般的清绝。不知道静静聆听过岁月深处多少笑语喧哗、娇嗔薄怒。而今，房间中的人去了又来来了又去，欢笑歌哭都已声息不闻，只剩窗外的绿草依然葱茏，鸟啼依然清越。

一个人闲逛，没有目的，也没有方向，脚步轻轻悄悄，踩到层叠的落叶上，发出细碎的声响。风从海上来，带来些水的凉意。房子的另一边，沙山上层叠着深绿浅绿老绿墨绿。仰头远望，天光云影相携相依。俯首看，一朵蒲公英开了，旁边的一朵，已经长成了小绒球。

与城市的灯红酒绿相比，我总是偏爱这些不起眼的小花小草，它们让我看到了来自生命的欢喜。

返回房间，本来想躺在床上休息一会儿，到底舍不得廊前的风景。树的枝条把新绿的叶片探到窗口，琥珀色阳光跌落了一地碎影。索性倚在廊下的躺椅上休息，微阖了目，光影消散，感觉周遭的一切都成了静止的，连空气也不再流动，小鸟都忘了飞翔。在这静定的瞬间，我竟然睡着了。久违的恬梦。

夜凉如水，在海边，会有更深刻的认识。我想，自己大概是被夜风唤醒的。缩缩肩膀，睁开眼睛，四周夜色深浓，只有廊前的灯兀自灼灼地亮着。于是坐着，等待日出。及至看到太阳一跳一跳地离开海面，夜色退去，美好的一天由此开始，心中竟有莫名的感动。草尖上的露水清亮透明，像一颗颗水晶珠子。鸟鸣声此起彼伏。

　　阳光从窗外投进房间，一点点，爬上壁角、椅子、床，我躺在床上，琢磨着读过的故事中每个人物的纠葛与爱恨情仇。阳光已然拐到了另一边的壁橱旁。我忽然起了童心，踩着一溜光影，向那边走去。

　　他总说我像个孩子，有时候语气宠溺，有时候深藏无奈。于是想到自己，常常独自一人，走过长街短巷，也走过万千风景，紫陌红尘深处，度着流年。笑脸向前，泪滴在转头后滑落。更年轻时，总认为找到那个一起哭一起笑的人，是件容易的事情，直到走过了跌宕的光影与剧情，才不得不承认，这世间，冷暖两心知，是一件多么可遇不可求的事。我很少看描摹过于哀凄爱情的故事，既然世事已然如此沉重，那又何必非要让血淋淋的现实，在书页间被犁得更深呢？可这一次，似乎是被一双看不见的手，牵引到了这样忧伤的情节里。

　　忽然想到，爱，本来有着许多方式，有些显而易见，有些，却只能暗潮汹涌，哪个更好，用什么区别？也许每个人的心里，都有那样一个小小的略显孤寂的角落，住着一些人，一些事。

　　廊下的花儿们都兀自开着，倒并不显得娇艳，也许是晨光的缘故，也许只是因为花儿自己。拿着水壶，给它们浇浇水，俯下头，闻一闻简淡的花香，静宁的一天，可以如此从容着开始。

　　爱上了这片自由、野性而宽展的海，爱上了它无处不在的森林，在这里，孤独是馈赠。远处，一只只海鸥从水面上翩然飞过，轻盈的，如同白色的精灵，游船和摩托艇在海面上穿梭来去；近处，游人们正穿着色彩缤纷的泳装享受海水的清凉。虽然隔得不近，我却疑心自己听得到他们的笑语与欢歌。空气清新，让我的骨头都轻了。放下心事，去沙滩上躺着晒晒太阳，是个不错的选择。撑一把遮阳伞，一直待到中午，享受海风的爱抚。听着耳机里的"你忘了吧所有的厮守承诺，谁都知爱了没有一点的把握。也别去想哪里是甜蜜的梦乡，还是孤单的路上自由的孤单"。这样的歌曲，在此刻听来，倒像是一种劝慰。

　　中午吃得丰盛些，有小炒肉和海鲜，要的就是那股子豪奢劲儿。说到底，我们只是过客，那就由着心性儿来。该停的时候站一站脚，该走出去的时候，就信步而行，该享受美食，也不必客气。

下午，等到黄昏才出去。夕阳映在向晚的海上，蓝色的海面变得灰郁，风依然似有若无地吹着。去街上走走，灯光都适时地亮了，静静地从窗内淌到了街上。坐在廊下的木椅上喝着茶水，听着舒缓的音乐余韵悠长。一天的时光倏忽一下就过去了，岁月短了些。不过，这世间的美好，原本短暂。

度假村里的风景斑驳了时光，时光都漫进了岁月深处，而那些深藏进故事里的愉悦以及欢舞，烦恼以及痛苦，都像水面上的落叶，打个旋儿就不见了。原来，停下脚步，我们只能够选择这样回望。

这么近　那么远

在你熟知的我的哀伤中，我忆及了你，灵魂肃敛。

——［智利］聂鲁达

北戴河新区，第一次知道它的名字，是听一个住在那里的朋友提起，她一直邀请我去走走。那一天聊了不少，内容都已经模糊，只有她盛赞海上风景的那些句子，还牢牢地留在记忆里。

后来当然知道，北戴河新区是中国北方著名的海滨旅游胜地，每年都吸引着全国各地的游客不远千里万里奔赴。后来她寄了照片给我，片子上海浪翻卷，似乎可以听到风浪呼啸，只觉得大气磅礴。当巨浪滚滚而来，惊涛拍岸，声势喧天，站在海边的人，是不是会觉得自己无比渺小？她说，如果是雨水漫天洒落，海面上雾气蒸腾。素日里触目可及的渔船、海鸥，在这一刻都不得见了。但这雨中的海，却由此更加开阔起来，有一股苍凉浩渺的大气魄扑面而来。

走进北戴河新区，是多少年之后的事呢？随着年龄渐长，越来越相信因缘际会了，这世间的所有偶然，大概都有个必然藏身其间吧。早年里一道如玉带般的汤汤大河缠绕在我记忆中多年，终于以一片壮阔的海迎接了我。它的绿树，绿树掩映的凉亭，林中曲折的小径，街道边矗立的楼房，空气中一声声清脆的鸟鸣，包括它绿地上的一把把木椅子，都令我生出无限的亲近感。阳光闲闲地倚在木椅子上，悬在每一片大大小小的绿叶子上。海近在咫尺，蓝得澄澈透明，温润地闪着莹莹的细碎波光。亮丽的阳光细足踏在浩瀚海面上，犹如凌波的微步，轻巧畅快。

阳光下的海有平静坦荡的美。

不知道是不是因为有了海的映衬，天才蓝得如此纯粹起来。白云呈絮状，在宽大的天幕上游走，如果信手剪下一段来，肯定能做一条最飘逸的披肩。风自在地吹着，腥咸的海的气息浮漾在空气中。我站在海边，仰望着这里的蓝天白云，远眺广袤无垠的海面，思绪散漫，想人世间的际遇种种——到底是谁有一双把握命运的大手，可以翻手为云，覆手为雨？想我这一路走来，童年期幼稚，少年期懵懂，青年期呢，又为着什么在不停追寻？我们每个人，在命运的棋盘里都只是一颗小小棋子，它动一动手指，就轻易让我们挪动了位置。在乡下生活了三十年，以为的落地生根，却原来不过是另一种漂泊。

北戴河新区，渐渐熟悉起来，它成了我往返在乡下与城市之间一个必经的地名。

信步走去，金黄的沙滩上游人如织，欢笑声把空气搅得热烈起来，我穿过这声音织就的屏障，向更远处走去。忽然记起早年汪国真的句子，"没有比脚更长的道路"，但用这句话来形容沙滩，却似乎并不合适，海有多远，它就有多长，谁又知道哪里才是尽头呢？年少轻狂，我曾经试图用脚步去丈量它的长度，我不停地走啊走啊，累得腿疼，结果可想而知，我失败了。抬头看一看脚下的这片金黄，它在我的视野里无限延伸，目光太短，既跨越不过时光的长河，也无法抵达距离的另一端。如今是越来越清楚了，山间的事看不透想不明白的太多。能做到"不识庐山真面目，只缘身在此山中"是睿智的，像我爱着海，也不必一定要知道它亘古存在的理由。这沙滩细，软，伴着海走过千百年依然保持着沉默。它具有大智慧，把所有的秘密都深藏心底，不言亦不语。

还是听孟庭苇忧伤地吟唱"长长的，长长的寂寞海岸线"吧，它的确是太长了，又太甘于寂寞。单调的潮声时而轻柔地抚摸它，时而暴躁地拍打它，杂沓的脚步声不绝如缕地响起来，从千百年前，一直响到今朝，它却保持着永远的沉默，低眉敛目地承受着一切，也包容着一切。那些散落在沙滩上的贝壳，圆的扁的完整的或者残破的，星星一样闪着光。只是经不住海水日日冲刷，留下过，慢慢都会消失。捡一颗海螺，把它轻轻贴在耳边，海潮"呜呜"的低语声，从它暗黑而空洞的深处传来，是要向我讲述藏在心底里海的秘密吗？

在酷热的夏天，没有什么比海风更值得夸耀。它轻轻地吹过来，携着海面上特有的腥咸气息。看似无心，却信手把一季的暑热都全部带走了，呼吸顷刻间畅快起来。它拂起我的长发，拂去我满身的疲惫，又信手吹起我的衣袂翩翩，这一刻的我肋下仿佛生了双翼，拍拍翅膀就可以做那只扶摇直上的鸟儿。

阳光从蓊郁枝叶间隙挤过来，洒下一地斑驳光影。蜥蜴在沙地的矮草里欢快追逐；一些色彩各异的蜘蛛在树与树之间的网上休息；清越而婉转的啼鸣，刺破了四周静寂的空气。我置身其间，安静得像一棵树。我忽然发觉，在大海的襟怀里，能够做一棵树，得以宁静地生长，自在地呼吸，清晨与露珠耳语，傍晚听海潮叹息，每天与各种各样的鸟儿耳鬓厮磨，是一件令人倾心的事。

作者简介

梅雪　河北省散文学会会员。散文作品散见于《中国旅游报》《云南日报》《四川日报》《生活与创造》《思维与智慧》《黄河黄土黄种人》等报刊。散文作品入选《中国精短散文佳篇选粹2018》，散文作品入围2019年百花文学奖散文奖、第五届大地文学奖。

诗歌

黄金海岸

高　梁

我记得那里，海的蔚蓝和沙山的金黄
夜晚的黑，和没有人烟的荒凉

我记得一群写作的人
其中最为内敛的，现在看来也活得张扬
每个人看上去都意气风发
都可以指点江山
时间的磨盘因我们转动
我们的愿望都能实现

我们搭建帐篷，携带着生活用品
在沙滩上点起篝火，喊起摇滚
大声朗诵诗篇，在酒中，前言不搭后语

后来，后来这个集体不断分散
有的结成密友，有的收获爱情
有的远足，有的沉于思考和睡眠

很多人离开后，就不再联系
许树壮经商、公然转写论文
有的人被迫远走他乡
有的人在一轮又一轮的灾难
和疫情中，活成小国寡民
有的人变得陌生，再也辨认不出
有的人在死中生，有的人在活着死

我不再懵懂。娶妻生子。但除了写诗
每天最爱，待在果园里
有一次见到孙建华，我们的大姐
竟然没要电话号码

我记得那里的蔚蓝和金黄的沙
除此外，还有刮来刮去的
陆上和海里的风
我再也不能在黄金海岸露营
遇不到当年的渔船
遇到一个人，再难成为朋友
再也不会轻易交出我的心

没人会要，这一颗伤痕累累的心
会跳，但会乱跳，会偷停
会在堵塞中供血不足
我不知道我需要一台发动机
还是一台起搏器

前两天西雨说
有一个朋友，不再阳光

和热情。说我的一个朋友靠他才能
发挥自己的才能。我忍了又忍
才没有摔门而出

我们学会了忍让，妥协，接受了自己的平庸
把自己像一只鸵鸟，埋在生活里
眼中忍着泪，压下悲欢，穷苦
和举步维艰带来的绝望
一个人在雨中痛哭

不会再年轻了。不会再嘶吼着一无所有
只有一夜愁白的头，和脸上纵横的皱纹
天高云淡，乘不了风
我们活得越来越沉
我们再也不会据理力争，再也不会
在雪夜的海边凉亭，点燃炭火
喝着酒，涮着火锅，一边要来回跑动
双手不断揉搓

黄金海岸已经商业化。可以滑沙
乘着游船戏水。坐着直升机
俯瞰40多里绵延的沙丘
它优美的分割线

可我还是喜欢它没有污染的金黄
静悄悄无尽的蔚蓝，和它一望无际的荒凉
以及再也寻觅不到痕迹，我们站在门槛上
拥抱人生的青春

沿着海岸线走了一遍又一遍

海岸线不会跟着我延伸

眺望大海，自然带来忧伤和哀愁

海浪一直在回响，我又感到满足

真好啊，是这里，风暖潮平的黄金海岸

安放了我们张扬的青春

它足以抵消，我们走的所有弯路，歧路

所有的背叛，所有的不公，所有的苦难疾病

我们心中，荒凉的，苍茫的

坐着木制马车离开，我们独自拥有的

唯一的，黄金海岸

永远的黄金海岸

作者简介

高梁　中国作协会员。诗作散见《诗刊》《人民文学》以及多种诗歌选本。曾获河北省文艺振兴奖、河北省文艺贡献奖、秦皇岛市文艺繁荣奖等省市级奖项。出版诗集《秘境》。

守望

辛泊平

一

在北戴河新区
我始终在一条河的流淌中
抵达一个个崭新的奇迹
眼光与心灵的交汇处
岸只是土地的一种形式
我可以站在另一条地平线下
打量熟悉的日出与日落
打量来来往往的行人
是否有了新的轨迹
与新的笑容

二

站在沙滩上看木屋
木屋是小的
我是小的
而天地静默如初

我愿意就此坐下来
在静默中思考大与小的关系
思考生命的多种参照
思考价值与意义
思考形而下与形而上
思考一个词语所能完成的诗意命名
—— 阿那亚
生命内部的节奏
可以通过柔软的唇齿摩擦表现出来
在这里，我可以忽略一个人的走动
一个人的歌唱，但无法忽略
一个完整的生命
缓缓融入大地的声音

三

所有的医院都给人以压迫的感觉
生命之痛
与长度无关
而在普拉德拉
我看到一种尘世的慈悲
看到一种人文的守望
看到一种呼应天地的阴阳
正在注入现代人匆忙的脚步
让灵魂慢下来

四

我必须清空自己
在打扫完尘世的是非之后
才能真正进入孤独图书馆

一个哲学命题

—— 孤独是人的宿命

而图书馆让孤独的人们

重新理解了孤独

纸张辽阔

灵魂没有疆域

以梦为马的人们

就是在孤独中看到繁星满天

看到孤独的人们

在不同的时空里

用身体与时间擦出温暖的火花

五

行程短暂，但记忆可以延长行程

以大海为背景

建筑与人都是风景的一部分

比如沙丘美术馆

比如一件雕塑

比如一个与天空平行的理念

比如我们自己

在长久的凝视中

心灵的躁动与季节的轮转最终合二为一

作者简介

辛泊平　中国作家协会会员，河北省诗歌研究中心特约研究员，秦皇岛市作家协会副主席。在《诗刊》《人民文学》《青年文学》《随笔》等海内外百余家报刊发表作品并入选数十种选本。出版有诗歌评论集《读一首诗，让时光安静》《与诗相遇》，随笔集《怎样看一部电影》。

你在海边有一所房子

田海宁

你在海边有一所房子

你在海边有一所房子
来到这里，呼吸自由而甜蜜的
生命。在大海无边的怀抱里
摇晃内心不安的愁绪

过去这里是一个渔村
百姓认识很多鱼和海鸟
他们一生只爱他们的渔船
却不知道海水有那么蓝

你走在黄昏的沙滩
卖贝壳的老人讲着过去的事
夜晚，忧伤的波涛
一遍遍拍打着遥远的海岸

你在海边有一所房子
一边欣赏天空，一边翻阅往昔

现在这里已是另一派尊贵
而这片海却丝毫没有改变

养扇贝的人

一只快乐的扇贝
一只忧伤的扇贝
打开你坚硬的壳，让我看看
藏在水下的时光和苦涩

养扇贝的人
把那永恒的黑暗和深渊
称为肥沃的田；把风浪和潮汐
称为年景，还有神秘的微生物

请告诉我：大海真正的颜色
请擦拭皱纹里的盐
请在粗粝的海风中交出柔软的身体

更多的时间，他们在修船补网
漫长的春日和劳作
在扇贝厚厚的壳里，酝酿冬日

养扇贝的人，我的朋友
他从海上的烈日和风暴中回来
渔船摩擦着码头，像缠绵与倾诉
他提着一盏渔火走进姑娘的怀抱

这片海

我眼前这片海，真年轻

像某个清晨邂逅十年前的自己
干净的时光，裸露的生活
涛声重了
那笼罩在晨曦和雾霭中的树林
是谁亲手种下
我们都是古老血脉上的歌声和
凝重的表情
说点什么呢？互道一声：早安
互道一声：珍重

打开方式

在美丽的沿海公路上
我划着一艘黄色的公交车摇摇晃晃
驶进春风
北方的小镇，父亲忍受风湿的疼痛
偏远的山区，孩子还没有擦干
昨夜的泪痕
嫦娥四号已经在月亮的背面
着陆，搭载棉花的种子
在零下197℃的苦寒之地，捧出一点嫩绿
这般想想，每一天都是奇迹
我们能做的不多，可是依然心怀
美好和祝愿
海边充足的氧气，让一个个血红细胞
在宏阔的动脉里汹涌。我先要打通
哥哥的血栓，拉着他的手奔向大海
这就是一介草民打开春天、大海乃至
世界的方式。背后是无尽的蓝
心中是无尽的沸腾

碧冬茄

隔着木栈道，细白的沙滩
一簇碧冬茄与蔚蓝的大海遥相呼应
时间久了
它以为开到荼靡
便可如大海般荡漾汹涌
有时，它甚至梦到自己变成了波涛
为那深沉的呜咽装上明亮的
号角，为无尽的虚无勾上花边
可怜的矮牵牛，它那么渺小，短暂
有时也不得不低下头，沉思
挖空内心的眼泪
更多的时候，它背对着大海
自开自败，热情歌颂
用摇曳的背影诉说女儿心，英雄梦

回家

大海落潮了，退得好远
夕阳下，沙滩上
留下一片片美丽的湖泊
他们是贪玩的孩子
大海是他们的母亲

大海有太多的孩子
不能把他们都领回家
大海越退越远，他们的
小手便划过母亲的指尖
喊着，妈妈，妈妈
大地上有多少迷失的孩子

等着妈妈把他们领回家

他们日夜奔流，成为倦旅

太阳出来了

他们被蒸发到了天上

他们望着蓝色的大海

喊着，妈妈，妈妈

此刻，只有哭泣，才能

再次回到母亲的怀抱

作者简介

田海宁　中国诗歌学会会员，河北省作家协会会员，鲁迅文学院河北青年作家高研班学员。秦皇岛开发区作家协会诗歌艺委会主任。参加第六届河北省青年诗会。获第四、五届秦皇岛市文艺繁荣奖；河北省开发区改革开放40周年征文二等奖。在《十月》《青年文学》《诗选刊》《芒种》等刊物发表作品若干。

在北戴河新区旷野上行走

一　笑

过槐林

槐林径直站在海岸

它们温顺地看我们路过

我知道它们已经老了

和我的年岁差不多

四十年前

我一边看海一边栽树

槐林的年轻和我的年轻融在一起

那时候

就连大海都羡慕我们

倘若时光允许

我一定抽出一些空闲

坐在海边

和你一同等待花开的日子

沙柳

这世界太拥挤

所以我任凭一支沙柳
带走我的身体
她们顺着东北风向
遗落在碱滩上
这样也好
我保证笑脸相对
我要歌唱这美丽的万物
并且
守住我不可多得的寂寞

旧民居

人去屋空
旧人的影子都还在
在西河南村的街上游荡
急什么，急什么
其实谁的脚步都不必匆匆
有屋，有灶
还有一帮儿女
还有山河永恒
万物依旧
任何愁绪
只不过是惺惺作态
只要我们有耐心
那些人的幸福生活
注定还会回来

饮马河

夕阳西下
没有西风

一群马也不瘦

相对来说

村庄变化不大

只不过体态臃肿

风韵已逝

再也没有姑娘在河边洗衣服了

天边的落日开始燃烧

草木枯萎

打短工的人

疲惫地返回村庄

那火红的颜色

正好填补了庄稼的空虚

稻田

春种秋收

不过我能够坚守这个季节

我确信云彩总是定时回家

燕子总是定时哺育幼雏

而我总是定时走向七里海的稻田

至于季节后面那些事情

谁爱议论

就让他们议论去吧

有一个人在沙滩

孤独也有颜色

黑色偏苍老

像一棵干枯的老洋槐树

很多年前

我就看见这个人

在沙滩坐着

他什么也不干

一动不动地

像一块海边的岩石

我说

你这个老家伙

是时候返回人间了

那一片故乡的海

我已经给你办了托运

赤洋口村

那是我认识的第一个村庄

风中有咸腥的味道

我走了之后

我几乎成了陌生人

只记得那里有碱滩

有盐细菜

还有大海和渔船

印象最深的是有袅袅的炊烟

不过现在什么也没有了

只有我带来的一片云彩

陪着我洒落下几滴不轻不重的忧伤

爆米花

突然砰的一声

一朵云彩就在朱建坨村升了起来

然后孩子们就笑

老李也笑

我是一个不善言辞的人
只感觉童年就在身边擦肩而过
我无所谓抓住它
因为我知道
时间走了
它就老了
反正我不走
我不认识那个叫时间的家伙
更不认识这帮孩子
我只知道一个叫老李的人
一个走街串巷
崩爆米花的老头儿

碌碡

很多使用碌碡的人都走了
他们忙着赶往地下
进入下一个轮回
但是碌碡还在
它们悠闲地躲在某一个角落里
陪着万物
走完最后的路程
我认识很多大小不一的碌碡
他们在碾棚里
或者在谷场上
或者在耕耘的土地上
演绎与人类不同的命运
那个叫碣石山的家伙
在无尽的岁月里
繁育了数不清的碌碡

如果可能
我愿意和它们一起
咀嚼喧哗过后的无聊日子

倭瓜

相对于一棵蔬菜
我没有任何优势可言
同样的一片秋阳
同样的一缕秋风
这颗茂道庄村的倭瓜
享受到的大自然恩赐
比我多得多
自从很多物种从天而降
它们开始学会了与人彼此相爱
这样多好
阳光热烈，月光静谧，庄稼茂盛
神的信使往来其中
这样多好
我决定把握住这样的机会
我要享受这片刻的宁静
常住人间

天生万物

秋天从天而降
像极一群家雀儿
我也是从天而降的
在一个叫赤洋口的村子
迅速融入万物之中
你们谁也看不出我的不同之处

一块山石

或一棵树一株草一只燕鸥

与一个人有啥区别

天生万物

我也是其中之一

这让我有些飘飘然

这尘世

有几分红颜知己的样子了

这地球

确实是个好球儿

作者简介

一笑　原名肖沛昀。河北省作家协会会员，《昌黎文化研究》执行主编。著有诗集《大太阳》《一棵会思索的芦苇》，随笔集《调味生活》。诗歌、随笔见于《当代》《绿风》《天津文学》《诗神》等报刊。

在阿那亚

王 永

阿那亚

阿—那—亚
这充满异域色彩的音节
具有与生俱来的高贵气质
混合赞叹、兴奋和惊奇

Aranya 本是佛家语
意指禅修之所，清幽之处
确实，这里海风拂面、花木成荫
适宜松散怀抱与冥想

在这里，如果你有一所房子
就可以面朝大海，春暖花开
这里的网红礼堂是免费的
名扬天下的孤独图书馆是免费的
艺术馆是免费的
沙滩是免费的

大海是免费的
日出是免费的
清风明月是免费的
如果懒得走，连电瓶车
都是免费的

当然，不必担心
没有业主证，还有酒店可以住宿
它们有优雅的名字
环境怡人，房间高端
一天的价格
刚好是我月工资的六分之一

孤独图书馆

沙滩上不能种花
却能盖房
我被立在海边
只是为了孤独
我的孤独也是一排
塑封书的孤独
他们不是合格的道具

一百多平米，灰色的墙体
给我命名的应该是诗人
一个名词就让我在世间爆红
人们远道而来，蹚过沙滩
为了和我合影，并竖起两根手指
我保持着孤独的神态，不泄露秘密
当黑夜和恐惧从海面上升起

人群走远

我开始摘下孤独

裸露自己的肌肤引诱海风

打开耳朵，听海涛闲话

听到鱼群的嘶喊

我看到月亮在海里洗浴

看到海的皮肤变色

更多的时候

我也被我的表演感动

而身后楼盘的房价，秋后

又上涨了一成

沙丘美术馆

完美的设计

在沙丘挖洞

多像我们童年的游戏

我在中秋前再次来到这

在一场蒙蒙细雨里

与丹尼尔·阿尔轩的个展不期而遇

这个热爱制造时间坍塌的美国人

铜绿色的断臂维纳斯被他侵蚀

露出银白色的方解石

被侵蚀的还有大卫、阿波罗、阿芙洛狄忒

战神博尔赫斯、狩猎女神狄阿娜

他们都藏在沙丘之下

耐心等待，被千万年后的人

再次挖掘

我站在落地玻璃窗前，望着

海滩上，墨尔波墨涅的头

这位悲剧女神正陷在蓝沙里

我与她的眼睛对视

想到时间的沙丘崩裂

一片浑茫

作者简介

　　王永　文艺学博士，现为燕山大学副教授，研究生导师。秦皇岛作家协会副主席。著有《通往诗学的交叉小径》，评论、诗歌、随笔、翻译见于各类报刊。曾多次获河北文艺评论奖。

好莱坞魔法城堡.

北戴河新区，蝶变的华章

孙庆丰

在渔岛，倾听生态的天籁之音

说它是岛，它又有别于寻常意义上的岛
在我眼里，它更像是，一架安放在海平面上的
绿色钢琴，也像是热爱生态的北戴河新区人
集体明晃晃地掏出了一颗，绿色的心

"绿水青山就是金山银山"的生态理念
此时就像一支舒缓的钢琴曲，随着温泉水
流动的声音，轻轻拨动着每一位游客的心弦

醉了的世界，海醉了，树醉了，花醉了
草醉了，就连被这人间生态的天籁之音
不经意陶醉的白云，它们落在水面上的倒影
也像极了温泉池里的游客们，一张张因常年
神经紧绷，而突然松弛下来的，幸福与惬意的表情

这是人间少有的天堂，有着人间少有的清净

一花一草，一树一鸟，就连每一滴纯净的温泉水
也都有着世上最低碳的灵魂，日夜倾吐着
绿色的心音，每一滴心音，都是一个生态的音符

就像这渔岛的每一处景区，宛若一个个绿色的琴键
当你用心灵去触碰这些琴键，属于你的诗和远方
就会像这蜜汁般氤氲的空气，漫溢在你每一根
幸福的神经

在渔岛，倾听生态的天籁之音，一颗心
突然就有了想要扎根的思想，做一棵树
一朵花，一株草，哪怕是一滴洁净的温泉水
只要能为人间，撑起一抹绿色，再平凡的生命
也会抵达伟大的丰盈

在沙雕景区，感悟生命的意义

沙做的雕塑，多像这大地上形形色色的人群
每个人的人生，起初，都是一堆不起眼的沙子
在生活的风暴面前，在命运的海浪面前
有人用倔强的毅力，一遍一遍，重塑自我

他们早已看清，在成功的艳阳
尚未穿透风暴之前，他们必须要在黑夜里
心怀隐忍，任岁月的刻刀，一刀一刀
剔除杂质，刻下光明

在沙雕景区，一定有一座你喜欢的雕塑
或是触痛了你不甘向命运屈服的神经

或是映照了你所经历的所有苦难

在生活的大潮中一次次倒下又坚强地站起

没有在世俗中随波逐流，一粒沙子

也有一颗像金子一样宝贵的初心

阳光下的沙雕熠熠生辉，宛若行色匆匆的人群

在凝固的时光里砥砺前行，唯有不负岁月的灵魂

才能读懂这些看似静止实则灵动的生命

每一座沙雕的脸上，都有着佛一般慈眉善目的安详

每一座沙雕的身体里，都深藏着淡泊明志、宠辱不惊

生活的大潮依然在不远处起起落落

岁月的风雨依然在猝不及防时迅猛袭击

看看那些泰然自若的沙雕，不躲避，不逃避

冥冥中仿佛在告诉我们，阳光总在风雨后

人生敢拼才会赢

在新区规划展馆，我听到蝴蝶破茧的声音

起初就是一个不起眼的蚕蛹

因为有了科学的发展规划，有了破茧成蝶的雄心壮志

就有了走向高质量发展的，厚积薄发之力

种下梧桐树，才有凤凰栖

这个道理，在北戴河新区，居然突破传统

有了标新立异的解释，梧桐树不再是单一的经济平台

凤凰的目标除了掘金，如今更注重诗情画意

招商引资，再大的项目，都不能破坏生态

不能为了短暂的经济光晕，而牺牲长远的民生利益
走得慢，并不怕，走稳才是硬道理
稳扎稳打，步步为营，所有的凤凰，要么十五年不鸣
一鸣就要让天下知

这里的企业，都是新时代的绿色企业
这里的人，都是践行人与自然和谐相处的
宣传大使、形象大使
倘若没了绿色这片幸福底色，新区为谁而设立
答卷是否能及格，这一直是答卷人在思考的事

所以，每一个阶段，每一个步骤
都是那么有条不紊，在井然有序的发展环节里
我们感知到的是答卷人的殚精竭虑、小心翼翼

我将无我，不负人民！当我听到这
蝴蝶破茧的声音，一份敬重之情，禁不住在内心
油然升起

在远洋蔚蓝海岸，我看到梦想的风帆升起

这里不是天堂，却有着天堂少有的静谧
这里不是桃花源，却是无数游客向往的生态福地
在远洋蔚蓝海岸，我看到梦想的风帆升起
风帆上写满了幸福、安乐、悠闲和诗意

中央公园、猫的天空之城、航海图书馆等等
如果打开规划图，每一个点位，设计都是那么用心
布局都是那么合理，都说世事没有绝对的完美
我所看到的这里唯一的瑕疵，就是无法找到瑕疵

从北戴河到北戴河新区远洋蔚蓝海岸

宛若从山重水复到柳暗花明，世界突然就静止下来

静得，不啻能听到自己心灵的律动，还能听到草丛中

秋虫的亲昵，每一座建筑，都像是一位知性美女

落落大方、端庄贤淑的外表下，一颦一蹙

都折射着秀外慧中的灵气

啊，到了远洋蔚蓝海岸，才发现凝固的建筑

居然也有着灵动的生命，一砖一瓦，亭台楼榭

似乎扇一扇翅膀，就能飞进游客们幸福的心坎儿里

莫说相逢何必曾相识

莫说短暂的邂逅也是灵魂长久的皈依

你来不来，这蓝色的海岸风情，绿色的幸福家园

都在这里静静地等你

夕阳下，当我转身，我看到无数游客的双腮上

挂满了海浪般飞扬的泪滴

在生命科学园，感受现代医学尖端的魅力

我突然就对这座生命科学园肃然起敬

现代医学的创新与突破，无疑关乎民生的健康与福祉

每一项医学技术革新，无疑都是全人类的福音

站在人类健康的门槛，展望人民对美好生活的向往

唯有医学的保驾护航，人民的幸福之树才能永葆常青

都说健康是福，没有健康何谈幸福

而北戴河新区生命科学园，正是秉承着全民健康的初心

自觉承担起做好健康服务的使命，向着新时代的

医学高地进军，正成为未来高端医疗服务行业的精英

打造新药、新型医疗器械研发高速公路
和世界前沿医疗技术研究及应用平台
每一位医疗工作者的态度都一丝不苟
打造细胞制备、存储、检验、研发产业链
推动示范区细胞产业标准化、规范化发展
每一个环节都精益求精

在生命科学园，感受现代尖端医学的魅力
仿佛看到欣欣向荣的祖国，在世界的大舞台上
综合国力更加突飞猛进

在阿那亚，聆听慢时光里的幸福韵律

到了阿那亚，时光突然就慢了下来
海水的流速慢了下来，白云的步伐慢了下来
树木与花草从我眼前掠过时，也像一帧帧
延时的幻灯片，慢了下来
我看了看腕上的手表，其实时间并没有变慢
而是我一颗经年疲于奔命的心，不知不觉地慢了下来

和我的心一起变慢的，还有海边的礁石被风化的速度
建筑被风雨侵蚀的速度，以及人们欢乐的笑脸
被岁月催老的速度，因为每个人只要到了阿那亚
都会暂时忘却生活中的不幸与不快，每个人都是一脸
幸福的表情，所有的苦难，全都在顷刻间一股脑倒空
交给大海来承载

到了孤独图书馆，你会发现孤独原来也这么美
到了蜂巢剧场，你可以尽情地笑出声来
到了沙丘美术馆，你可以领略到地质年代

原始自然力量和历史遗迹三者完美融合的艺术之美
到了阿那亚礼堂，你会感叹假如时光可以倒流
一定要谈一场轰轰烈烈的恋爱，让阿那亚礼堂
能够留住你青春最美的风采

在阿那亚，如果你静心聆听
那慢时光里所缓缓流淌的幸福韵律，正从每个人
欢乐的心房，合奏成一个时代最美丽的节拍

作者简介

　　孙庆丰　　鲁迅文学院河北青年作家高研班学员，河北省作家协会会员。作品散见于《诗刊》《小说选刊》《青年文学》《时代文学》《天津文学》《啄木鸟》《延河》《飞天》等刊物。曾获鲁藜诗歌奖、梁斌小说奖、延安文学奖等奖项。

海滩上，有一座小屋

沈晓东

海滩上，有一座小屋

写下这个题目
其实，是想起了一个人
一个性情温和，不善言辞
喜欢用文字表述内心情感，记录平生酸甜
苦辣，点滴感悟的人
一个喜欢安静，喜欢独处

喜欢一个人漫步海边时，不时地幻想
能在少有人迹的沙滩上，造一所属于自己的
小屋或窝棚的人

久居渤海湾西岸
他比谁都熟悉眼前这片大海
当然他也比谁都了解，这片大海的脾气
和秉性
他眼里的海水

时而深沉如苍老睿智的哲学家

时而，又如一个热情浪漫或温婉可人的

年轻女子

他眼里的海水

狂暴起来，会发出震天撼地的怒吼

平静下来便悄声絮语，唠叨一些你永远

探究不清的神秘

他就这样，时常在城区边缘

或远离闹市的一处海滩上，思索着品味着

独享那份自在、宁静和安详

偶尔，他会拿出相机

为那轮硕大的，飘荡在海平线上的太阳

珍藏一片绚烂和辉煌

间或，有一两只海鸥，掠过镜头

又翩然离去。只留下一串儿咕咕的叫声

在耳畔萦绕，盘桓

也曾有一个腼腆的女孩

悄然闯入他的视野——短发，圆脸

面带些许的娇羞

简短地交谈，知道她是一名大学生

来自千里之外；知道她第一次看海，极想拥有

一张跟大海和沙滩的合影

可惜，当年没有互联网，更没有手机和微信

照片洗印后，他如约寄出并静候佳音

不想，却石沉大海

仿佛只是一个梦境，仿佛

什么都没发生过——除了女孩好看的笑容
和曾经满是快活的倩影
日复一日，陪伴他的
依旧是无法言说的落寞孤单，以及那段
只可品味，无法追回的往事

二十年后，女孩儿依旧如断线的风筝
杳无音信。而这城市的海滩上竟然真的矗立起
一座小小的房屋
灰白色的墙体，横平竖直的框架
中规中矩的造型；多像一辆卡车，装满了故事
装满了思念和牵挂——随时，准备出发

或许，一千个人的心里，就有一千座这样的小屋
至少一千座；而每一座小屋，都安放着一颗
不肯安分的灵魂，不甘寂寞的心
想起一句台词：每个人
只能陪你走一段路，迟早是要分开的
我，真的相信

蹊径

宽，不过三尺
长，顶多百余步
这条被人工硬化的，笔直
规整的小路
从阿那亚社区的滨海大道旁
默默出发
循着涛声，迎着微风
朝着海的方向

像箭头一样简练，果断

不容置疑

箭头顶端

是一座被叫作礼堂的尖顶小房

雪一样纯净的颜色

简笔画一样干净的线条

静静地矗立着

在这片松软、辽阔的沙滩上

远远望去

像模型，像布景，像一张素洁的

小卡片，甚或一枚精美的书签

不远处，与它比肩而立的

就是那座同样著名，同样红遍网络的

最孤独的图书馆

总有一条小路，引领着梦想

砥砺前行

一条创意就这样，带火了一片社区

是谁别出心裁

转瞬间，制造出阿那亚的神话

蹊径无言

依旧默默地，延伸……

作者简介

沈晓东　河北省作协会员，河北散文学会会员，文学内刊编辑。在《散文百家》《散文风》《河北日报》等报刊，发表散文、诗歌作品若干。多篇作品获"河北省散文名作奖""秦皇岛市文艺繁荣奖"。

晚秋

简　枫

推开后院的栅栏门

海水涌进来，浪花一朵朵开

太阳升起来，托举着湿淋淋的嫣红

一个人的清晨是深蓝的

学校里，孩子们诵读

"惊涛拍岸，卷起千堆雪，江山如画"

从没一刻像此时，我渴望年轻，再年轻些

重新站上讲台，赞美这蓝色的海湾

晚秋的太阳有深情的光芒

黄栌树，栾树，五角枫，白皮松

鸟鸣声也沾染一片白浪，白浪滔天

洋河水汤汤，滦河水浩荡

秋风扫落叶，秋雨敲击海平面

多少人孤独地陷入阿那亚

海边的图书馆

作者简介

简枫　原名徐丽娟。工作生活在秦皇岛，诗词爱好者。

秋天的黄金海岸

镇　州

槐树落叶了

何况整个防风林都在落叶

它们在解除和夏天的婚姻

所有线条倾斜着

隐藏其中的大厦楼房，倾斜的意味明显

我知道，落叶纷纷，是有座大厦在解体

黄金铺满黄金海岸

西北风，一次次吹过防风林和我

搬运着我们

海岸东面的大海苍茫

仿佛才是真相

我竟有了顺从之意

眺望着

作者简介

　　镇州　本名扈振州，忙时躬耕，闲时读书写诗。有作品若干在《绿风》《山东诗人》《核桃源》《世界诗歌杂志》等杂志发表。

车过北戴河新区有忆

安　龄

当年有位广东小伙儿爱上了

家乡渔村的秀气师姐

为她写了一首长诗《七里海》

轰动了诗社

传阅在整个礼堂

这对恋人早已不知去向

每次路过七里海

风中都仿佛听到他们的弹唱

那静静海湾

特别美丽，忧伤与荒凉

应该唤他们回来看看

如今这里一派繁华景象

三十多年了

海岸线在飞速变迁

不变的唯有多情的海浪

作者简介

安玲　高级工程师。秦皇岛新诗微刊主编。

我捡拾的记忆总是与我擦肩而过

王双忠

垂钓

一条花色的石斑

拉动浮标

跃进了他的筐篓

七里海从他家门前走过

钓走了波光粼粼的青春

夕阳躺在河面上

诱饵垂在涟漪里

等鱼上钩

秧歌

把节奏踮在脚尖里

蕴藏发深厚的弹性

还有她们的腿，始终弯曲着

一步步地抹动欢愉的唢呐

他们立足于一个传统的爱情

在挑唆与驯化里

流放异常生态野性的张扬
他们会把喜怒哀乐投放到目光里
扇子、棒槌和手绢
只是生活的道具
我已经无处考究演员原有的样子
我不明白腰部如此伶俐的大嫂
为啥抖落不去颤动的肚膘
她们脸上是流水般的微笑
像是出怀了的村姑
故意展露肚子里的富有

民歌

这一次，在一个农宅山墙边的荫凉里
遇见一位老祖母为她摇篮里的婴儿唱古老的歌
我想起外婆曾经在油灯下做针线活时的曲调
外婆没教过母亲，母亲却如出一辙
那声调，我肯定也会
我记得如此清晰
有人整理了外婆和母亲，肯定也有我
许多年，还保留着深邃的唱腔
渔歌号子
源于她们骨子里的梦想和信仰

隔世的温柔

一张老树皮，像极了我的脸
粗裂的皮肤，哪里是我寻找年轮的眼睛
我曾把自己的名字刻在了教室外光滑的杨树上
直到毕业，依然感觉我们彼此相连
学校早就没了，我的名字也早已腐朽

流年的味道，只是我见到了一张老树皮
想起了我已经搬不动凝固的日月
斧锯刀劈的痕迹，再现不了流逝的真相
倒是生存一如既往
大地之下储存了遗传的血脉和乡音

时空

爷爷万万想不到，生他养他的这个村庄消失了
村里斑驳的街道，已经不能收纳风中的闲言碎语
这里的房子会一层层地摞起来，高到仰视才见
那是一个固定的格式
叠放起来，像极了蜂巢
村里的人们可以把岁月酿在里面
掀开窗户就能看到大海
他在荷锄而归的傍晚，把家拾扛进电梯
海草的鲜味也会一并挤到厨房里
煎炒风俗和文明

流溪

我一直认为，是植物隐蔽了我和身世
那个村庄
到处深扎着我的存在
河边的树林里，知了叫得杂乱无章
我靠近它们，手里的网子也就俘虏了自由
所有的挣扎都是一份无知的表现
犹如
城里难以捕捉到知了的叫喊
活着的谜底，很浅薄
只要是顺着呼吸走下去

路便如溪
流成自己的人生

作者简介

王双忠　作品散见于《散文》《散文诗》《辽宁青年》等。歌曲《多年以后》获2020年度"向经典致敬"创作大赛银奖；长篇小说《春晓》获第六届麦林文学大赛三等奖；散文诗《火柿子》获全国第二届社会转型与文学发展征文二等奖；著有散文诗集《走过的地方，皆是风景》《素歌》。

最美的季节

焦 然

槐花盛开

窗外的鸟鸣在黎明时分，吵醒了
槐花的色彩，我推开落地窗
大片的白色味道扑了进来
在我的眼里抢夺我的视线
那些鸟朝新区的天空飞去
许多斑点挂在云朵上
就像云吐出的文字
在空中盘旋后，便又扑向大地
跳跃，浮动，散落在槐林深处
那个舵手的身影，穿过那片云
侧身转头凝望，马达声驮起晨光
扎眼的槐花映衬一段温暖

槐花飘香

在北戴河新区的清晨
我喜欢它们的寂静，安逸，舒适

晨风下，干净的滨海新大道

融入我踽踽独行的脚步

我在寻找那片三十里的槐花海

枝头上像缀满青花的罗幕

我独爱其中的一支

那是紫色的味道，渲染我的视觉

海风渗透在我的思想意识之上

慰藉孤独的灵魂

槐花香挽留不住晨风的记忆

所有的事物开始张扬跋扈

深入初春的腹地，抵达春愁的内心

我在等待阳光一寸寸醒来

沙滩大世界

东起戴河入海处，西达滦河入海口

绵延百里的海岸线上，有个沙雕大世界

那些来来往往的人，或三两成群结队

或独行于此，就像风中的树叶

飘在初冬的沙雕表情之中

一些文史喘息着躲进诗歌的角落

黄沙彰显着个性，吞噬灯影，人形

倾斜的语言点亮了美食，红酒

放纵的形体，微醺的刹那

一次次引渡我幻化为另一时空

海风邀我于此一同踏浪

转身我走进沙的艺术深处

秋夜里的访客

秋风如此温顺

停留在湿漉漉的夜色里，屋檐下
揉碎了闪电的天空，如果有
再大的风也不会影响秋的热情
落花找不到流水的踪迹，微笑
迎接秋夜里的访客
捡拾白天里经过的一行时间
捞起余晖下的身影，放入绿色的角落
等待秋风爬上躯体
寂静里听到秋风喘息的声音
凉爽，直入，舒适
是从秋风的身体里流淌出来的
堆在云朵缝隙里的星光，熠熠
追随新区的某个地方，找到回家的路
那一缕方向在黑暗里生成一双翅膀
只求飞得更高，于云层之上
于秋风之巅

站在月光里等秋

和月光下的北戴河新区站在一起
听秋虫的声音，等待秋的光顾
忙碌的时钟又一次被切换成夜色
海风还在迟疑的路上，与月夜相约
在夏末秋初的拐角处
月光越过障碍，注视着我的身体
我开始在月光下融化过往
许多事情发生在流淌的月光里
时间在挤压思绪，洁白的墙壁
印上我和月光的影子，与月光对话
语言显得苍白无力，浮夸，淡雅

门前的几颗枣树奔向了秋的方向

青涩的果子在路上变红

粮田绿了很多次，又黄了很多次

种子包裹着月光开始酝酿成熟

这个秋天到来之前，微凉的风

寻着月光而来，留下惬意的收获

月光里装满收成的秘密

我在月影之中，品尝秋意

听海的声音

海浪梳理着海岸线

北戴河新区打开了渤海湾的视野

黄金海岸在泳装的色彩里跳出来

海潮的声音融入凝滞的天空

风浪，一跃而起，翡翠岛直起身子

"东临碣石，以观沧海"，随后

唤醒沉睡的时空，日出

召唤着心灵深处的声音

与海水洗礼之后的清晨醒来

复活的阳光开始准备迎接夏天

潮湿的沙滩已经沉默

海水的力量将时光压进每一粒沙子

行走的时间停留下许多光阴

岁月的痕迹填满，又将

时光从每一粒沙子中剥离

所有的风景都源于一块石头

路过

雨从身体里出发，拉长了海风的距离

思想里面的云朵飘过北戴河新区的上空
矗立的楼宇融进耿直的语言
乡音开始背离，闯入一个新的领域
我带上伞，沿着海岸线前行
这里我曾经来过，原来是一片旷野
现在，现在是新区开发与规划
远处生长着庄稼，还有一座庙堂
我只是偶然路过，却突然想起麦子
还有停在麦地边的抽水机
一些细节开始反弹
关于我们，关于树，关于诗歌
我们在落日余晖下抵达
踏上海风吹过的方向，注定
我要在春天里出发，脚印落在春的色彩上
延伸至金色海岸线的远方
这个季节流淌这里的风景
其实我只是路过
路过北戴河新区的一段记忆

甜蜜的语言

身上的月光被拧干的时候
我和夫人还在出发的路上
滨海大道，汽车缓慢地行进
轮胎趋于爬行姿势
在月夜里追赶来时的路途
我注视月光与灯光交融的路面
那些被车轮碾碎的光点
逃离车身之后
又被另一个车轮碾压

日子跟随日月也是这样经过的
夫人享受着海风，微闭双眼
五月风光，车厢里装满槐花的香气
父亲是个养蜂人，一生与甜蜜陪伴
离开蜂场时母亲把槐花蜜藏在车里
母亲这辈子不知送出多少与甜蜜有关
父亲很少与我们交谈
只有蜜蜂懂得他的语言
汽车驶出通往蜂场家的路
槐花香浓的滋味越发遥远
我那流动的蜂场流动的家
还在槐林深处酝酿甜蜜
夫人捧起槐花蜜
深吸一口，摆出清香醉人的姿态
"等父母老了，就和我们一起住
享受我们给他们的甜蜜晚年"她说
声音飘出车窗沿着来时的路奔跑
我不敢分神，专注前方的路况
槐花蜜流淌着世界上最甜蜜的语言

阳光在清晨醒来

把太阳的光芒，放在康养中心
迅速的温暖直接占据所有空间
空气里流淌着深层的暖意，是爱
是母亲打开的窗子
把阳光和海浪声放进来
清晨便从这里开始变得温和
母亲把大海的消息敞开在我的世界
四季在康养中心的身躯上掠过

留下生存的绿色，也留下

花开甜蜜的语言

留下苍茫雪野的纯洁

晨风零雾荡漾在槐林之上

分享梳理羽翼丰满的黄金海岸线

唢呐声融入游人的身影

父亲的渔船等待分配工作

直到阳光铺开花色的季节

深固的船锚守住码头，等待海的召唤

我守着康养中心的福地，寻找下一个赶海的快乐

情怀

我惊叹北戴河新区如此幽静

平缓的沙滩，延伸数十里的槐林

自然，人文，以至季节

都赋予我敬重的情怀

沿着戴河行至洋河，直至

行驶在大蒲河深处的幽秘风景

映衬着涛声与海风，鸥鸣

绿色的海岸线浸染我生命的本体

这里生活的人们热情而含蓄

关于北戴河新区，我只有赞誉和朴实的诗句

以一个身处者的身份来感受和体会

北戴河新区的美，美到了呼吸

美到深处，美到撞击我的视线

甚至占有了我的灵魂

仙螺岛为一片海域蒙上了一份神秘

数百米的跨海索道牵出飞跃海平线的激昂

一杯澜独揽完美的剪影，眺望海与日出的冲动

行至渔岛，再一次勾引我温泉浴的疯狂

沙雕大世界塑造历史风情

无形的散沙堆积灵与肉的缩影

七里海躲进原生态的角落

召唤自然界淳朴的本色

我一直珍藏着这里的绿丝带，伴着海风

思绪悬挂在黄金海岸上空

徒步融入康养基地的路上

那条红绿灯齐全的街道，陈述发展的历程

翡翠岛浮在夜色的表层，与沙海无关

夜色再一次拉开，涌出悠扬婉转动听的旋律

我看到时间里的你，独享海的夜色

坐在凉台上，谈论着北戴河新区

谈论着环境和生活方式

谈论蜜与花朵的关系，谈论寂静

再不受空间的限制，一颗星星

闯入新区的上空，推翻身上的睡眠

我搀扶起月光的虚荣，企图用语言之手

绘出北戴河新区奔跑在我的心路之上

在旷野深处种下四季的情怀

作者简介

焦然　笔名冰禾。河北省作家协会会员、中国音乐文学学会会员、秦皇岛市作家协会理事、北戴河诗词学会会员。作品发表于《词刊》《中国乐坛》《中国诗》《诗潮》《淮风》《参花》《电影文学》《中国交通安全报》等报刊。出版长篇小说《荒村》，电影电视剧本集《给春天一个说法》。

与海有关的

孙嘉楠

涟漪

捡一束碎阳铺浪

牵几段睡意和风

我的心事与绿

在醉眸前沉默

辗转几多

云沫，疏影

青空的恋歌

零星坠落，长长守望

中和了季节的模样

灼灼夕阳缠绕淡淡鹅黄

某只鸟止步于最暖的光

久久聆听海的浅唱

梦，盛放

层云之上

你是将落未落的凉雨

而我是涟漪

海月

浪沫轻卷，海月衬空，围着静夜
无限延伸的，金黄
颤动的小路，到底是通向了
海的另一边
还是，那长久醉梦的这一边
无言伫立
或许，不只有我
每一束在这
凉风里彳亍
在这，耀夜里低语的
光，伴着所有将离未离的思绪
偷偷裹挟去
那些
他的，她的，它的
情歌

海耀

没有什么比海风更适合
随浪入眠
也没有什么比这耀海
更适合装饰心田
碎梦，谁替我衔来
几缕蓝线
让我把天海紧系
好让梦与现实不再相隔遥远
航迹云，某些沉睡的鱼
没有事物能醉而坠入
这片自矜的光
夕阳未曾遗忘

有我，被归来与失去无情侵扰
不闭上眼，谁又能怪我
独自占有所有已逝
或，将逝的美好

浪风

浪凌风急，心犹有系
匆匆前行的平面
湮灭于远方彼岸的轨迹
飞鸟尚未驻足，或许
连这片寒冷都已忘记
那散轶往昔轻逝离去的
那飞翔倾诉悲恸顿首的
所有锁于细雨的回忆
唯望风浪似柔剑
剖去飞鸟之翼尖
何堕于雨
念念不见
逐青空
余有
六月

归流

如果你流下的泪
能像季风
像被海浪卷碎的阳光
栖息在鸥鸟的翅膀
礁石斑驳
或许就不会牵绊

我的目光所追随的方向

沉默着，在砂上细数所有

被你抚愈过的伤口

希望有那么一艘船

满载所有忧愁

在缓逝的碎阳里

慢慢沉没

我在寂寞中雕刻自我

海啊

请你用一束归流

温暖我

寄宿与她的魂魄

作者简介

孙嘉楠　毕业于英国朴次茅斯大学。躬耕教学，酷爱诗词。

你爱的人去了海上

孙红红

半岛

我梦到

一滴泪点亮一根枯藤

一树藤挽住一条河流

河水缀满星星

让人激动不已

然而

所有的河流终义无反顾地

奔向大海

醒来，是子夜时分，屋舍安静

壁上的钟表嗒嗒地响

仿佛每一下都指向世界的尽头

涛声里，小岛越来越真实

虚幻的大海面前，像此刻敲在

桌子上的一根手指

敲着敲着，就海枯石烂

敲着敲着，就沧海桑田

敲着敲着，就有一滴泪落入大海

渤海湾

有人被种在海里
垂下的光阴逐成流水
八方的游客
是沙滩最原始的土著
波涛闪着混浊的光
沙粒现出粗粝的本色
渤海湾藏着内心
一个同频共振的时代

还是要

还是要催开枝头上那朵绚烂的花
还是要握紧身体里那把流失的沙
还是要奔向生命中那片遥远的海
还是要守望精神里那座孤独的塔
还是要爱，顺便也要恨
还是要走这条平凡的路，并且要
一遍遍抚慰平凡的心
还是要一日三餐，清淡不腻
用舌尖一点点回味人生的苦辣酸甜

背影

乌云散尽
大海也蓝了起来
如果没有猜错
远走高飞的鸟

就是大雁

它们要赶在秋天

到来之前

提前启程

还有好多路要走

那片海在背影中

渐渐消失

在海上

你用手指把一排波浪推回到海上

就像前夜他掀开一张张塔罗牌

在昏黄的桌旁，你们双手紧握

中间隔着波浪和涛声

几只海鸥跃起，飞向天边

你们向各自的世界倒退

距离被期待与绝望缓慢拉开

这时，海面就像一副提琴

你们是被收回的琴弓

风暴、云霞向晚和鱼虾的故事

各自的漂泊不再相关

旋转的玻璃门相视的瞬间

被光影打乱，世界上

所有的时间都不一样

作者简介

孙红红　本名孙静。作品发表于《天津诗人》《零度诗刊》《开发区文学》等。

引力

李仪绰

记忆

如果，信
仍无法投递
那就放进猫空的邮筒
等待熙风的寄语
如果，谁
仍挥之不去
那就搁浅蔚蓝海岸上
等待潮水的浮力
如果可以掩饰情绪
如果可以遗失过去
那么这一刻开始忘记
哪怕下一刻还会想起

回味

两只斟满往事的酒杯
碰在一起

就是相濡以沫的滋味

爱过才知情深

醉过方知珍贵

等到哪一天

我们喝干了酒也无所谓

就把空杯

挂在阿那亚的礼堂

还是碰撞

还是叮叮当当

如初般回味

时间之沙

把命运交付给命运

把思念偿还给思念

纵然忘记

是一种自毁的祭奠

是一种悲凉的狂欢

纵然忧伤

是我在阿那亚停留的那个夜晚

是我在拜访沙丘美术馆的那个雨天

关系

莲对藕的痴迷

分开就断了关系

鱼对水的亲密

分开就断了呼吸

爱对心的欢喜

遇见就不能剥离

我走得不缓不急

你跟得不紧不密

只等风吹沙粒

迷失了来时的印迹

莫如就做那只浮船

不为追云

不为回忆

只把自己装裱成风景

和时光一起从容老去

寻找

一座蔚蓝色的小镇

把日子砌成优雅

让烟火爱上食堂

不关心

草的枯荣

云朵的消长

不去想

来时的路

回归的方向

只借着整晚的月光

把思念妆成一树丁香

从北北生活开始

一步一步

胶附旧有模样

作者简介

李仪绰　内刊编辑，秦皇岛市作家协会会员。

· 猫的天空之城 ·

大海垂爱的孩子

魏浩然

冬海

一夜间，大海结了白冰

犹如艺术家雕刻的精品，又像未完成的残作

呼啸的风，带来了迷的色彩

那声音好像有哭声一样的悲痛

也有呐喊一样的吼叫

此时，大浪滔天，好像能吞下世间万物

要对他有敬畏之心

或许，好像在述说他的事，只是，你听不到结尾

泡沫

踏入这原始的大地，感受脚下传来的信息

用身体去探索她所带来的快乐

一眼望不到头的对岸，是我渴望的世界

远处的渔船，像是与天形成的对接线

海风划过我的眼，就好像每一寸皮肤都被她抚摸过

我在她的面前，张开双手，等待着一个拥抱

浪花拍打着礁岩，疯狂的声音令人异常兴奋

乳白色的泡沫，被风吹到天上

回头看到一串串脚印，远处的我，又好像从未来过

渔火

海面上，一艘渔船停留在港口

停留了多久

不清楚

只知道

海鸥在船尾住上了窝

船的大锚已经生了锈

船帆早已支离破碎

只知道

曾几何时

这艘渔船也曾满载而归

也曾辉煌地遨游在大海之中

不过现在

这艘渔船已被海风腐蚀得剩下骨架

每到夜晚，都会发出嘶嘶声

仿佛一双粗糙的手捂着颤抖的渔火

礁石

他是被大海垂爱的

就像眺望远方的孩子

他的心里有个梦

想离开沉重的身体，去往任意的地方

他时常感到孤独

不过好在，偶尔会有海鸟陪他说说话

他像往常一样

看着远处的天空布满艳红的晚霞

今天没有狂风和暴雨

静静的海面，只有他孤立那里

慢慢地浪花会再一次地淹没了他

作者简介

魏浩然　职业经理人。作品发表于《岁月》《开发区文学》《葫芦岛晚报》等报刊。

晚晴的蔚蓝海岸

郁　东

下了一整夜的
雨，温婉了倔强的
北方

夕阳之下
镏金的波光
翻卷着碎玉
铺满深情的
沙粒

绚烂的弧度
优雅地弯在城市东部的低空
也撕裂了
一朵又一朵
徘徊的云

拍照的恋人

牵手在浅海处
跷着浪的形状
说着花的蜜语

几行深脚窝
躺在余潮的眼眸里
那是痴念的人
留下的
最为舒缓的
心跳

作者简介

郁东　秦皇岛市作家协会青少年文学创作部负责人。梦马书院院长，《海韵》杂志美术摄影编辑。偶有诗歌发表。

悬浮

董 贺

潜藏水下的鱼

写一场雨，紧握着的细沙
后来，慢慢变作黄金
写一轮红日，用滚烫的锣音
将山羊，驱赶到楸树下
写一个我，逐渐经过岩石
冒气的旷野，和蚊蚋们
沉重的喘息声
这打盹的村庄，我的目光中
充满了一种空无。逃逸的梦境
如同铁锉，它一遍遍磨着
我对夏天的耐性，和成为一条
鱼的渴望

阿那亚

"我的孤独是一座花园"
如是的虚无，恰是阿那亚的秋天

心境的真实，一百年

不，百年是太高的楼宇

每一年，只是一个楼层

或书页的梗概，那些记忆

不是拥挤和喧嚣的，而像一杯

白开水，存在于某个空间

是的，当你俯下身子

会发现诸多，重叠或相似的部分

而抬起头，明天则被完全隐藏

你却无比憧憬，它轻盈飞近

并衔着，弱小的闪电

淬火

水汽骤起，巨大的声响

传出，像坦露的心事

那么急切。一截坚硬的事物

就这样，在火的海洋中

寻找，前世的肉身

被压弯脊骨的，是你

锈迹斑斑的，是你

被遗弃或深埋的，是你

……就这样，一次次呼喊

熟识的名字，和发光的旧事

又一次次，因爱而痛

真的

它特别需要

从想象中跃出，并埋下头

痛哭一场

林中

期望看到，在一种语境中
蹦跳的文字，仿若林中的麋鹿
以自己的方式，选择食物
感官的新鲜。我的呼吸
也带着被咀嚼的草味
混杂着乌拉草、狗尾草、荆条
或者，羊奶子和人心菜
被牙齿切割的，愉悦之声
在傍晚潜入，是的，文本中传出
譬如"呦呦鹿鸣，食野之苹"的叹息
和"高枝挂角，无迹可寻"的空灵
这些部分，恰似那年
我遗失的友谊，与甜味
更高处，斑鸠的呼唤是慌乱的
星星的面容，也渐次变得明亮
你该猜到的，是均匀的鼻息
打破了此时的宁静

蔚蓝海岸

哦，就在刚才的梦中
绿色的草地，和等高的树木
再惯常不过了，时间的停顿中
某种召唤，露出本真的样貌
神秘的傍晚，其实是
我的一无所知，在期待
夜晚，在来临的路上
我喜欢的宁静：空荡的房间
让世界延迟

最可怕的，有人面若春风
内心却下着暴雪
而我，竟一点儿
也察觉不到

吹口琴的人

孤独的馈赠。荆花丛
又或者在道旁，一阵口琴声
让那个夏天，变得透明
他的音符，是密林中的羊群
他的眼神，同样藏有理想、爱情
是的，于命运的褶皱中
这个没有上过学的人，挺直了腰板
他闭着眼睛，从树梢摘回
绿色的药丸。被撕碎的书页
在虚无的风中，岑寂而失神
乐曲的深渊，是黑色的，是呼啸的
肯定藏有，一个人偷抹过的泪水
而那是多久前了，倘若风知道
就该把它吹近些，再近些
连同淡淡的花香，和一小截
被反复擦亮的回忆

沙雕

倾听，生命初降时的啼哭
那清脆的嗓音，仿若叩响铜锣
第一声，朝向人间的词丛
朝向光与阴影。你深爱

眼前的图像，涌动、挪移

或是于沙丘，刻下稚气的脸

记忆里，保持鲜活

没有泪水的灰烬，没有

划破肌肤的碎片

手中的风车，和空白的信笺

别停下，你要继续挥舞

长久等待的原罪，让笑容

变得黯淡，一场雪花

终究会到来，我们最终相信

命运的赋予，像一粒粒

缓慢溶化的药片

七里海

一个人的孤独，是背对着人群

看黄莺啄食的云朵，又如何跌落

虚无的傍晚，再将路途和声线一一指认

你现在常常哭泣，而这哭泣像一种发泄

用纸巾蒙住脸颊，一场暴雨

移动着躯体，事物走失的前夜

我们还保持交流，你的手按在门上

而目光，朝向更远的塘边

那里，有光的闪耀和笛的轻唱

你也看到，诸多的芦苇

在湿漉漉的语境当中

写下，这段心酸的往事

星辰照耀远去的人

沿途，冰凉的星辰、石头和河水

把景布，涂上厚重的蓝色

林子的头顶，滑翔着一颗颗

带着方言的鸟鸣，而不远处

一群褴褛的人，在担子旁歇息

满面的风尘和疲倦，隐没于

这夜晚，宏大的叙事中

我的家族，从山东的某一处

出发，又搬迁到抚宁董各庄

再到马圈沟、花厂峪，先人的样貌

有如萤火的慈爱，流落的辛酸

和被风吹得愈加坚硬的骨骼

而我，久久注视着远去的队伍

任由体内的奔涌，其实

原始的印记，也一直在血液中

它们对应着，遥远的时间

和命运，而一副无形的担子

压在肩头，我也是其中的一员

如一粒尘土，顺着风的方向

缓缓前行

作者简介

　　董贺　中国诗歌学会会员，河北省作协会员，河北省文艺评论家协会会员。有作品散见于《中国艺术报》《诗刊》《诗选刊》《诗歌月刊》《四川文学》《星星》《草堂》《当代人》《散文百家》《青海湖》《星火》等报刊，入选《2019中国诗歌年选》等，著有诗集两部。

游向大海的鱼

张戎飞

与你并肩

我用孤独的目光看向你
你回复我粗粝与静默
满腹的诗书为底气
静的定力加持
叩问孤不孤独
对你没有任何意义
置身尘世，时空交叠
与你并肩时
我收起孤独的身影
在你与海之间
海浪有海浪的奔涌
你有你的坚持

生出新鲜的向往

带一颗秋水长天的心去看你
紧闭的门扉里

传出诵经的声音

我与你交付眉间的清宁

也交付肉身之外的爱与不悔

交付过了

就不必再去尖顶的礼堂许诺

我与你，礼堂与大海

生出新鲜的向往

不要只说想念

我还想抚摸你的脸

看你唇角上扬

轻轻藏住坝上的春天

为了追逐你的脚步

我在尘世辗转多年

度量不清在哪儿能离你更近

或许命里暗藏机锋

终难如愿

而今我在北戴河的海边

站在多年前站立过的礁石上

短发已经长长

不再有圆润的笑脸

空隙

车窗外，风与海交汇

我侧耳倾听鸥鸟张开翅膀的声音

就连一粒盐掉落进草丛的微小之声也不放过

风推着风，浪推着浪

风又推着海浪

也推着鸥鸟单飞的影子

和我追随的目光

一切感官都被调动起来

一同被调动起来的还有欲望

那种花朵绽放之前暗生的力道

绵柔又坚定

在风与海交汇的空隙

穿插缠绕，直到

有了弦的张力

车窗外，风与海交汇

鸥鸟张开羽翼滑过视野

落幕的是一场擦肩而过的盛宴

被海水浸没的岩石

以顽固的静默

抵挡一浪高过一浪的汹涌

内心再激烈的排山倒海

都在坚硬的外壳粉饰下无动于衷

被海水浸没的岩石

等待一场真正的海枯石烂

海浪与礁石

清晨

在每一个没有具象的梦里

不断温习海浪与礁石的热恋

海浪以一浪高过一浪的炽烈之姿

向礁石奔涌

义无反顾又意味深长

在涌向礁石的刹那

或飞溅如花

或突然泄了力道

恢复水的温柔

只是轻轻地舔舐礁石的伟岸

于是

梦便随着海浪的姿态

或激越或缠绵

我是旁观者

我又是参与者

投入，骄傲也期待

蔚蓝海岸

从不相信你的碧海金沙

更相信海枯石烂

即使在世间离散

也无法磨灭日复一日生根的执念

在这里

原本就有入海的长城

有孟姜女的哭泣

可是

并不尽然

苍凉与厚重也不是仅有的名片

着一袭热烈的红衣

站在蔚蓝海岸

天蓝海蓝

不仅有恋人手牵手的缠绵

摊开一本书发呆吧

是蔚蓝海岸独有的邀约与妙曼

来到这里

我来到这里

冬天和春天

踏着沙滩上的落雪

分辨不清沙与雪

哪个更细，哪个更密

单向街的日历说：忌若即若离

于是，我切切实实地来到这里

也许只有来到

才能闻到猫空咖啡的香气

时间的流向不会更改

玻璃窗前的影子亮出银光

欢迎我来到这里

作者简介

张戎飞　笔名戎飞，河北省散文协会理事，鲁迅文学院首届河北青年作家高级研修班学员。荣获第三届全国散文诗歌作家神州行散文一等奖，梦圆2020"决胜全面小康、决战脱贫攻坚"主题征文散文一等奖。作品散见于各种报刊，著有散文集《何以契阔》。

· 被侵蚀的女神雕像 ·

纪实

一座城市的蝶变之路

刘 剑

十年，是欣逢盛世的幸运，是风雨同路的感动；

十年，是从无到有的喜悦，是青涩嬗变的丰盈；

十年，是高点起跳的平台，是开启明天的追梦！

"要想身体好，就来秦皇岛。"在这句朴素的话语中，寄托了人们对秦皇岛——这片天开美景的期望与憧憬。

秦皇岛，作为中国唯一以皇帝尊号命名的城市，因公元前215年，秦始皇东巡至此派人入海求仙而得名。秦皇求仙，反映了古代人们对健康长寿、生命延续的执着追求。

北戴河，作为秦皇岛最为知名的一个区域，自1898年被清政府确定为自行开放的第一个"允中外人士杂居"的"避暑地"，国内外知名人士便纷纷至此度假疗养。中华人民共和国成立后，这里又成为最早的休疗养区。

当年的秦始皇为了寻找健康，发现了这片土地，一百年前的北戴河，也有更多的人，怀着同样的目的，来到这座小岛，沐浴海风，流连湿地，在这片远离都市喧嚣的天成之境，寻找身心的放松与愉悦。

在今天，时代蓬勃发展中，当人民追求美好生活的向往成为新一代共产党人奋斗目标的时候，如何让这方美景，成为一片康养的福地，成为一片绿色生态的天堂，也成为小岛人民的美好愿景。

大风起兮云飞扬！一场为了实现梦想的开天辟地之举，就在这片曾经荒凉的海滩上开始了拓荒之旅。

一个决策，打开秘境之门

2006年9月，省委安排王三堂到秦皇岛工作，担任秦皇岛市委书记一职，多年后，回忆起当年建设北戴河新区的经过，他仍然历历在目。

"我到秦皇岛工作时，正赶上省委、省政府开始重视沿海地区发展的难得契机，也是区域发展环境、发展空间、发展格局、发展模式发生深刻变化的重要时期。当年11月召开的省第七次党代会，提出了建设沿海经济社会发展强省的奋斗目标，决定对河北区域发展布局进行重大调整和优化，把更多的生产要素和资金政策向沿海聚集。"

正是省委的这个决策，为北戴河新区的建设开启了奠基的第一步。时任省委书记白克明同志要求秦皇岛努力在沿海经济隆起带建设中有所作为。2007年9月，时任省委书记张云川同志到秦皇岛调研时，进一步要求秦皇岛做好沿海城市和沿海港口两篇文章，嘱托秦皇岛市委、市政府严格控制使用海岸线，从严保护生态环境，搞好城市规划布局调整。

围绕落实省委、省政府的部署要求，秦皇岛市委、市政府领导认真分析审视了秦皇岛面临的机遇挑战、市情基础和瓶颈，经过多方选址和研究后，把目光放在了北戴河以西、与唐山交界以东的沿海一线。

选择这片地方，是基于多方面的考虑。因为当时秦皇岛市区的多数地方都已经进行了开发，可利用的资源有限，而这片沿海地区相对独立于市区之外，生态环境良好，自然条件和资源禀赋独特。

犹如养在深闺无人识，这是一片神奇的、还没有被世人深知和走近的土地。这里拥有82千米海岸线，有着中国北方最优质的沙滩海水浴场、世界罕见的海洋大漠，还有华北最大的潟湖七里海、20万亩连绵葱郁的沿海防护林带，又有着以海产养殖、旅游、高效种植、畜禽养殖等为主体的特色产业体系，以南戴河、黄金海岸两大景区为依托，有着一定的经济实力和发展基础，不但是秦皇岛不可多得的风水宝地，更是非常稀缺的发展空间。

如同一片富饶而神秘的"秘境"，急需一条打开秘境之门的钥匙。无论是尽人皆知的景观，还是不为人知的资源，规划保护、建设管理，都非常必要，势在必行。为此，秦皇岛市委、市政府依托前任班子所做的工作，在深入调研和反复论证的基础上，提出了建设北戴河新区的战略构想。

建设北戴河新区的战略构想提出后，市委、市政府多次研究，专题安排部署、强力组织推进，得到了全市各级干部群众的积极拥护，也得到了省委、省政府的高度重视和支持。

2006年12月，省政府批准设立黄金海岸保护建设管理区。2008年4月，组建黄金海岸保护建设管理区工委、管委；同年，省委、省政府将北戴河新区开发建设列入全省发展战略。2009年6月，根据省政府主要领导讲话精神，将黄金海岸管理区更名为北戴河新区。2011年1月，实体组建秦皇岛北戴河新区，升格为副厅级，并着手理顺新区管理体制，开始接收工作，设立行政机构并开展工作，北戴河新区规划设计、基础设施和项目建设进入全面提速阶段。

金钥匙拧动之下，"秘境"之门一步步打开，一个天成美景的建设历程，正式拉开了帷幕。

一次次耕耘，打开了发展的快车道

北戴河新区的谋划启动和规划建设，凝聚了上上下下、方方面面的关心关注、心血汗水和集体智慧。

2011年4月，秦皇岛北戴河新区经河北省人民政府批准成立，同年4月成立工委、管委，为秦皇岛市委、市政府派出机构。新区的区域也正式确立：北临戴河、南接滦河、西起京哈铁路和沿海高速、东至渤海海域，总面积425.8平方千米，拥有82千米海岸线、12条河流。22万亩森

·蔚蓝海岸·

林湿地，12条入海河流，8平方千米的华北最大潟湖七里海，海岸线长82千米，是"中国最美八大海岸"之一，是京津冀协同发展中疏解非首都核心功能的重要滨海空间。

无数人的耕耘与奋斗之路，由此开启。在一组组数字里，写满了北戴河新区的提速过程：

2011年6月，建区第一批重点项目集中开工；7月，昌黄公路、抚南连接线全线贯通，打通旅游大通道；9月，行政中心正式启用，实现属地办公、开疆拓土，新区的领导机构成立了。2012年6月，南娱景观大道、葡萄道路、香海湾路等"两纵三横"路网全线贯通，从市里到新区，全是畅通的大马路，不用再走土路、小路；9月，省部共建绿色节能建筑示范区获批，"绿色"成为新区的特色；10月，北戴河新区第一块土地挂牌，为新区房地产项目奠定了基础；12月，由住建部亲自把脉指路的北戴河新区总体规划获省政府批复。2013年1月，获批首批国家智慧城市建设试点。2014年1月，国家级新能源示范产业园区获批；6月，新能源公交车603路正式开通，结束了北戴河新区不通公共交通的历史……

一步一个脚印，一年一个征程，本是一片荒滩的海岸线上，在跋涉者的辛苦开创下，如同一张白纸画出了最美的图画。在人们惊异的目光中，以令人难以置信的速度，迎来了一个个梦想实现的好消息。

2016年9月28日，国务院批复同意设立我国第一个国家级生命健康产业创新示范区——北戴河生命健康产业创新示范区。《北戴河生命健康产业创新示范区发展总体规划》获国家发改委等13个部委批复同意。天生丽质难自弃，养生福地古而今，经过长达10年的努力，从秦皇求仙的海宇仙乡，到国家级的生命健康产业创新示范区，一座生命健康之城正在这里加速崛起。

一个个信念，打造生命健康之城

关于生命健康，习近平总书记曾经有过高屋建瓴的论断："没有全民健康，就没有全面小康。""经济要发展，健康要上去，人民的获得感、幸福感、安全感都离不开健康。"

牢记习近平总书记殷殷嘱托,北戴河新区因地制宜,积极创新,努力寻求促进新一轮产业结构升级的经济发展撬动点。北戴河新区,作为一片年轻的热土,400多平方千米的新区,到处是有待开垦的未来。

北戴河新区管委用"高端战略、康养旅游、生态品质"三大词汇勾勒了这里的蓝图。这也成为北戴河生命健康产业创新示范区的建设方向和奋斗目标。

北戴河新区的"项目"集中表现为一个又一个示范区,在这些示范区建设中,有机地融合了康养产业、旅游产业、房地产产业等,主题鲜明、方向明确的示范区,为新区打造生命健康之城,留下了一个个深深的足迹。

北戴河生命健康产业创新示范区以北戴河新区、北戴河区、北戴河国际机场空港区为主要区域,规划面积520平方千米。新区坚持世界眼光、国际标准、中国特色、高点定位,以生命健康服务业、生命健康制造业和绿色健康农业为主攻方向,示范区构筑 "一核五区"功能空间布局。

"一核"即示范区核心区,由综合医疗、孵化创新、健身休闲、国医养生、抗衰美容、康养生活、国际会议7大功能板块组成;"五区"包括休疗度假区、综合配套区、空港贸易区、绿色农业区和生态涵养区。

示范区内有良好的康养生态环境,其中康养指标优越,居于全国先进城市行列,年平均气温10.3摄氏度,空气质量常年达到国家优良标准,空气中负氧离子含量是一般城市的40倍以上;碧海、金沙、槐林、湖泊、湿地、水系、温泉,交织铺陈;森林覆盖率、建成区绿化覆盖率分别在40%和60%以上,被誉为"天然氧吧"……

这片天然氧吧给新区的发展奠定了良好的自然基础,而优越的区位优势,则更为新区成为"京畿花园"提供了良好的契机:新区位于京津一小时经济圈,距北京260千米、天津230千米,拥有京秦铁路、大秦铁路等国铁干线。京沈高速、京哈高速、沿海高速等高速公路在此交会,北戴河国际机场相距不远，秦皇岛港眺望可见，陆、海、空三路通畅。

为了更好地吸引四方游客与招商引资，示范区着力于基础设施建设，区域内四纵十横、180千米的交通路网全面贯通；水电气讯等各类管网基本完成整合并纳入地下综合管廊。

旅游示范区力争成为全国一流典范：北戴河游客服务中心、阿尔卡迪亚国际会议中心等一批高端服务配套对外开放；阿那亚社区、圣蓝海洋公园、渔岛温泉、沙雕大世界等景区全面蝶变提升；地中海、安澜、阿尔卡迪亚、菲舍尔、万豪等高端酒店陆续建成，让示范区国际健康旅游目的地的品牌高声叫响，为示范区快速崛起注入无限活力。

"一事一议、先行先试"，国家、河北省、秦皇岛市支持这里的生命健康产业发展，已形成一整套完善的政策支持体系。

围绕国家发改委、卫健委《建设国家区域医疗中心发展战略》，示范区把肿瘤和心血管病作为主攻方向，健全完善了专家咨询委员会工作机制，首批聘请包括吴祖泽等9名中国科学院、中国工程院院士在内的15位医学生命科学领域著名专家担任专家咨询委员会委员，对入区项目进行安全性、有效性、技术先进性评估。同时建立河北省首家海外院士工作站、诺奖工作站，引入诺贝尔生理学或医学奖获得者爱德华·莫索尔、美国加州大学圣地亚哥分校人类基因组医学研究所所长张康等团队，进行精准医学、游离DNA等领域的科技研发。如今，示范区已经连续成功举办了中国康养产业发展论坛、生命科学峰会等高端会议。

2021年6月10日，对于北戴河新区是一个重要的日子。全国大健康产业园共同体成立大会暨签约仪式在北京隆重举行。北戴河生命健康产业创新示范区、海南博鳌乐城国际旅游先行区等12家园区共同发起组建全国大健康产业园区共同体，签订《全国大健康产业园共同体首期战略合作框架协议》，并联合发布"共同体宣言"作为共同体纲领性行动指南。全国大健康产业园共同体的成立，标志着探索具有中国特色的大健康产业园区发展新模式进入一个新阶段。

5年来，北戴河新区立足全市经济功能区和项目建设主战场定位，紧紧抓住项目建设，以高端旅游和高端康养两大产业为突破，奋力闯出了一条绿色崛起、跨越赶超的发展新路。实施重点项目624个，总投资3548亿元。加快健康产业发展，重点打造三大生命健康产业承接平台，投资5.5亿元建成国际健康城，其中生殖医学中心等5大中心全面投入运营；投资14.1亿元建成15万平方米的生命科学园，已入孵14个高端医疗项目，其中潘纳茜诊疗中心等7个优质医疗机构对外运营；投资1亿元的医疗器械产业港建设完成。北戴河心脑血管病医院、鹏瑞利国际康养城、现代化中药示范基地等医药和医疗项目加快建设。加快旅游产业发展，培塑阿那亚"陆上邮轮"式康养旅游度假模式，荣获2020年全国八大休闲度假优秀品牌。中国旅游集团影视文艺旅游三栖产业综合体、七里海生态颐养度假区、宏兴国际健康度假区、沙雕国际滨海度假区加快推进。全力打造会展品牌。成功举办中国康养产业发展论坛、全国青帆赛、国际马术大奖赛等重要会议赛事，以系列活动推动旅游市场和城市生活，倡导更丰富、更健康的旅游休闲度假方式，打造全域全季旅游新业态，形成北戴河新区"休闲生活倡导者、城市生活提升者、未来生活引领者"品牌，有效拉动高质量旅游发展。2021年是我们确定的"旅游欢乐年"，音乐节、艺术展、戏剧节、健身健美大赛、帆船帆板赛事等3000场各类旅游文化体育活动陆续呈现，奏响了"海岸激情畅享、全季全域旅游"的新乐章。

新区的崛起，也吸引了来自四面八方的关注和肯定。2021年9月16日，秦皇岛市文联创研基地授牌仪式在北戴河新区举行。

2021年10月8日，秦皇岛市第三届旅游产业发展大会在北戴河新区拉开帷幕。大会主题确定为"建设康养旅游目的地，打造一流国际旅游城市先行区"，旨在推进北戴河新区高端旅游度假和高端医疗康养产业，发展"滨海运动、生态度假、文化休闲、医疗旅游、农业康养"等产业，建设生态、康养、旅游高度融合、高质量发展的康养休闲旅游目的地，打造全域旅游示范区和一流国际旅游城市先行区。

大会开幕式上，好莱坞魔法城魔幻光影秀、全面上线的秦皇岛市秋冬季旅游手绘电子地图、引人入胜的秦皇岛市秋冬季精品旅游线路全景呈现，开幕式及演出采用5G网上直播模式，线上线下同步带给中外游客震撼的旅游新视野、新体验。

但这一切，掩盖不住新区优美风光与惊人变化给人们带来的震撼。旅发大会期间，各方嘉宾深入北戴河新区各个示范区，实地观摩阿那亚文创小镇、渔岛温泉度假区等全新旅游产品及旅游接待服务设施，到蔚蓝海岸观摩旅游新业态游艇小镇、帆船基地；对北戴河新区推进"康养+旅游"建设北戴河生命科学园、石药研发中心进行实地观摩，切身体会康养旅游的独特魅力。

北戴河新区十年发展及生命健康产业示范区五年回顾展等同步举行，以图片的形式让人们对新区十年的变化有了深刻的认识。

在开幕式上，省文化和旅游厅副厅长王荣丽表示，这届大会的召开，是秦皇岛市委、市政府深入贯彻党中央、国务院和省委、省政府加快旅游业发展决策部署的扎实举措，是加快发展文旅产业、打造一流国际旅游城市的有力行动，体现出秦皇岛旅游的厚重实力、蓬勃活力和无限魅力。而新区的诞生则充分体现了秦皇岛在这一战略领域中取得的重要成果。

如同一首歌中所唱："因为我刚好遇见你，留下足迹才美丽，风吹花落泪如雨，因为不想分离，因为刚好遇见你，留下十年的期许，如果再相遇，我想我会记得你。"新区的十年，是蝶变重生的十年。这十年里，从无人的荒滩到硕果累累的滨海良田，从偏僻的郊野到绿色的康养福地，新区已经大步迈入建设一流国际旅游城市的新征程。

"十四五"是北戴河新区创新赶超、加快崛起的战略机遇期，新区将全力展现"生态优、业态强、形态美"的发展形象，做好"一流国际旅游城市建设排头兵""打造全市项目建设主战场""建设国家级生命健康产业创新示范区"三篇大文章，全面掀起"二次创业"新热潮，全力推进北戴河生命健康产业创新示范区"十百千万亿"发展目标（即引进十家国内外顶级医疗机构，孵化百个高端生物医疗项目，实现千亿生命健康产业增加值，吸纳万名专业技术人才，吸引亿人次医疗与旅游）取得重大突破，利用10～15年的时间，围绕"医、药、养、健、游"五大领域，构建起五位一体的生命健康产业体系，打造成"南有海南岛、北有秦皇岛"的健康产业新格局。

我们相信，这片京东山海、康养乐土，一定会在时代的大潮中乘风破浪，扬起希望的风帆，勇往直前，再创辉煌！

作者简介

刘剑　秦皇岛市作家协会副主席。主要作品有长篇历史著作《帝国雄关》《大石河》，长篇历史小说《大港口》，长篇社会小说《天使不在线》等多部。作品曾荣获河北省第十届、第十三届精神文明建设"五个一工程"奖文艺创作类图书奖；电视专题片剧本《长城守望》荣获2007年度中国电视奔马奖一等奖。2021年为建党百年创作的历史著作《红桥——王尽美在山桥》荣获国家出版基金专项资助。

象形新区

刘昕玉

    十年前，一块被称为中国最美海岸——"黄金海岸"的滨海旅游胜地迎来了历史的新生，附近425.8平方千米的土地被划入由河北省人民政府批准组建的"北戴河新区"，一块中国最美的创业沃土应运而生。

    十年，对于人类文明来说太短暂了。在历史长河中，人类文明大约存在了5000年，如果把这5000年浓缩为现在的一天，那"北戴河新区"成立的时间不过才是一个呼吸之间。一个呼吸，转瞬而逝，但一个新的生命就是在这一呼一吸之间，完成气息流转、阴阳相交，从而蓬勃向上、生生不息。

    所以"新"，就是"北戴河新区"的精魄所在。

新，从斤，鬼斧神工万象更新

    根据《说文解字》记载："新，取木也，从斤，从木，辛声。"据金文字形所示，"新"左边是上辛下木，右边是斤，即为"斧"。

    斧钺本来算不上是趁手的兵器，但却频繁出现在历代帝王或军队的仪仗里，作为统治权和军权的象征。除开新石器时代斧钺的杀伤力不计，每个中国人都熟知的"盘古开天"的传说应该增强了斧钺背后的政治色彩。据传盘古生在黑暗混沌中，他持神斧以千钧之力劈向混沌，终于使天空高远，大地辽阔。为不使天地重新合并，盘古手托天脚踩地奋力生长。每当盘古的身体长高一尺，天空就随之增高一尺，经过1.8万多年的努力，盘古变成一位顶天立地的巨人，而天空升得高不可及，大地变得厚实无比。盘古完成开天辟地的伟大业绩，成为中华民族崇拜的英雄。相应的，那把劈开混沌的神斧就被赋予了权力和力量的含义，持有神斧的人，可以创造开天辟地的伟业。

"新"有幸被神斧加持，斧凿过后，创造一片崭新天地。每个新生事物都是不破不立，破而后立，得鬼斧神工，焕然一新。北戴河新区，也经历了同样的蜕变。

北戴河在历史上，很有一些享誉世界的名头，比如"避暑胜地"，又如"中国夏都"，这里诞生了中国第一条旅游铁路专线、第一条航空旅游航线，第一个19孔高尔夫球场等诸多中国旅游史上的第一，被誉为中国现代旅游业的"摇篮"。

但衡量一个地域的生命力仅有这些还远远不够，北戴河迫切需要注入新的活力。2011年1月，经河北省委、省政府批准，北戴河新区升格为副厅级，对核心区行使管理、监督、协调、服务职能。北戴河新区开始以崭新的面貌示人。

一个充满无限希望的生态宝地，开始处处彰显出蓬勃发展、蓄势腾飞的生机与活力。北戴河新区有着全新的概念和产业定位，借用北戴河百年夏都品牌，打造与北戴河错位发展的高端旅游目的地和现代服务业示范区。新区北临戴河，南接唐秦的界河——滦河，西北起自抚宁区境内的京哈铁路、昌黎县境内的沿海高速公路，东南至沿海海域，海岸线长82千米，总面积425.8平方千米。位处东北与华北的接合部和最具发展潜力的环渤海经济圈、京津冀都市圈的中心地带，具有环渤海、近京津的区位交通优势。新区环境优美、资源富集，拥有海岸、沙滩、潟湖、湿地、温泉、森林等丰富的生态资源，有中国最美八大海岸线之一的黄金海岸，中国北方最优质的沙滩海水浴场，世界罕见的海洋大漠，

22万亩连绵葱郁的林带，可谓是全国乃至世界上稀有的生态宝地。

好风凭借力，送我上青云。北戴河新区大刀阔斧改革创新，成功实现了从无到有、从虚拟到实体的完美嬗变。首批国家智慧城市建设试点、国家新能源示范产业园区、国家级生命健康产业创新示范区、国家科技兴海产业示范基地、全国首批健康旅游示范区等基地项目陆续开工建设，以此为标志，北戴河新区进入了快速发展的崭新阶段。

十余载惊涛拍岸，九万里风鹏正举。十年来，北戴河新区地区生产总值增长3.3倍，累计完成固定资产投资284亿元，年均增长39.6%，财政收入增长22.1倍，民生事业投资37.2亿元，人民群众获得感、幸福感、自豪感不断攀升。北戴河新区已经成为全市对外开放的桥头堡、产业集聚的新高地、经济发展的新引擎、在打造国家生命健康产业创新示范区、国际旅游目的地建设上，正迈出铿锵的坚实步伐。

毋庸置疑，正是缘于河北省委、省政府对北戴河的新定位，才迎来北戴河新区如今蓬勃发展的欣欣向荣之态。由是观之，"新，从斤"，果然不错。

新，从木，生机盎然经年成林

《说文》明示："新，从木。"也即"新"具有木的属性和特质。

木是自然界中最有耐力的生命。高大如胡杨，生而三千年不死，死而三千年不倒，倒而三千年不朽；渺小如草芥，亦有"野火烧不尽，春风吹又生"的本事。对草木的研究与管理，向前可以追溯到舜帝时期，据《尚书·舜典》记载，舜曾任命益为虞官，掌管山林草木的种养伐砍。而我国最古老的人工种植树据考为陕西黄帝陵的"黄帝手植柏"，已有近5000年的树龄。

在中国传统文化中，木始终占据着至关重要的位置。据《山海经》描述，赐予地球生命的太阳便生于扶桑树下，日中而至于建木，此时建木的影子消失不见，日夕而隐于若木。在古人朴素的宇宙观里，正是有了诸如扶桑、建木、若木的支撑，人类才得以在日月盈辉中休养生息。

又如在夸父追日的传说中，夸父在追赶太阳的路途中焦渴而亡，死前投出手杖化作片桃林。正是这片桃林终年茂盛，饱含生机、孕育不朽，恩泽子孙、福佑苍生。

在集中国传统文化于大成的《礼记》中，对帝王有这样的训导："某日立春，盛德在木。"唐代著名经学家孔颖达疏为："四时各有盛时，春则为生，天之生育盛德在於木位，故云盛德在木。"阴阳五行中，木应春季，主生发。在古人心中，木的气质，生机勃勃，充满希望，最能体现春意盎然。所以，如果以一种独特形象来代表生命活力，最贴切莫过于木。

恰好，北戴河新区将发展的目光始终放在生命科学和康养医疗方向上。2016年9月28日，经国务院同意批准在北戴河新区设立北戴河生命健康产业创新示范区。借力国家生命健康产业创新示范区产业发展机遇，北戴河新区率先引进了世界领先的德国医疗技术建设的潘纳茜诊疗中心，利用国际先进肿瘤免疫健康技术，为有肿瘤患病风险者提供基于国际先进医疗技术的肿瘤免疫系统调理等特色诊疗服务，有效预防癌症发生和肿瘤发病，已为全国各地近3000位旅游医疗客户提供医疗服务。

引进北京医院，瞄准多发危害身体健康的癌症、肿瘤、心脑血管疾病，构建系统性预防、治疗、康复体系，总投资8.3亿元，按照三甲医院设计建设北戴河心脑血管病医院，未来将引进北京医院医疗专家，为康养旅游人群提供治疗多发心脑血管疾病优质诊疗资源。

引资建设中保绿都心乐园项目，将祖国传统医学丰富内涵深入挖掘创新，以独辟蹊径、寓教于乐的方式打造世界上唯一一个以人体形状建设的五行养生主题馆，让丰富多彩的中医康养知识在提升游客健康素养方面发挥积极作用。游客可以详细了解馆内陈列展出的120种中药材，"悬壶诊室""萌萌小药师""饮饮养生吧"等多功能中草药应用养生区，提供了亲身实践、学习、了解中医药养生知识的趣味平台。走进琳琅满目的药草园，还可学习丰富的食药同源养生知识。

锁定生命健康产业高端产业发展环节，建设前沿医疗新药研发"研发中心+康养中心"石药健康城项目。由石药集团与美国霍普金斯大学细胞工程研究所进行战略合作，建设干细胞药物（暨免疫细胞治疗技术）研发中心，推进干细胞疾病治疗药物和免疫细胞治疗技术开发、应用研究，打造北戴河研创康养游融合发展实践区。

合抱之木，生于毫末；九层之台，起于累土。成功都是由量变的积累到质变的生发。北戴河新区在生命健康产业示范区内着力发展"医、药、养、健、游"一体化的高端健康产业集群，在产业融合发展的高端环节，实现生命健康产业与现代旅游产业深度融合发展，努力建设我国高端医疗服务聚集区、京津冀生物技术创新转化基地、生态宜养地、环渤海体育健身基地、国际健康旅游目的地，以期让人类生命焕发出木的生机与活力，苍翠并丰盈。

新，取木，春生冬藏生生不息

从象形字的特征来诠释，"新，取木"是对"新"的原始本义最准确的描述。取木，即用斧子砍伐木材，那么砍伐什么样的木材呢？从天干的五行属性可知，甲乙属木，应春季；丙丁属火，应夏季；戊己属土，应长夏；庚辛属金，应秋季；壬癸属水，应冬季。由此我们推断出，"新"字左半"上辛下木"中的"辛"指代时令，辛时木当为深秋枯木，砍伐这样的木材一定是为了积蓄热量度过绵绵寒冬，等待新一年的春暖花开，万物向荣。

也正是因此，古人常用"新"通"薪"，意为柴薪，内涵既有木的气息、火的温度，又有冬的贮藏、春的新生。冬去春来，草木枯荣，无一不是生生不息的诠释与坚持，无一不是生命的轮回与跃升。

人类应该算是宇宙中最矫情的动物，既要安顿身体，又要滋养灵魂；既要眼前繁华，又要诗与远方。因此属于人类的"冬藏"便有了事无巨细的铺张，而把这样的"铺张"做到极致，非北戴河新区莫属。

阿那亚社区便是这样的首开之作。进入这片承载着人们对品质生活极尽艺术想象与渴望的热爱之地，你会发现与三联书店合作的世界最孤独图书馆，与尤伦斯当代艺术中心合作的沙丘美术馆，与单项空间合作的单项空间书店，与华夏院线合作的阿那亚社区首家电影院，与孟京辉戏剧工作室合作的阿那亚戏剧中心；融合乡村古朴院落建筑精髓、兼具现代艺术设计思想的阿那亚小院，由世界名将塞尔吉奥·加西亚设计的阿那亚国际高尔夫球场，引进英国设特兰小矮马、荷兰弗里斯兰温血马、塞拉法兰西温血马、汗血宝马、阿拉伯热血马、德国汉诺威温血马的阿那亚赛马场。你当然还会领略海上礼堂的圣洁、斫琴茶室的古朴、万花筒画廊的琳琅、拙朴工舍的鲜活，以及不断挑逗你味蕾的来自全国和世界各地的美食、美酒。毫不夸张地说，阿那亚社区将文化艺术元素中最前沿新锐的要素，充分融入传统的休闲度假生活之中，让身临其境的你我，从灵魂深处浸润了艺术的洗礼，身体和灵魂同时获得滋养的空间。安住当下，夫复何求。

其实"冬藏"未必只在冬季，一年有十二月，一日亦有十二时辰，根据中医的子午流注理论，这十二时辰亦对应天地阴阳四时轮转，因此"冬藏"也在每日的行走坐卧中。一日之中，总有那么几个时辰，要让身体和灵魂妥帖安顿。而这样的妥帖，在北戴河新区并不稀缺。

与阿那亚社区的高端艺术气息相呼应，蔚蓝海岸社区对海域文化的挖掘更加具体和丰富。沿着优美蜿蜒的旖旎海岸，随处可见繁花、森林、绿草茵茵的生态空间，在这样宁静优美的自然秘境中，或坐或卧于猫的天空之城，品读诗书、倾听大海，字里行间澎湃着潮起潮落。临海独立的国际五星级万豪旅游度假酒店，满满融入海洋艺术设计元素，所有客房均可倚窗观海，更有顶层无边际泳池可在凌空碧水间饱览秦皇岛外打鱼船的壮美盛景。若你动若脱兔可以在湛蓝大海上，学习帆船帆板，劈风斩浪、角逐竞技，在蓝天碧海间尽情挥洒活力激情；抑或静如处子可以在北北假日航海图书馆展开一册册航海故事，浮想联翩，安静遨游。

虽然日日皆有"冬藏"，但关键还看冬季。在古代寻常人家须得柴薪充盈，方能在北风呼啸漫天飞雪中存一点底气，抵御猎猎严冬，期待来年更好光景。若是家境贫寒，缺柴少粮，少不得要落得"路有冻死骨"的悲惨下场。寒冬，之所以关键，正在此生死关头。柴薪，之所以重要，亦在此生死关头。像"春寒赐浴华清池，温泉水滑洗凝脂"的意境，只有皇家贵胄才能窥见一二。而今的北戴河新区，这样的好去处还真有。"渔岛海洋温泉"正是冬日里最温暖的所在。

渔岛海洋温泉位于黄金海岸中部，这里有百里槐林簇拥，万顷碧波辉映，自然与人文交织，休闲与观光共融。景区内蕴藏着丰富的地热温泉资源，经过专业机构测定，渔岛温泉为氟型氮温泉，对调养各种身体疾病有着意料之外的惊喜。每年大批海内外游客蜂拥而至，足以说明渔岛海洋温泉的魅力所在。

"泡着温泉看大海"，这样洒脱的口号怕是全国也没有第二家，若是不期然撞上一场久别的飘雪，正好可以在冰与火的交融中体验一次超然物外。错过飞雪也没有关系，毕竟这里还有五月槐花飘香，六月薰衣草紫气东来，仲夏月观海踏浪，深秋季虾肥蟹美。

象形新区，"新，取木也，从斤，从木"。不承想，诞生十年的北戴河新区的成长足迹，竟然与"新"字的原始本意有如此之多的生命契合。这不得不令人拍案叫绝，抚掌称快。然而掩卷而思，区区一个字，如何能涵盖新区发展的种种艰辛与成就？

"苟日新，日日新，又日新。"创新无限，大象无形，北戴河新区的未来益发令人翘首以待。

作者简介

刘昕玉　鲁迅文学院河北省青年作家高研班学员，河北省作协会员，河北文学院签约作家，秦皇岛市作协副秘书长，秦皇岛开发区作协小说艺委会主任。主要从事短篇小说和报告文学创作，在各类省级以上刊物发表作品十余万字。

后记

北戴河新区出现在人们眼前的历史很短，划作一方明确区域不过十年，弹指间。这片土地的历史却很长，它犹如一部荡气回肠的文化长卷，从孤竹古贤采薇而食留下对品格的执着坚守，到戚继光披肝沥胆、保家卫国的壮烈气概；从魏武帝《观沧海》的壮怀激荡，到毛泽东《浪淘沙·北戴河》的气势磅礴；从"两京锁钥无双地，万里长城第一关"山海关，到旅游胜地北戴河，赋予了秦皇岛独领风骚的千年文脉和珍贵遗产。

一个时代的文明必将成为下一个时代的滋养。一片土地的文明无疑会为它未来的发展提供充沛的动力源泉。北戴河新区正是在这样厚重的历史文化积淀下加速成长，以崭新的面貌呈现独特风姿。作为国家级生命健康产业创新示范区，这里传承了敢为人先、勇立潮头的创新精神，国家首批健康旅游示范基地、京津冀协同创新平台、河北省首批"双创"示范基地、第二批河北省全域旅游示范区、全国八大休闲度假优秀品牌……一个个鲜明的标签体现着发展的坚实基础，彰显着未来的无尽潜力，唱响着催人奋进的时代赞歌。

"诗文随世运，无日不趋新。"文学就是要承担记录新时代、书写新时代、讴歌新时代的使命，深刻反映我们这个时代的历史巨变，描绘我们这个时代的精神图谱，为时代画像、为时代立传、为时代明德。秉持这种信念，秦皇岛市文联、秦皇岛北戴河新区党群工作部共同组织开展"作家走进北戴河新区"主题创作活动，以文学的方式呈现北戴河新区成长蜕变之美，特别是2021年是中国共产党成立100周年，北戴河新区用10年昂扬奋进、高歌崛起的创业春秋向党的百年华诞献上新区人民不忘初心、牢记使命的奋斗厚礼。

这样的厚礼，值得拥有一本书的纪念。

本书共收录了45位作家和文学爱好者创作的散文、诗歌和纪实文学作品，并且得到市作家协会、市书法家协会、市美术家协会、市摄影家协会等大力支持，在此一并表示感谢。

因时间和能力所限，书中不当之处在所难免，敬请读者指正。

2021年12月